独占欲強めな極上エリートに
甘く抱き尽くされました

第一章　きっかけはおいしいご飯

同じ部署の三つ上の先輩である柚木《ゆのき》さんは、実は五年付き合った婚約者との破談経験があるらしい。私がそれを知ったのは一年前だった。

裁判沙汰になったという噂すら流れており、「仕事のできる先輩」への漠然とした憧れはあったものの、長く付き合った人と破談になるなんてきっとどこかに欠点があるのだろうと、失礼ながら勝手に恋愛対象からは外してしまい、業務上のやりとりをするだけの関係だった。

当然、プライベートな話をするのも憚《はばか》られ、部の飲み会で一緒になっても、昼休みに雑談をしても、当たり障りのない話をするばかりで社会人として適度な距離感を保っていた。社内でも前例のないほどの早さで、来年度にも課長への昇進が決まっていると聞いており、どこか遠い世界の人のように感じている。

そんな柚木さんに声をかけられたのは、夜の八時を過ぎたころだった。

「お疲れ様。ねえ、藤井《ふじい》さん、まだ仕事続ける？　もう他の皆は帰ったよ」

「あ……お疲れ様です、本当ですね。私はまだ続けます。柚木さんは？」

「俺はもうちょっとかな。夜食食べに行くか、このまま続けるか迷っているところ。よかったら駅前のコンビニに行かない？　もう帰れるなら、それが一番いいと思うけど」

「実は、ちょっとお腹が空いて集中力切れかけていたところです。ご一緒させてください」

まだ他にも残っている人がいると思っていたが、周囲を見渡すともう私たちしか残っていないようだった。

柚木さんに話しかけられ、せっかくなので一緒に行くことにした。柚木さんは小顔で足も長く、その体型にぴったりのスーツ姿が様になっている。ワイシャツにイニシャルが刺繍されているからきっとスーツもシャツもオーダーメイドだろうね、と彼のセンスのよさを女性社員が噂するのを聞いたこともあった。

空調の効いたオフィスから一歩外に出ると、夏の夜はじめじめと暑く、何か冷たいものを食べたくなる。

「この時期だと下半期の研修の設計とかで忙しい？」

「そうですね。あと、下期分の予算申請や上半期の効果測定もしなくてはいけなくて……ちょうど締切前なので、やや立て込んでいます」

「懐かしいなぁ。藤井さんが入社する前に俺も少し担当していたから、何か手伝えることがあれば声かけて」

私たちのいる総務人事部の人材育成チームでは、新卒社員の集合研修や管理職に昇格した社員向けのマネジメント講習など、さまざまな社内研修の企画や運営を行っている。柚木さんは主に新人研修を、私はもう少し上の世代向けの研修を担当していた。

駅前のコンビニまでは数分の距離だが、今抱えている仕事の話をしているとあっという間に着いてしまった。お互い苦労するねと慰め合う空気が残業に疲弊した心に沁《し》みる。

「いろいろ残っていてよかった。この時間、日によってはほとんど品切れでがっかりするから」

「わかります。全然気分じゃないのに丼系のものしか残ってないとき、ありますよね」

「そうそう。うーん、こういう時間まで頻繁に残ってるなぁとは思っていたし、わかり合えて嬉しいけど……後輩が苦労しているのは悲しいところもあるね。いつも頑張っててえらい。頑張り屋さんにアイス買ってあげる」

「え、申し訳ないです……柚木さんだって頑張ってるんだから、半分こできるやつにしましょ？」

「お気遣いありがと。遠慮しなくていいのに、律儀だね」

各々《おのおの》の夜食と白くて丸い大福のようなアイスを買い込み、オフィスに戻る。他のフロアはほとんど電気が消えていて、早く帰りたい気持ちが募るが、いつもひとりで食べる夜食を今日は誰かと食べられると考えると、少しだけ前向きな気分になれた。

「今みたいな繁忙期はコンビニのご飯ばっかりになっちゃって味気ないんですよね……」

「わかる。おいしくないわけじゃないのに味気ないっていうか、生活の彩りが欠ける感じ。お互い山越えたらさ、コンビニのご飯じゃなくておいしいもの食べに行こうよ」

「いいですね……ちょっとリッチなもの食べて元気になりたいです。この日まで頑張れば！　っていう目標が欲しいです」

「いいね。メンタルの回復デー作ろう。俺もそれを目標にしたいから日付決めようか。昔先輩にご飯連れていってもらったのを思い出すな……藤井さん、あんまり先輩に連れ出してもらっているイメージないかも。ごめんね、ずっと頑張っていたのに。もっと早く息抜きに誘えばよかった」

二十二歳、新卒で入社してから六年。仕事のハードさにすっかり慣れてしまって、息抜きに誘ってほしいなんて考えたこともなかった。しかし、こうして誘ってもらえると自分の苦労が報われたような気分になって、今日は柚木さんが帰るまで一緒に頑張ろうかな、と思えるくらいモチベーションが上がる。優秀だと評判の先輩が以前から私のこと気にかけてくれていたというのも、頑張ってよかったと少し誇らしい気持ちになった。

「じゃあ、再来週。金曜日にここの店に行かない？　この間ひとりで行ったんだけど、おいしかったから」

「わ、なんかすごくお高そうに見えますけど……」

「リッチなもの食べたいって言ったのは藤井さんじゃん。こんなに頑張っているんだから、たまには自分にご褒美ってことでどうかな。都合悪い？」

「いえ、なんの予定もないです！」

「じゃあ決まりね。予約しておくから、この日だけは定時退社しよう。楽しみにしてる」

その場でサクサクと予約をしてくれるのも、なんだか年上の頼れる男性という感じで、少し胸がときめく。私とのご飯が楽しみだなんて、口説かれているのかと勘違いしてしまいそうになるのは、疲れているせいだろうか。

柚木さんはドキドキしてしまった私とは異なり、落ち着いた雰囲気で仕事に戻っていった。

「藤井さん、そろそろ終電じゃない？」

「あ、そうですね。せっかくエンジンかかってきたから少し悔しいけど……潮時ですね……」

「藤井さんの、終電なければまだ働きます！　みたいなタフさ、俺好きだわ。でも健康第一だからね、帰ろう」

柚木さんと外に出ると、夜の街は夜食を買いに出たときよりもずっと静けさを増していた。他に誰もいない状況で柚木さんとたくさん話せて、いきなり心理的な距離が縮まった気がする。しばらく彼氏のいなかった私は、久々の「異性」との一対一の会話から得られる独特な緊張感を楽しんでいた。

「またこんな日があったらさ、今度はもう少し早めに夜食買いに行こうか。遅くなったらその分身体に悪いしね。まあ、一番いいのは定時で帰れることだけど」

ケラケラと笑いながら、また明日ね？　と手を振る姿は、いつもオフィスで見るのと同じ人であるはずなのに、どうしてかいつもの五割増しで魅力的に見えてしまった。お近づきになっていいかどうかわからない人なのに。

『今日だけど、定時であがれそう？』

約束の日、社内のチャットツールに連絡があったのは昼休みだった。当然、今日の仕事は定時に退社できるように調整済みだ。

『これだけを楽しみに仕事していたので、もちろん大丈夫です』

『それはよかった。ご期待に応えられる店だと思うよ』

あの日から、私と柚木さんが残業していることは多々あったが、そういうときに限って他の誰かも残っていて、二人でご飯を買いに行ったり雑談したりしながら作業できるタイミングはなかった。

全くノーマークであった先輩を、たった数時間話して一緒に駅まで歩いただけで少し意識し始めている自分に戸惑い、実のところは楽しみが半分と不安が半分といったところだ。

「お疲れ。定時退社、よくできました。調整、大変だった？　無理させてたらごめん」

「いえ、全然。でも、定時退社するだけで褒めていただけるの、なんだか甘やかされていませんか？」

「いやいや、定時きっかりに退社するのは難しいよ。頑張っている人は褒められるべきだし、その理屈で言えば藤井さんはたくさん褒められて当然だよ」

優しい言葉に、耳がふわっと熱くなる。私が「いつも頑張っている」ところを見てくれているのかと胸が高鳴って、柚木さんの顔を見上げることができない。

「今日、金曜だし帰りは少し遅くなっても大丈夫？　コースで予約しちゃったんだけど、金曜で店が混んでいたら料理出てくるペース遅くなるかも」

「全然問題ないです。おいしいご飯をゆっくり食べられるの、すごく楽しみ」

「よかった。俺も今日がすごく楽しみだった」

会話のテンポが心地よい。電車で四駅ほど離れた繁華街の静かな裏道を柚木さんは迷わず進んでいく。がやがやとうるさい道を通らなくて済むようにしてくれているのだろうか。時折振り返って私がついてきているかどうか確認してくれるのも、なんだかこそばゆい。

「お待ちしておりました。ご予約の柚木様ですね。個室をご用意しておりますのでこちらへどうぞ」

案内されたお店は接待にも使えそうな素敵な内装で、隣の個室の声が聞こえてこないほどしっかりしたつくりだった。こんなお店のコースなんて、おいくらなのだろうかと緊張してくる。

「お酒、飲むでしょ？　最初は生？」

「はい！　仕事終わりは生スタートがテンション上がります」

「いいね、最高。お酒は結構飲むの？」

「強くないけど、味は好きってタイプです」

「なるほどね、じゃあ同じ金額なら飲み放題よりも、いいお酒をちょっとだけのほうが好き？」

「そうですね。絶対に後者です」

「次回の参考になったよ」

あ、次回があるんだ。思わず口に出そうになったのを堪《こら》える。口に出してしまったらなかった話になってしまいそうで。

「はい、お疲れ様」

「お疲れ様でした～！」

泡が零れてしまいそうなほどなみなみと注がれたビールのグラスを慎重に合わせた。生ビールと、お通しのごま豆腐ときんぴらごぼうが最高に合う。

「生き返るね～」

「本当に。丁寧に作られたお料理を時間かけていただくのってとっても幸せ……」

お刺身のお造り、柚子の香るサラダ、ふぐのしゃぶしゃぶ、どれも本当においしいのに、語彙力がなく「おいしい」としか言えない私に柚木さんが突然笑いだす。

「おいしい以外、言ってないよ？　そんなにおいしそうに食べてくれるなら、もっと早く連れてきてあげればよかった」

「語彙力なくてごめんなさい……本当においしくて、こんなに幸せな気持ち久しぶり……」

「それはよかった。幸せなのは、ちゃんと伝わっているから大丈夫だよ」

柚木さんは喉の奥でくっくっと笑い、グラスに残っていたビールをあおった。

「まだ飲まれます？」

「うん、日本酒いこうかな。熱燗《あつかん》で。追加で何かおつまみも……何か食べたいもの、ある？」

「じゃあ、エイヒレいいですか……？」

「好みが渋くていいねぇ。俺も好き」

好みが渋いと言われ、もう少し可愛らしいものをお願いすればよかったかと少し恥ずかしくなって俯くと、「ごめん」とまた笑われる。

「いい趣味してるねって言いたかったの。ごめんね、拗ねないで？　おいしいもの食べに来たんだから、遠慮せず食べたいもの食べな」

それからは仕事の話が中心で、柚木さんが今取り組んでいる仕事の進め方は非常に参考になるものだった。感心してあれこれ質問していると、柚木さんがふっと真面目な顔をした。

「ごめん、先輩に仕事の話をされたら、つまらないよね。聞き上手だからついいろいろ喋っちゃった……気を遣わせちゃってごめん」

「いやいや、根回しがうまくいった話とか、ちょうど悩んでいたのですごく参考になりました。上半期に実施した管理職向け研修、多忙を理由にドタキャンする人が多くて……下半期はそもそも参加の申し込みが少なくて、より上位職の方に根回ししようかって考えていたんです」

「そう？　それならよかった。改善意識があるのはすごくいいね。俺が送った上司宛の根回しメール、参考用に週明け転送しておく。でも、仕事の話ばっかりだと息抜き効果が薄まるかな……今日はプライベートの話でもなんでもするつもりで来たから、話題変えよっか」

何話す？　そう言って首を傾げた柚木さんの顔色は変わらず、酔っているのかわからない。こちらの出方を探るような視線を投げられて、背筋が伸びる。「今日、どういうつもりでサシ飲みに来たの？」と聞かれているようだった。

「確かに、柚木さんって、プライベートの話全然聞かないですよね。普段の休日って何されてるんですか？」

「最近ね、ジム通い始めた。ちゃんとトレーナーさん予約するやつね。仕事で疲れているとき、土日ただ寝て過ごしたり、気がついたら洗濯機だけ回して一日終わっていたりして、自分にがっかりするんだよね。あーあ、また一日無駄にした、って。それが嫌で、とりあえず健康にもなるし、予約した時間にはジム行かなきゃいけない生活はアリかなってことで、ね」

「ええ、偉すぎる……私はまさに土日を寝て過ごして自己嫌悪してますよ……」

「じゃあジムはおすすめかも。結果が数値としてわかるからモチベーション上がるよ」

「確かに。最近、生活習慣の乱れと暴飲暴食の自覚がありまして……」

「はは、じゃあジム確定だ」

自分のことを楽しそうに語る柚木さんは少し可愛らしい。意外にもおしゃべりなのだろうか。

柚木さんは近所で見た猫の話、大学のゼミの同窓会でのエピソードを楽しそうに話し続けた。破談の話を知っているだけに、恋愛系の話題を避けて話を振るのも難しく、ぽんぽんと次の話題を自分から出してくれるのはありがたい。相槌を打ったり、彼に質問をしたり、なんてことはない話ばかりなのに、びっくりするほど盛り上がった。

それに、彼は楽しそうに話すだけではなく話題を広げるのがとても上手なものだから、つい私も柚木さんに促されるままに学生時代の話を披露してしまった。気が付くと柚木さんの言葉遣いが崩れていて、距離感がぐっと近づいていた。

「やば、もうこんな時間じゃん。ごめん遅くまで付き合わせて。終電ある？」

「私も全然時計見ていませんでした。終電は大丈夫です！」

「よかった。ごめん、結局俺ばっかり話してたよね。今日ちょっと飲みすぎたかも。普段こんな喋らないはずなのに……次は藤井さんの話もっと聞かせてよ。あと今日は俺全部出すから、財布しまって、ね？　先輩のくだらない長話に付き合ってくれてありがと」

いくらだったのか伝票も見せてもらえず、財布をカバンにしまうように促される。少しだけでも、と言っても譲ってもらえなかった。最後に、と出された熱いほうじ茶を飲みながら、食休みの会話が始まる。

「ごちそうになっちゃって……ありがとうございます。でも、こうやってお金出してもらっちゃうと私からお誘いできなくなっちゃいます。今日楽しくて、またご飯に誘いたいのに」

「その言い方はうまいなぁ。気軽に声かけてほしいのに。今日がすごく楽しくて、俺も早速次回の予定を入れたいくらいなんだけど……都合、どうかな？　本当に充実していて、来週からまた仕事頑張るにはこういう日があるって思わないとやってられない」

わずかに耳をアルコールで赤くした柚木さんが、少し首を傾げて甘えた表情を見せていた。先程まで彼が仕事でいかに優秀かという話も聞いていたから、新たな一面にドキリとする。私とのご飯がモチベーションになるとストレートに伝えられて、悪い気なんてしない。

「私でよければ、またご一緒させてください」

「いいよ、そんな硬くなくて。もっとフランクな感じで大丈夫だから」

「普段割と真面目に仕事しているタイプの私が『先輩、飲み行きましょ～』って言い出したら、笑いますよね？」

「うん、笑う」

ああ、柚木さんはこんなふうにも笑うんだ。次回のお店を探している柚木さんの手が止まり、スマートフォンの画面を差し出される。

「今日は魚介系が強い店だったから、次は肉系でどう？」

「おいしいしか感想が出てこない後輩でも大丈夫ですか？」

「いいよ。語彙力は残念だったけど、顔の表現力高かったから」

「なんか、私ばっかりはしゃいじゃってお恥ずかしい……」

「俺の分も藤井さんが表現してくれたってことで。店選び間違ってなかったって安心できたし、そんなに喜んでくれるなら何度だって連れていきたくなるよ。そのままで次回もおいで」

きゅん、と胸が高鳴る。素の自分を許され受け入れられている感覚に、どうしようもなく安心感を覚えてしまった。正直、前の彼女さんの存在は気になるが、この人と付き合えたら楽しいだろうなという予感はほとんど確信に変わっている。

「じゃあ、また再来週の金曜。今日よりも会社に近い店だから、少しなら残業しても大丈夫。もちろん定時にあがって少し早めに始めてもいいし……楽しみだな」

少し冷めたほうじ茶を飲み干して、柚木さんが「そろそろ、行こうか」と立ち上がった。勘違いであれば自惚れも甚だしいが、「楽しみ」と目を細めて微笑んだ瞬間に放たれた色気は凄まじかった。そんな笑顔、他の人には見せないで、と思ってしまうような、特別な微笑みだった。

「私も、楽しみです」

なんとか返事をして席を立つ。名残惜しいが、柚木さんがどういうつもりかまだわからないし、社内恋愛はいろいろと面倒だ。今の彼に彼女がいないとも限らないし、とりあえず今は様子を窺いながら流れに身を任せてみようか。

「じゃあ、また月曜会社で」

「はい、本当にごちそうさまでした。また会社で」

駅であっさり別れる。お店から駅に至るまでの道のりは短く、しかし時折肩が触れるくらい近くを並んで歩くようになったのが、何かの始まりを象徴するような感じがして、少し浮かれた心地で電車に乗った。

帰りの電車の中では柚木さんのことで頭がいっぱいだった。彼は「思いのほか楽しかった」と言っていたが、それは私も同じだ。会話のテンポや内容、どれを取っても私のツボだった。

会社ではじっくり見ることのなかった顔も、正面からまじまじと見つめれば切れ長の目と長めの睫毛、すっと鼻筋が通っていて、ただ仕事上で優秀だというだけでなく、世間的に見ても魅力あると評価さえ得る外見ではないかと気が付いた。

家に着いてすぐ柚木さんにメールを送る。今日のお礼と、次回が楽しみだということを簡潔に、かつ社交辞令と思われないような文面で伝えたつもりだ。

『こちらこそありがとう。ちゃんと帰れたみたいでよかった。週末、ゆっくり休んで』

まるで、デートのあとみたい。恋愛の駆け引きなんていつ以来だろう。さらにメッセージを送ったら鬱陶しいだろうか。引き際が難しい。そう悩んでいると、すぐにメッセージの受信音が鳴る。

『次回じゃなくていいんだけど、この辺の店も気になってるから、もし行きたいところがあったら今度教えてくれる？』

今日行ったお店の近くの、これもまた上品な店構えの居酒屋やカフェ・バーのリンクが複数送られてくる。そのうちのいくつかは私も気になっていたお店で、もしかして食の趣味が合うのかなとトキメキを覚える。

『返事いらないからね、おやすみ』

先手を打たれてしまった。メッセージのやり取りを好まないのか、私に気を遣ってくれたのか、意図を掴みかねる。気になっていたお店です！　と即レスしようとしていたが、少し頭が冷えて、言われた通り既読と「いいね」マークだけ付けて画面を閉じた。

(早く月曜日にならないかな――)

ちょっと気になる先輩ができたというだけで、憂鬱だった出社が待ち遠しくなる。しばらく恋愛をしていなかったから補正がかかって素敵に見えているだけかもしれない。

ふと思いついて、一年ほど前に女子会の勢いでインストールした出会い系アプリを開き、柚木さんと同じくらいと思われる条件で検索をかける。身長一七五センチくらい、趣味ジム通い、三十二歳、年収はこれくらいかな……？

(わぁ、全然ヒットしない)

該当する人も、明らかに写真を盛っていたり、身だしなみが整っていなかったり。ちょっとカッコイイかもしれないと思った人はきっと遊び目的なのだろう、「気軽に遊べる子、連絡待ってます」と一言だけのプロフィール。

(柚木さん、もしかして超優良物件……？)

それにしても、なぜ婚約がおじゃんになったのだろう。もう少し仲よくなったら聞けるだろうか？　実は気難しいところがあるのだろうか？

もし難ありだとすれば、付き合って社内で噂を立てられても居心地が悪いし、別れたあとも面倒だ。出会い系アプリをアンインストールし、彼との関係をどうするべきか、どうなりたいのかは慎重に考えるよう自分に言い聞かせた。

二週間はあっという間だった。毎日「あと何日で柚木さんとご飯」とうきうきした気持ちで会社に行き、柚木さんとすれ違うたび少し幸せな気持ちになれる。ポジティブな気持ちでいると仕事も捗るし、彼に転送してもらった根回しメールを参考に研修の重要性を説明するメールを出したところ、順調に参加の申し込みを増やすことができた。

「藤井さん、今年度から新しく導入する研修の企画の書き方でご相談なのですが――」

「いいよ、どうしたの？」

チームの後輩が質問にやってくる。彼の新人時代に教育係を担当し、今でも同じチームで働いている二つ下の男の子だ。入社当時は要領が悪く、何度も同じミスを繰り返す様子にこちらが涙を零したくなることもあったが、最近はミスも減って今年度の新卒社員の教育係ができるほどに成長してくれた。

「――なるほど、では課長にまず話を通して研修の方向性を固めてから、具体的な内容を詰めたほうがよさそうですね」

「そうだね。具体的なところを詰めてから報告して、その方向性ではダメって言われちゃうと時間がもったいないからね。具体的な話になってきたら、また相談しにおいで」

「はい！　ありがとうございます！」

自分が育てた新人が成長した姿を見ると少し誇らしい。彼の仕事がうまくいきますように、と願いつつ自分の作業に戻ると、社内チャットツールにメッセージが届いていた。

『彼、成長したね。藤井さんの教育の賜物だね』

柚木さんからだった。少し離れたところから私たちの会話を聞いていたのだろう。後輩がミスの多い新人時代を送っていたことは部の皆が知っていることで、私がその後始末に奔走するのが名物であった。

『いやいや、私はフォローしただけです。彼が粘り強く頑張った結果だと思いますよ』

『藤井さんも尻拭いを粘り強く頑張っていたよ。俺なら怒るなと思う場面でも、大丈夫って言って彼を安心させようとしていたの、今でも覚えているから』

会社なのに、耳まで真っ赤になってしまいそうだ。大人になって、こんなふうに努力を褒めてもらえることがあるなんて。柚木さんがこちらに来ませんように……とにやけた顔を引き締めて、『光栄です』とシンプルな返事をした。

『で、今日だけど、帰れそう？　俺は夜が楽しみで仕事が雑になりそう』

『帰れます！　私も楽しみです。雑になると未来の自分が苦労しちゃうと思うので……お互い午後も頑張りましょう～！』

同じオフィスの中で真面目に仕事をしているフリをしながら、チャットでデートの約束をしているみたい。少しの背徳感と、胸が高鳴る高揚感。いつもよりメイクも髪も服も、さりげなく気合を入れてきた。

「柚木さん、お疲れ様でした！」

「お疲れ。お腹空いたね」

「ですね。お肉楽しみで、今日はランチ控え目にしておきました」

「俺もだよ。早く食べたい」

お店に入って個室に案内される。今日は掘りごたつのお部屋だ。

「ここ、ビールと肉が強い店にしては珍しく、掘りごたつでゆっくりできてありがたいんだ」

「前にもいらしたことがあるんですか？」

「うん、同期の結婚式の三次会だったかな。あっちに貸し切りできるもう少し大きい部屋があってさ。三次会っていうともう皆お酒が回ってるでしょ？　ふらついて椅子にぶつかったら倒れて大変だからって選ばれた店だったの」

でさ、その同期の結婚式で、と話が続いていく。店員さんがおしぼりとメニューを持ってきてくれるまで、にこにこと幸せに溢れていた式の話を教えてくれた。

「ごめん、なんか妙齢の女性に結婚式がよかったよって話をするのもセクハラだったかな」

「いえ、私は気にしないですよ！　最近友達の結婚式が増えてきてますし。あの空間って皆が幸せになれて本当にごちそうさまって感じですよね、わかります」

「そうそう、ああいう場でしかもらえない幸せオーラっていうか……ああ、早く注文しないと、乾杯もしないでだらだら喋ってちゃダメだね。今日もビールスタートでいい？」

柚木さんがメニューを手に取ってこちらに広げてくれた。「今日も」というセリフで、前回私が言った「最初は生がいい」を覚えてくれているのだと気づき、嬉しくなる。

「わ、本当にビールの種類多いですね。迷います」

「いいよ、俺も迷うから、ゆっくり選んで。最初の一杯が一番おいしいんだから」

柚木さんの声色が優しくてまたきゅんとする。柚木さんは「前に飲んでおいしかったのはどれだったんだろう」と呟きながらメニューに視線を落とした。

苦く飲みごたえがある黒ビールから、軽くすっきりした喉ごしのホップ系まで、十種類以上のビールを眺め、私は結局「一番人気！」と謳《うた》われていた少し黒寄りのビールを指さした。

「最初の一杯、これにします」

「お、いいね。俺もそれにしようかな」

「いいんですか？　他に気になっているものは？」

「それとその隣のホップ系の二択まで絞ったんだけど、決めきれなくて。一番人気は捨てがたいし、藤井さんと同じものを飲んで味を語り合いたいし」

俺、おいしいものは分かち合いたい系なんだと少しはにかんで、柚木さんは店員を呼ぶ。

分かち合いたいのは私だから？　と自惚れた質問が頭に浮かぶが、心の中に仕舞い込んだ。

「ご飯のメニューも多くて迷っちゃいますね。全部食べたくて決めるの難かしい……何かおすすめありませんか？」

「迷うよね。そうしたら、前に来たときにおいしかったものと、隣のテーブルで大絶賛だったから気になっているメニューがあって、このあたりなんだけど、気になるもの、ある?」

「ちょうどこれとこれ気になってました! 前回おいしかったのも、前回食べられなかったのも、どっちも食べたいです!」

柚木さんは店員に注文を伝えていく。その接し方が丁寧で、また好感度が上がる。生ハムの盛り合わせ、コブサラダ、鴨のロースト、鯛のカルパッチョが第一陣のようだ。

「今更だけど、苦手な食べ物はない?」

「何もないですよ。強いて挙げるなら、超激辛のものでしょうか」

「そんなの、頼まないし連れていかないから大丈夫だよ。いいね、好き嫌いないならなんでも食べに行けるね。次はどこにしようかな……って、まだ食べ始めてもいないうちから気が早いか」

また次があるんだ。その一言だけで舞い上がってしまいそうになる。前のめりにがっつかないよう、気持ちを抑えて「次が決まらないとお仕事頑張れないです」と返事をした。

「俺もそうなんだ。仕事ばかりで彩りがなかった生活だったのに、前回のご飯が本当に楽しくてさ……ごめんね、付き合わせて。迷惑だったら断ってね?」

「迷惑なんかじゃないです。私もすごく楽しくて、今日もずっと楽しみで、次の約束ができなかったらまた楽しみのない社畜生活に戻ってしまいます……」

「そう……? なら、いいんだけど……、あ、ビール来た」

店員さんが運んできてくれたビールにはふわふわの泡が乗っていて、思わず口角が上がる。「その顔、おいしいがフライングして出てきているよ。飲む前からその表情なら、飲んだらどんな表情見せてくれるんだろうね？」

柚木さんに指摘された。恥ずかしい気持ちと、柚木さんが私を見て笑ってくれたことが嬉しい気持ちとで耳が熱くなる。

「はい、乾杯」

「お疲れ様でした」

カチ、とグラスを合わせて最初の一口。香りのいいビールが喉を流れていって、おいしさに目が覚める。

「おいしいねぇ」

「おいしいですね。生き返ります」

「これはベストな最初の一口だね。一番人気はさすがだ」

次々と運ばれてくる料理もおいしくて、話も箸も止まらない。特に鴨のローストは絶品で、一口食べて、思わずお互いに目を合わせてしまった。

「これ」

「おいしいね。リピートしたいかも」

「これはリピートありですね。全然臭みもなくて、ソースもおいしい」

「お、語彙力ちょっとついた？」

「もう、それは忘れてくださいよ！」

お酒も回ってきた柚木さんが、後ろに仰《の》け反りながら笑う。口を大きく開けて笑うところは今まで見たことがなかったかも、と初めて見る姿を目に焼き付けていると、バランスを崩した柚木さんの足が私のふくらはぎを掠めた。

「ごめん！」

「大丈夫ですよ、気にしないでください。掘りごたつあるあるですね」

口ではそう言ったものの、実のところは心臓がばくばくと跳ねていた。力強くぶつかってきたのならまだしもかすかに触れるか触れないかくらいの接触で、擽《くすぐ》ったく感じてしまっていた。

「柚木さん、グラスが空ですよ」

「ん、本当だ。ありがとう。藤井さんは？」

「私、ビアカクテルも気になっていて……ビールがおいしいお店のビアカクテルを飲んでみたい気持ちと、ビールをそのまま飲みたい気持ちとで悩んでいて」

「ああ、それは難しい問題だね。いいんじゃない？　どっちも飲めば」

両方飲んだとしても、酔って前後不覚になることはない量だが、先輩を目の前にあれこれ遠慮せずに注文するのも気が引ける。

「それは、そうなんですけど、飲みすぎて粗相があってもいけないので」

「潰れるまで飲んだりしないでしょ？　せっかくリフレッシュに来ているんだから、遠慮しないで飲んでくれるほうが嬉しいな。むしろちょっと言葉が砕けたり、素が出てきたりするのは大歓迎。前に来たとき、女性陣がビアカクテルを大絶賛していたから、試してみたら？」

「じゃあ、ビアカクテルにしてみます！　今日飲めなかったお酒は、次回以降の楽しみに……してもいいですか？」

「もちろん。料理も気になるものが多くて食べきれないし、また来ようか」

柚木さんが私のビアカクテルと自分用の黒ビールを頼むのと同時に、ラムのワイン煮も追加で注文してくれた。

私の頭の中は柚木さんの言葉でいっぱいだった。素が出てくるのが大歓迎とは、どのように受け止めたらいいのだろう。まだ「仲のいい会社の先輩・後輩」の距離感にも慣れないというのに、どのような素が出てくることを期待されているのか。

優秀であまり人とつるんでいるところを見ない柚木さんが私を気に入ってご飯に誘ってくれるだけでも驚きなのに、柚木さんは私ともっと……プライベートでも会うような関係になりたいと思ってくれているのだろうか。試しに質問を投げかけてみる。

「さっきの話、それを言うなら、柚木さんももっと素を出してくれてもいいのにって思ってますよ」

「俺はもうだいぶ素だよ。リラックスしすぎて、足をぶつけちゃうくらいには。俺がいっぱい話しちゃって藤井さんの話があんまり聞けてないからね。素を出す暇がなかったのは俺が悪いんだけど」

「……私、柚木さんとは違って土日はだらだらしてしまうから、お話しできることが会社の話しかなくて……」

「なるほど。それは確かに、毎日忙しそうだよね……なんか、もう、よしよししてあげたくなるな。本当に毎日お疲れ様」

よしよし、と手で頭を撫でるジェスチャーをされて、思わず両手で顔を覆った。ジェスチャーではなく、撫でられたいと声に出してしまいそうだった。「照れてる？」と尋ねられ、俯いたまま頷くと、柚木さんの足がとんとんと優しく私のふくらはぎに触れてくる。

「照れてるならこっち向いてよ。素を出そうって言ってたのに、隠しちゃダメでしょ？」

「いや、ちょっと恥ずかしくて」

「照れてる顔、見せてよ」

「や、許してください……ッ」

足の甲をつま先ですりすりと撫でられて、擽《くすぐ》ったさに身体がぴくりと跳ねた。よしよしの照れを過度なボディタッチの衝撃が上回り、ぱっと顔を上げて柚木さんを見る。

「ごめん、ちょっと意地悪したくなった」

「柚木さん、それが素ですか？」

「……誰にでも、やるわけじゃないよ？」

彼はばつが悪そうな顔をして、少し口の先を尖らせる。これで脈がないと言われたら怒ってもいいレベルだ。

「えい」

「反撃のつもり？」

お互いの腹の内を探り合うような駆け引きにじれったくなって、私も彼の足に触れてみる。

ごつごつとしたふくらはぎをつま先でつつく。だいぶ勇気を出しての行動だったが、柚木さんはふふ、と余裕のある笑みを浮かべていて、心を惑わされているのは自分だけなのかと少し不安になる。

「これ、ドキドキする」

「……余裕あり気に見えますが」

「うーん、頑張って耐えてる」

「ドキドキさせておいて、被害者ぶるのずるいです」

柚木さんがこちらを見る目が少し熱っぽい気がして、心臓をぎゅっと掴まれた心地だった。足を引っ込めて、柚木さんの出方を窺う。

「俺、こういうの初めてで今更ちょっと緊張してきたかも」

「なんか、手慣れてるなあって思いました。初めてなんて信じられない」

「嘘、それは困る。俺、本当にこういうのは慣れてないから、今になって割とテンパってる」

こういうのって、どういうの？　どうして困るんですか？　元カノとはどうだったの？　と聞いたら私たちの関係は進展するのか、消えてしまうのか、怖くて聞くことができない。こういうとき、どのような言葉を使えば彼の心を聞き出せるのか思いつかず、気まずい沈黙になるよりは、と話題を変えてしまった。

「柚木さん、ビール、ぬるくなっちゃいますよ」

「ん、そうだね。俺、自分で思ってるより酔ってるみたい。お水もらおうかな」

普段の柚木さんの表情に戻る。それが少し残念でもあり、安心でもある。少し足が触れ合っただけで、もっと触れたい、触れてほしいと思ってしまうほど、たった二回の飲み会で絆《ほだ》されてしまっていた。

グラスを持つ手の甲の骨ばった様子や指の長さに、手を握ったらどうなのかな、ジェスチャーでなく頭を撫でられたらどのような心地なのかなと想像してしまう。

「仕事の話してもいい？　最近さ、チームまたぎのタスクであの後輩くんと一緒に仕事することが増えたんだけど、ちょっとうっかりミスする癖が再発しているんだよね。褒めて伸ばす作戦でたくさん褒めていたんだけど、ちょっと調子乗せすぎたかなって思っていて」

「ああ……彼そういうところありますよね。よく言えば素直ですが。私のほうから少し言っておきますよ。順調なときこそ悪い癖が出ないように気を付けようねって、それとなく」

「うん、助かる。ありがとう。もう教育係はだいぶ前に卒業しているのに巻き込んで申し訳ない。責任感に甘えさせてもらってるよ」

「いやいや、教育係ってある程度そういうものでしょう。きっと私もそう育ててもらったんだと思います」

「あれ、藤井さんの教育係って……」

「多分柚木さんの同期でしたよね……？　水原《みずはら》さんって、覚えてますか？　私の指導の一年後、すぐ営業に異動になってそのまま辞めちゃったんですけど」

どろどろした劣情を冷ますように仕事の話へ戻っていく。けろっといつも通りを装っているが、私は柚木さんのあちこちを見つめてしまう。髪はワックスがなければだいぶ柔らかそうだとか、何か考えながら話すときには少し視線を下に落としがちなところとか、ひとつひとつ「今までは知らなかった柚木さん」を見つけては、もっと知りたいという気持ちが湧き続ける。

「そうだよね、覚えてる。当時の藤井さん、水原のスパルタ気味な教育に喰らいついていて、ガッツがあっていいなって思ってたんだった」

至らなかった新人時代の姿を記憶されていることに恥ずかしさが募る。忘れてくださいと告げようと口を開く前に、柚木さんが少し食い気味に言葉を続けた。

「そういえば、水原と藤井さんが付き合っているって噂、アレってどうだったの？　実際、結構仲がよさそうに見えたけど」

「え？　そんな噂があったんですか？　ないない、誰かのデマですよ」

「そうなんだ。同期で噂になっていたんだよ。水原が後輩を狙ってるって。誰が言い始めるんだろうね、そういうの」

「うーん、雑談するし、お前また同じミスしてるぞ、みたいにからかわれることはあっても、二人でご飯とかはなかったですね……」

水原さんとは本当に何もなくただの先輩後輩の関係で、柚木さんに誰かとの関係を疑われるのは、なんとしても回避したい。小さな焦りに手元が乱れ、カランとお冷やの氷がグラスにぶつかる音がする。

「正直、水原さんが優秀だからこそ期待されるレベルが高くて少ししんどかった時期もありますし……背筋を正さなきゃって気持ちになるような人なので、プライベートで一緒にいたいとか、そういうのはちょっとご遠慮したい感じです……内緒ですよ？」

「はは、オブラートに包みきれてないよ。でもなんか想像できる。自分にも他人にも厳しかったもんなぁ……」

「柚木さんも、そっち側のタイプですか？」

「どうだろう。露骨に手を抜いた仕事をする人は、ちょっと遠慮したいかな。藤井さんはもう少し気楽にやってもいいんじゃないかなって思うときもあるけど。そういうの、苦手でしょ？」

図星だった。要領よく何かを仕上げるのは不得意で、必要以上に頑張ってしまうことが多々ある。一緒に仕事をしたことはそう多くないのに、見抜かれていることに少しいたたまれない気持ちになった。

「でも、だからこそ皆の作る資料のチェックや絶対に間違えられない資料の作成を任されるようになったんだろうね。藤井さんにお願いすれば安心って。皆にそう思われている、誰にも負けない強みなんだって誇るべきことだよ」

「……ありがとうございます」

「いいよ、背筋正さなくて。俺はもっとリラックスしてほしいんだから」

それはさっき水原さんとの関係性を表現した言葉の引用だった。とん、とまたつま先で足の甲をつつかれて頬に一気に体温が集まり、心臓が高鳴った。偶然ならば「ごめん」と言うだろうから、これは故意に触れてきたのだろう。

「酔ってます？」

「うーん、どうだろう」

熱っぽいような、普段と同じような、どちらともとれる微笑みだった。対応に窮し、グラスに残ったビアカクテルを流し込む。

「デザート食べて、終わりにしようか」

気が付けば、机上のお皿もグラスも全て空になっていた。店員さんを呼び、デザートにアイスを頼むと、ちょうどラストオーダーの時間だと告げられた。

「今日も遅くなっちゃってごめんね。実家だっけ？　心配かけていないかな」

「一人暮らしですよ。大丈夫です。終電までまだまだ時間ありますし。柚木さんは？」

「俺もずっと一人暮らし。最近猫とか飼いたい気持ちになってきたところ。でも、俺が仕事中は猫に寂しい思いをさせてしまうからね……」

「わかります。こちらの都合でお迎えするのに、私がいない間家で長時間待たせておくのはかわいそうですよね」

「そうなんだよね。だから、踏ん切りがつかなくて」

柚木さんはしきりに頷いていた。ひとりは寂しいが、同じ気持ちを猫に感じてほしくないという優しさのある人が、どうして婚約者と破談になってしまったのだろう。不思議で堪《たま》らない。

「次回はこの店どう？　個室がなくて、二人だと多分カウンターになるんだけど落ち着かないかな？　ビアカクテルの種類が多いところなんだけど」

「カウンターも好きですよ。お料理作っているところを眺めるの、楽しくて。お料理もおいしそう……いいですね、ぜひ行きたいです」

「じゃあ、ここで。来週にする？　忙しければ再来週かな？」

「どちらでも大丈夫です。さっきの話ではないですが、予定があると程よく手を抜けることに気が付いて……以前より早く仕事が終わるようになったんです」

「それなら本当に誘ってよかった。じゃあ、せっかくだし来週で」

また一週間、仕事を頑張れそうだ。柚木さんの言葉はアイスより甘く聞こえた。

お店を出て、楽しく話しながら駅へと向かう。夜風が程よく酔いを醒《さ》ましてくれて心地いい。柚木さんが歩く後ろをついていき、途切れることのない彼の話に相槌を打っていた。

「それでさ、――で、――が」

「ごめんなさい、もう一回」

金曜夜の駅前は騒がしく、柚木さんの声が聞き取れない。聞き返したが、こちらの声も届いていないようだ。少し距離を詰めて、柚木さんの横を歩くようにした。

「柚木さん、すみません。今の、聞き取れませんでした」

「ああ、ごめん。聞き流してくれてもいいのに、律儀だね」

聞き直した話は大した内容ではなかったが、柚木さんが楽しそうに話している姿を見られるのは嬉しかった。時折、誰かとすれ違うタイミングで手が触れ合って、手を繋ぎたいと思っていたことが思い出されてドキリとする。

柚木さんは、手がぶつかっても距離を取ろうとしなかった。道幅が広くなっても、すれ違う人がいなくても、手が触れ合う距離を保って歩いている。

柚木さんから手を握ってくれたらいいのに。

足がもつれたフリをしたら、手を握ってくれるだろうかと邪《よこしま》な考えが浮かぶが、そういう計算をする女は嫌いかもしれないと踏みとどまる。

社内恋愛は難しい。何かやらかしてしまって、「がっついてる」とでも噂が出てしまったらと考えると怖くて堪《たま》らない。それに、柚木さんに嫌われたり避けられたりするショックの大きさは計り知れない。

「じゃあ、また来週。よい週末を」

「柚木さんも。ありがとうございました」

名残惜しいが、今晩はこれでお別れだ。駅のホームで電車を待つ。同じ路線だが、帰りは別方向。私が乗る電車のほうが先にホームに入ってきた。

「夢に出てきそうだなぁ。藤井さんのおいしい！　って顔。思い出すだけでこっちが幸せな気分になれそう」

「やだ、恥ずかしいこと言わないでください」

そう言ってから車内に乗り込むと、発車のベルが鳴り、ドアが閉まる。

思わせぶりなことを言って、その真意までは聞かせてくれない。聞くチャンスすら与えてくれない。本当にずるい。

柚木さんはまだホームでこちらを見ていた。視線を外すのも失礼で、こちらも見つめ返すと、少し微笑んで手をひらひらと振ってくれる。

（またね）

そう口が動いた気がした。

確認はできない。電車が動きだしたので、急いで手を振り返す。

（――月曜、どんな顔して会社に行こう――）

社会人の恋愛って、どう進めるのが定石なのだろう。明らかに脈ありと思っても、言葉より身体の関係が先に来るのか？　それとも、三回目のデートで――というテンプレートは今でも有効なのだろうか。

まだワケアリ物件の可能性があるのだから、過去の話を聞いてからでなくては、と頭では理解しているものの、心はとっくに柚木さんを好きになっていた。柚木さんに触れた足や手の感触を思い出す。温かくて、少し硬くて、もっとしっかりくっつきたい。頭も、直接撫でられてみたい。

『ね、柚木さんの婚約破棄ってどこ情報？』

『飲み会で聞いただけだから出所は知らない！　どっちかの浮気が原因で、裁判沙汰って言ってる人もいたけど、実際はどうなんだろうね？』

同期の女子にメッセージを送るが、噂レベルの情報しか得られない。信憑性も定かではないし、やはり本人に聞かないと確かめるのは難しそうだ。

『柚木さんと何かあったの？』

『ううん、この間ちょっと雑談してたんだけど、破談の話が本当だったらプライベートの話題は振りにくいなって、気になったの』

『なるほどね～そういう人と雑談って、話題選ぶの難しそう』

適当にお茶を濁してアプリを閉じる。柚木さんにお礼の連絡をしようか迷ったが、『またね』で今日のやり取りは完結しているように思われた。夜も遅いし、これ以上連絡を取るのは蛇足だろうか。

そう悩んでいると、メッセージを受信したという通知が来た。アプリを開き直すと、柚木さんからだった。

『ごめん、業務連絡。今課長から連絡があって、藤井さんに最近余力がありそうだから俺のタスクのヘルプで入らせるって。飲み会誘ったばっかりに、仕事に余裕があると思われちゃったね。仕事増やしてごめん。あんまり負担にならないようにするから』

『お疲れ様です。柚木さんと一回がっつり一緒に仕事してみたかったので、大丈夫です！　いろいろ勉強させてください』

普段なら全く嬉しくない追加の仕事の連絡も、柚木さんのサポートなら喜んで引き受ける。優秀な彼の元で働けるのは勉強にもなるし、と心の中で言い訳をしてみた。

『よかった。まあ、無理せず』

『はーい、よろしくお願いします！』

平日はほとんど話すことのない柚木さんと、仕事上でも接点が持てるのはありがたい。柚木さんへの気持ちや微妙な関係性が他の人に気づかれないように、気持ちを引き締めなくては。

社会人としての柚木さんへの憧れと、男性としての彼への憧れが混ざって、ふわふわした気持ちが増していく。それと同時に、何ひとつ欠点などないように思える彼がどうして婚約破棄に至ったのか？　という謎が深まる。

謎は不安な気持ちに繋がり、私が気づいていないだけで実は柚木さんにはモラハラ気質があって、嫌気がさして彼女が浮気に走ったとか……？　などと悪い方向への想像力を掻き立てた。

彼の遊び慣れているようなアプローチにも少しもやもやしてしまう。舞い上がっている場合ではないのかもしれない。ああやって女の子をその気にさせておいて、飽きたらポイと捨てる。婚約破棄は、実は彼が言い出したものだったりして――

疑いの気持ちが一度芽生えてしまうと、悪い考えが連鎖して溢れてくる。けれど、噂は噂でしかなく、彼から直接話を聞いたわけでもない。私が自分の目で見た彼の姿を信じて、今はただ浮かれてしまいたい――そう思う次の瞬間には、ポイと捨てられて傷つきたくないという気持ちが頭をよぎり、混乱する。

考えても仕方ない。そうわかっていても中々考えるのをやめられない。何か別のことに集中してどこかで寝落ちしてしまいたいと適当な映画を再生した。しかし全く内容が頭に入ってこないまま、日付が変わってだいぶ経ってからようやく意識を失うように眠りに落ちた。

「柚木さん、おはようございます。よろしくお願いします」

「こちらこそ、よろしく」

月曜日、仕事の状況確認のため柚木さんに三十分のすり合わせの時間を設けてもらった。土日は浮かれともややもやのスパイラルに頭と心を持っていかれていたが、会社に来ると嫌でも気持ちが切り替わる。

「……そう、それで、できるだけ早く現状分析を終わらせて方針を固める会議を開きたいところ。今年の新人研修の感想や効果を対象者本人たちとその教育係たちから集めて、来年度の研修に残すものと変更するものを洗い出したい」

「なるほど……ではお手伝いするとしたらその情報集めか分析のところでしょうか？」

「そうだね、そこ手伝ってもらえると助かる。アンケートを取りたいから、その叩き台、作ってもらえる？　今見せている今年実施した新人研修のスケジュールと配布資料は、この打ち合わせが終わり次第データを送るから、アンケートに引用したり添付したりして大丈夫」

紙面で見せられた資料を眺める。研修へのフィードバックを依頼するアンケートであれば、以前に作ったことがあり、叩き台でよければあまり時間をかけずに作れそうだ。

「かしこまりました。今日中でいいですか？」

「うん、十分。よろしくね……なんか、金曜とギャップがありすぎて、変な感覚」

「それは、ちょっとわかります。まあ仕事は仕事なので、頑張りますね」

「頼もしいね。これ、うちのチームで軽く会話したときのメモ。俺が入れたい質問項目もメモしてあるから、うまく入れてくれるとありがたい」

優秀な先輩に戦力として認めてもらえるのは純粋に嬉しいし、力になりたいな、と思う。資料を読み込み、柚木さんが何をアンケートで聞き出したいのかを考える。

アンケートの原案を作り上げ、お昼過ぎに柚木さんへメールで送ると、すぐに『早くて助かる。確認します』と返事が来た。

「藤井さん、ちょっと」

それから間もなくして柚木さんに声をかけられる。振り向くと、私が送ったアンケートの原案を印刷し、メモを付けてくれたようだった。

「これ、ほとんど原案を採用させてもらった。すごいね。キャッチアップが早くて助かるよ。一部、細かい文言を統一したくて修正を入れさせてもらったから、ここだけ修正して課長に確認依頼出しておいてもらえる？」

「柚木さんが想定していたものと離れていなくてよかったです。ご指摘ありがとうございます。その通りにしておきますね」

柚木さんのお眼鏡に適う仕事ができてよかったと胸を撫でおろす。彼に手渡された紙にはいくつか付箋が貼られていて、修正の指示が丁寧に書き込まれている。ああ、柚木さんはこういう字を書くんだ、と丁寧な人柄が想像できる整った文字をじっと見つめた。

（あれ、これ……）

『藤井さんがこれ片づけてくれたから、今日は早く帰れそうなんだけど、夜どう？』

どくんと心臓が跳ねた。『藤井さん』と彼の字で書かれた自分の名前を、指でなぞる。好きな人が書いてくれた自分の名前は、なんだかとても愛おしいものに思える。

本当は今日中に片づけたい仕事がたくさんあったが、締切は明日以降で、今日でなくても大丈夫。柚木さんとのご飯で始まる一週間は魅力的で、そのお誘いは断りたくない。今抱えている仕事の総量と、明日以降に確保できる作業時間を天秤にかける。朝早くから作業すれば、カバーできる、と判断する。

『夜七時までの会議終わり次第でもよければ！　柚木さんと飲めるの、最高の月曜ですね』

汚い字と思われたくなくて、できる限り丁寧に付箋にメッセージを書く。柚木さん、と名前を書くのは緊張した。

週末の間ずっと頭の中でシーソーゲームを繰り広げていた浮かれともやもやは、些細なことで浮かれ側に傾いてしまう。この関係が壊れてしまうことが恐ろしくもあるが、今日こそ例の件を話題に出してもやもやを解消したいとも思う。

修正指示を全てデータに反映し、課長に送る手前で席を立つ。もちろん、柚木さんが持ってきてくれた紙を手にして。そこに自分が書いた付箋も付けて、彼のところへ向かう。

「柚木さん、失礼します。一点、ご指示の中で確認したいことがありまして——」

本当は確認したいことなんてひとつもない。不明点を指さすフリをしながら、先程の付箋を指さす。

「——ああ、ごめん。ここね、これはここと同じようにしてくれればいいから」

柚木さんは私が何をしに来たのかをわかっていたような様子で、その付箋を紙から剥がし、適当な会話を続けてくれた。

「じゃ、引き続きよろしく」

「はい」

社内恋愛、悪くないなと思ってしまう私はやっぱりチョロい。

私が自席に戻ると、柚木さんからチャットが来た。

『会議終わり次第で了解。お互い仕事で難しくなったら連絡するってことで。社員用玄関のあたりにいるから』

ちょうど私宛に電話がかかってきてしまい、『いいね』だけで返事を済ませる。会議が終わり次第すぐに帰れるように、気合を入れて残りの仕事にとりかかった。


会議が終わったのは七時を五分過ぎたころで、会議の後片づけをしてバタバタと退勤した。フロアに彼の姿は見えず、メッセージの通り先に玄関で待っているのだと思い、急いで向かうと、エレベーターホールで壁に寄りかかり、スマートフォンを弄《いじ》る柚木さんの姿が見えた。遠めに見るとやはりスタイルのよさが際立つ。

「柚木さん！　お待たせしました！」

「焦らなくてよかったのに。あんまり待ってないよ。お疲れ様。ちょうどいい電車があるから、ちょっと早歩きでもいい？」

柚木さんがいつもより早いペースで歩きだす。それでも私が難なく追いつける速度で、ありがたい。柚木さんの横を歩けるだけで、心が満たされるようだった。

「すみません、きっともうお店も決めていただいていますよね」

「うん、前にひとりで行っておいしかったところ。藤井さんも好きだと思う」

お店は会社の隣駅の駅前で、あっという間に入店できた。お座敷のテーブルに通されると同時に柚木さんが生ビールを二杯注文する。お店選びといい、ビールといい、私の趣味嗜好を覚えてくれているのは幸せなことだ。大事にされている、と自惚れてしまう。

「勝手に頼んでごめん。ビールで大丈夫だった？」

「もちろん大丈夫です、ありがとうございます」

「じゃあ、今日もお疲れ様でしたってことで、乾杯」

柚木さんがシャツの袖をめくり、ネクタイを外す。首のボタンも外して、すっかりオフモードになった。今まで服装を崩すことがなかったから、くるくると丸めてカバンに仕舞われるネクタイにドキドキしてしまう。

「月曜日だからお酒控え目で、ご飯中心がいいかな」

「そうですね、もう週末気分ですが……まだ月曜日ですもんね」

「ごめんね、月曜から。藤井さんがサポートについてくれることになって、仕事早く終わりそうだなって思ったら、静かな家に帰ってひとりで晩飯食べるのが嫌になっちゃってさ」

そのタイミングで私に声をかけてくれるんだ、とたった一ヶ月にも満たない間に縮まった距離感に感動する。ひとりでご飯を食べるのが寂しい気持ちは私もよく理解できる。実は私もこの土日に柚木さんを信じていいのかと疑いつつも、彼との楽しい飲み会を思い出して、柚木さんと一緒にご飯が食べたいと考えていたのだ。

「私も、土日にひとりでご飯を食べるの寂しい気分だったので、同じですかね」

勇気を出してそう伝えてみると、柚木さんは「そう言ってくれて嬉しい」と優しく笑ってくれた。

「やっぱり誰かとおいしいって言いながら食べるご飯って幸せだよね。ひとりで食べるとどうしても作業じみてしまうというか、味気なくてさ。藤井さんは本当においしそうに食べるから、それを思い出しちゃって。土日に声かけるか迷ったくらい」

柚木さんも土日に私のこと考えていたんだ、と心臓が跳ねる。ただひとりでご飯を食べるのが寂しいということではなく、私とご飯を食べたかったと言われて、まっすぐに彼の目を見て話すことができない。冗談っぽく、そんなに私とご飯を食べるの気に入りました？　なんて改めて聞いてみようか。

「私に声掛けなくたって、彼女さん、いるんじゃないんですか？」

心臓が飛び出しそうなくらい緊張しながら、思い切って恋人の有無を聞いてみる。これで彼女がいると言うのなら幻滅もいいところだ。

「いないよ。もうずっと」

「意外です」

「そう言ってくれてありがとう。藤井さんこそ、いないの？」

「いないです」

柚木さんは串焼きの盛り合わせと枝豆、卵焼きという鉄板のメニューをおつまみに、半分くらいに減ったビールジョッキの持ち手を手持ち無沙汰そうに握っていた。話がうまく続けられない。過去の話に踏み込めず口を噤《つぐ》んでいると、柚木さんが仕事の話に話題を切り替えた。

明日も仕事であるという事実がそうさせたのか、そのあとも話題の中心は仕事だった。年が比較的近く、気心知れている相手と一緒に働くことは今までになかったらしく、私と一緒に仕事ができるのが楽しみだと言ってくれる。リップサービスだとしてもありがたい言葉で、つい気分よくお酒を飲んでしまった。

「しかも、頼んだことを期待以上のクオリティと速さで仕上げてくれるんだから、ありがたいよ……他の仕事も全部藤井さんにサポートしてほしい……もっと一緒に仕事したいよ……」

「そんな、言いすぎです。超平凡なのに、高く評価してくださるのは柚木さんくらいですよ。抜擢されて昇格も早い柚木さんに褒めていただけるのはすごく光栄ですが……」

「上から目線な評価になっちゃうけど、俺のこと仕事ができるって思ってくれているなら、俺に褒められている自分にもっと自信を持って？　この人に仕事を任せたいとか、もっと一緒に仕事をしたいなって思う相手なんて、初めてだよ。真面目で、やるべきことをきっちりやって、気配りもできて、これ以上何が足りないの？」

真面目ではあっても要領はよくないという自己評価であったため、柚木さんの言葉のひとつひとつに苦しいくらいの喜びがこみあげてきて、喉の奥がきゅっと締まる。自分なりにプライドを持って頑張ってきた仕事やそれに向かう姿勢を評価してもらえるのが、こんなにも嬉しいなんて。

「泣きそうな顔しないでよ。褒めてるんだから、笑って？」

「こんなに褒めてもらったら泣いちゃいますよ……柚木さんが褒めてくれるんだから、私が私のことを貶めちゃダメってことですよね」

「そう、そういうこと。ちゃんとわかってるじゃん。えらい。その呑み込みの早さも素直さも、俺はすごくいいところで大事にしたいと思ってるからね。そのままでいて？」

やっぱり、とてつもなく大事にされている。この人が悪い人だなんて思えない。もっと特別な存在になりたいし、私も彼のことを大事にしたいという気持ちがどんどん膨らんでいく。

「ありがとうございます。嬉しすぎるので、今日の会話をメモした付箋を会社のデスクに貼っておきます」

「やめてよ、もう。そんなことされたら恥ずかしくてデスクに近寄れないよ？」

「うーん、それは寂しいかも」

「でしょ。でも、メモして、自己肯定感上げてくれるのは大歓迎。それだけの価値があるってちゃんと自覚してほしいし、俺が言ったこと覚えててくれるのも嬉しい」

ああもう、私のこと好きなのかなぁって、思いたくなってしまう。ずるい。

「……また、そういうこと言う……」

余裕のある社会人の顔なのか、それとも特別大事な人を慈しむ顔なのか、どちらに捉えたらいいのかわからない、曖昧だけれど優しい微笑みに混乱する。

「まだまだ言い足りないし、もっともっと褒められるべきだからね。自分で自分のこと褒めるの、苦手でしょ？　その分、俺がたくさん褒めるの」

振り回さないで、はっきり伝えてくれればいいのに。それとも、後輩として大いに気に入られているだけなのだろうか。思わせぶりなことだと思っているのは私だけなのか。私の勘違いだったと玉砕するのも悲しいし、この人とどう接したらよいのだろうと戸惑ってしまう。

明日もあるから、と二時間程度で切り上げてお店を出ることになった。駅までの距離が短く、話せる時間は残り少ない。もっと私のことどう思っているのか聞き出すチャンスが欲しいのに、と寂しさともどかしさがこみあげてくる。

「あッ」

突然柚木さんに手を引かれた。彼にぶつかりそうなくらい近づいて、ぐっと堪《こら》える。驚いて彼の顔を見上げると、「ちょっとこっちに」と囁かれた。

至近距離で聞く彼の低い声に腰がぞくりとした。顔が熱くなるのを感じながら、何度も繋ぎたいと思って見つめていた手のひらの熱さに意識が集中する。思っていたよりずっと硬くて厚い手と、自分の薄くて小さい手の差に、「男の人」を感じてしまって頭が真っ白になった。

彼に手を引かれるまま足早に道を進み、少し離れたところから後ろを振り返ると、酔っぱらった若者が地面に転がっていた。居酒屋を追い出され、駅まで歩いてきたところで力尽きたようだ。あれがぶつからないように助けてくれたのだとやっと気づいた。

「柚木さん、ありがとうございます。すみません、まわりが見えていなくて」

「ううん、急にふらふらこっちに来て、ぶつかりそうだったから。ごめんね、いきなり触っちゃって……ねえ、待って、耳、真っ赤……もしかして照れてる……？」

「それは、まあ、その……」

「そんな顔されると、その、こっちまで照れるんだけど……」

耳が赤いことを指摘され、わかりきったことを聞かないでほしいという恨めしい気持ちを胸に柚木さんを見上げれば、彼は口元を手で覆って私から視線を逸らす。次第に柚木さんの耳も赤く染まっていく。

助けるためとはいえ、勝手に手を握って照れさせて、それに照れるのはなんだか……ずるい。遊び慣れていると疑い続けることが難しくなって、やはり破談の噂は彼に非はないものなのではないかと思ってしまう。

「ごめん、ちょっと、反応が予想外で……どうしよう、ごめん、こっち見ないで」

「なんですか、もう。私より照れるの、やめてくださいよ」

「うん、そうだよね、でも、ちょっとほんと……ダメだ、今日は勘弁して」

狼狽《うろた》える柚木さんを見て私まで照れがぶり返してきた。勘弁してほしいのはこちらだ。手を握られるだけで赤くなる私は幼く見えただろう。年相応の、落ち着いた対応ができなかった自分が悔しい。彼のことを意識していると気づかれたに違いない。

けれど、落ち着いた対応ができていたら、こうして照れる彼の一面は見られなかっただろう。勢いやなし崩し的に手を握ることは決してしないが、私を助けるためには手を掴む人だということも、彼への好きという気持ちが膨らむ要因のひとつになっていた。

握った手が離されて、寂しく感じる。柚木さんに何を伝えたらよいのかわからず、ただ彼の赤くなった耳を見つめる。彼は私の視線を感じたのか、視線を逸らしてどこか遠くを見つめながら、ぼそりと呟いた。

「なんか、ほんとにダメだ……俺、今日はちょっと歩いてから帰る」

何がダメなの？　と聞きたい気持ちをぐっと堪《こら》える。聞きたいことや確認したいことだらけで、はっきりしてほしいと思う気持ちと、今はそれを急かすタイミングではないのではないかという不安がせめぎ合う。

たとえワケアリ物件という噂があっても、きっとこの人は不誠実なことはしないと思う。だからこそ、「今日は無理」と言っている彼をつつくのはやめておこうと考えた。彼の気持ちを確認して玉砕するのが怖いという気持ちも少なからず混ざっているが、これが今できるベストな選択だと思う。

「じゃあ、また明日」

「はい、おやすみなさい」

柚木さんは酔い醒ましに歩いて帰ると言って、私を駅まで送ってくれた。ひとりで改札に入り、後ろを振り返ると彼もこちらを見ていた。軽く手を振り、会釈をしてホームへ向かう。振り返ったらきっとまだ見送っているだろうと思ったが、それを見てしまったら、帰るタイミングを失ってしまいそうで、振り返れなかった。

第二章　彼のお部屋へ

翌日、昨日のことがなかったかのように仕事に打ち込む。私も柚木さんも仕事が追加されて、金曜の約束を守るためには、必死に働くしかなかったのだ。ふとした瞬間に昨晩の手の感触を思い出しかけるが、すぐに仕事の内容で頭の中が上書きされる。

思い出したら彼のことを想うのを止められなくなってしまうからと無意識に心がブレーキをかけているのかもしれない。なんにせよ仕事に悪影響を出さないでいられてよかった。恋愛に現《うつつ》を抜かして仕事が疎かになる人間だと柚木さんに思われたくはない。

柚木さんとすれ違っても、仕事上の会話をしても、甘酸っぱい空気は流れない。彼は私以上にそういう空気になることを避けているようですらあった。今まで以上に淡々と、必要最低限の会話だけで済ませることが暗黙の了解となっているように感じる。

作業に煮詰まって、自販機にコーヒーを買いに行く。少し仕事から意識が逸れて、ふと、もしかすると彼は私と距離を置こうとしているのかもしれないという考えが浮かび、怖くなった。金曜の予定も、仕事を理由に断られてしまうのだろうか、とネガティブな思考に陥りそうになる。

ここまで育ってしまった恋心をなかったことにするのは難しい。今のうちに、心の準備をしておいたほうがいいのだろうか。コーヒーを口に含み、苦さと一緒に余計な思考を飲み干した。今は仕事に集中しよう。

「お先に失礼します」

「お疲れ、気を付けて帰るんだよ」

上司からのフィードバックをアンケート案に反映させたことを報告しがてら帰りの挨拶をすると、眉間に深めの皺を刻んだままの顔で味気なく返事をされ、チクリと胸が痛む。ただの後輩、そう扱われているような気がして、そのショックが顔に出ないようにと唇を引き結ぶ。

帰り道、仕事から解放された私の頭の中はまた柚木さんでいっぱいだった。手を握っただけで真っ赤になる私を見て私の気持ちに気づき、面倒なことになる前に距離を置こうとしている……そう考えるのが自然ではないか。

金曜の予定をキャンセルし、仕事の目途が立たないからと代替日を決めず、ほとぼりが冷めたころになんでもないフリをしてご飯を食べに行き、当たり障りのない話をして解散する。そうして何もかもなかったことにするのがよいのだろうか。

一度膨らんだふわふわの恋心を自分の手で萎ませるのは苦しい。

水曜も木曜も、突発的なトラブル対応や病欠者の業務のフォローまで降りかかり、稀に見る忙しさで雑談をする余裕もなかった。仕事に忙殺されて、普段なら「どうして私がこんな目に」と思いたくなるようなシチュエーションであったが、柚木さんのことを頭の隅に追いやれると考えれば、今の私には都合がよかった。そして気づけば約束の金曜日を迎えていた。

「……今日のご飯だけは死守する。この間は俺の仕事を手伝ってもらったのに、藤井さんの仕事手伝えなくてごめんね。無理はしないで」

会議室前の廊下で、たまたま二人きりになった。軽く会釈をして立ち去ろうとしたのに、彼は私を呼び止めてそう言った。

「え……？」

「え、何その顔……俺、予定間違えてた……？」

「あ、いや、そうじゃないです。今日で合ってます」

「もしかしてリスケしたほうがいい？」

私がもやもやと考えていたのが馬鹿らしくなるほどきょとんとしたいつも通りの態度の柚木さん。誰かに聞かれるリスクはないが、チャットではなく口頭で言われたことにも驚く。ここ数日間、ずっとよそよそしく振る舞っていたくせに。

「いえ、ちょっと驚いただけです……仕事、頑張ります」

「うん、俺も頑張る」

一緒に飲みに行く間柄の先輩・後輩ならばこれくらいの会話はするだろう。誰に聞かれているわけでもないのにまわりの目を意識してしまう。余計なことを勘ぐられないぎりぎりの言い回しはこの程度のはず。

淡々と振る舞っているのは仕事モードだからであって、先輩・後輩の関係に戻りましょうということではないのだろうか。今日の予定を守ろうとするのは、私とのご飯を楽しみにしているから、と都合よく受け止めたくなる。同時に、自分だけが想いを募らせていて、柚木さんにとってはただの都合のいいご飯仲間であり、ハードな一週間の終わりを分かち合いたいだけかもしれない、という不安も波のように押し寄せる。

がむしゃらに働き、午後にはなんとかお店の予約時間までに仕事を終える目途が立った。人間やればできるものだと、今日ばかりは自分の努力を褒めてあげたい。そんなふうに言ったら、「今日だけじゃなくて、毎日褒めてあげて」と柚木さんは言ってくれるだろうか？　ふとした瞬間に彼の言葉を思い出してしまうのは、かなりの重症だ。

「柚木さん、お疲れ様でした」

「お疲れ。いや、さすがに今回は予約キャンセルって言おうかどうか迷ったよ」

キャンセルって言おうか迷ったのに、言わなかったんだ、と心が勝手に浮かれだす。後日傷つくことになるかもしれないのは自分であるのだから、あまり舞い上がるべきではないと頭ではわかっているのに、心はままならない。

「私も。柚木さんから延期の連絡が来ないから、必死に働きました」

「ごめん、やっぱりそうだよね？　エレベーターのところで話したとき、驚いたって言ってたから……自分の都合でリスケしてなんて言えないタイプだろうに、気が回らなくてごめん。藤井さんとご飯を食べたいの、俺の我儘だからさ」

お仕事モードが消え去って、「藤井さんとご飯を食べたい」と私を特別視する発言をしてまた甘い雰囲気を醸し出す柚木さんに私の心がほぐれだす。ただの先輩・後輩の関係に戻ろうなんて空気は少しもなく、それに自分でも驚くほど安心してしまう。

ここ数日間のオフィスでの空気なんてなかったように笑い合いながら退社し、予約してくれたバーに向かう。振り回されていたことすらどうでもよくなってしまいそうな自分の絆され具合を自覚していたが、柚木さんの笑顔を見ていると、どうにも理性が働きさらない。

カウンター席に向かう途中に店内を眺めると、席は半分くらい埋まっていて、当然ながらカップルが多いように見える。もしかしたら私たちのように微妙な関係性の人たちもいるかもしれない。

席に着くと、席間が思いのほか狭く、少し動くと肩がぶつかってしまいそうだった。すぐそばに柚木さんの気配と体温を感じる。

「狭くない？」

「だいじょぶです」

カタコトじゃん、と肩で軽くつつかれた。これは間違いなく確信犯だ。どうしてこんなことするの。勘違いが加速してしまう。勘違いでないのならはっきりしてほしい。振り回され、手の上で転がされているのがやっぱり悔しくてこちらからもやり返すが、柚木さんの身体はびくとも揺れず、ますます悔しい気持ちになるだけ。

手を握って照れた私を見て顔を赤くしていたときとは打って変わって余裕のある柚木さんは、私と距離を取ることもせず、結果的に肩を寄せ合ったままの状態でご飯を食べることになった。

「これ、おいしい。それにしても、今週、ほんとに忙しかったよね」

その距離感が当然であるかのような振る舞いに、心がついていかず少しも落ち着かない。今もここ数日間も彼に振り回され続けていることが少し悔しくなって、小さな嫌味をぶつけてみたくなった。

「そうですね、来週は落ち着くといいのですが。それにしても、お仕事モードの柚木さん、あんなに露骨に距離を取らなくてもいいんじゃないですか？」

「それは……ごめん……うっかりご飯中のノリで話しかけそうで、ちょうどいい距離感探してたんだけど、嫌な思いさせちゃったよね……ごめん……今日は藤井さんの食べたいもの、いっぱい食べてください」

ほんの少し私の気持ちをわかってくれればと思い伝えてみたものの、思いのほかしゅんとしてごめんを繰り返す柚木さんに思わずふふっと笑いが零れてしまった。しかし、笑って身体が揺れたことで彼と触れ合っている面積が広がり、その温かさに意識が持っていかれ、会話が滞りそうになる。

「やだ、そんな顔しないでください。それに、私の食べたいものって、だいたい柚木さんも食べたいものですよね？」

「あ、バレた？　好み近いから実際そうだよね。ついでに俺は藤井さんがおいしいおいしいって言ってるところ見られるし、全然お詫びにならないな」

振り回されている状況は何も変わらず、声が上擦りそうになるのを堪《こら》えて会話を続けた。薄い布越しに肌が触れ合っている感覚に戸惑って、料理の味も柚木さんの話も頭に入ってこない。私が話に集中できず相槌を打ちきれていないせいか、柚木さんの言葉数も少なめで、どことなく静かな空気が漂っていた。

「今日はいつものおいしい！　が少ないね。体調悪い？」

「いえ、全然。とってもおいしいです」

「そう……？」

このような状況で無邪気においしい！　なんて言えるわけがない。本当はこの物理的な距離に緊張していると伝えたり、どういうつもりなのか？　と聞いてみたりしたい。けれど、やっぱりそのあとの彼の反応を確認するのは怖い。あと一歩の勇気を踏み出すきっかけが欲しい。

「こういうバー、慣れないので緊張しているだけです。とってもおいしいですよ」

「なるほど、おいしいならよかった。ここ、家の最寄り駅でさ、いつか一緒に来たかったんだ」

嘘ではないが真実でもない補足に柚木さんは納得してくれたらしい。しかし、本当の緊張の理由に彼は気づいているのではないだろうか。普段の彼なら、きっと私の緊張をとくような言葉をかけてくれるはずだ。

手を握られるだけで真っ赤になる私が、肩や二の腕が触れ合っていることに意識が向いて、食事にも会話にも集中できていないことに気が付かないわけがない。

それでも離れようとしないのはお互い様だ。私も彼も、いつも通りに話が盛り上がることよりも、身を寄せ合っていることを選んでいる。

「まだ食べる？　俺は、そろそろいいかな」

「私も、もう大丈夫です」

心と頭がいっぱいで、ご飯が進まない。それは柚木さんも同じなようで、いつもの半分くらいの量を食べたところで注文をやめた。それでも離れがたくて、グラスに残ったお酒をちみちみと飲みながら時間を稼ぐ。

「課長もさ、早く増員してくれればいいのに」

「どこの部門も人手不足らしいですね」

大した量は飲んでいないはずなのに、頭が全然回らない。これまでで一番当たり障りのない会話は、いつものように広がることもなく空気のように消えていく。

金曜の稼ぎ時に何も注文せず居座るのは申し訳なく、グラスが空になれば席を立たなくてはいけない。そろそろ行こうか、と柚木さんが小さく呟く。

今日はこれで終わりなの？　もっともっと話したいのに。一週間やきもきさせられたのに？　この人が何を考えているのかわからない。このままた週末ももやもやして過ごさなくてはいけないの？

肩の温かさから離れるのはあまりにも名残惜しくて、ひとりの家に帰ってやきもきした時間を過ごさなくてはいけないのかと思うと苦しい。そんなぐちゃぐちゃの気持ちが「関係を壊したくない」と怖気づいていた私を突き動かした。ゆっくりこてんと首を倒し、柚木さんの肩に頭を乗せた。ドキドキして、自分の鼓動がうるさい。さっきまで確認するのが怖いと思っていたのが嘘のような大胆な行動に、自分自身が信じられない。

「……ねえ、藤井さん、もうちょっと飲みたいって言ったら、付き合ってくれる？」

私の行動には触れず、口調はいつも通りに聞こえるが、声色は少し上擦っているように感じた。その声色に驚いて思わず見上げれば、柚木さんの顔はごく近くにあって、吐息がかかってしまいそうだ。彼の表情は少し硬く、真剣な目の奥は笑っていない。関係性が変わる気配を感じて、私の身体も強張るが、彼と同じくいつも通りを装って、返事をする。

「もちろんですよ。でも、今日はご飯はあんまり入らないかもしれないです」

「そうだよね……飲みたいというより、もう少し話していたいんだけど……うち、近いけど宅飲みはナシ？」

大胆な行動が悪い方向に転がることにはならなそうだという安堵感と、急な展開への不安感の板挟みで声が震えそうになる。

「……おうちだなんて、あんまり、ドキドキすること言わないでください。勘違いしますよ」

「……いいよ。勘違いじゃないから。それに、そんなことして、俺だって勘違いしそうになる。これがなんの意味もない行動で、俺が勘違いしているだけなら、今すぐ離れて？」

ここまで言われれば、私の期待が現実になることが想像できる。私の顔は緊張に強張っていたと思う。それでも肩に寄せた頭をどけずに、精一杯柚木さんから目を離さず、数秒彼の目を見つめた。

柚木さんは覚悟を決めたように立ち上がり、お会計を済ませて私の手を引いて店を出た。店を出てすぐにぐっと抱き寄せられる。傍から見れば酔っぱらってイチャつくカップルだろう。

「柚木さんのおうちは、心の準備が……」

「……なんの準備が必要なの？　今こんなふうになって何も嫌がっていないのに……話するだけって言っても、嫌？」

「ゆ、柚木、さん……」

「……やっぱ今日、帰したくない。ごめん、もっと時間をかけたほうがよかったのかな。俺はご飯食べるたびに藤井さんのこと好きになっちゃって……早く、伝えたくて我慢できなかった。こんな場所じゃなくて、ちゃんと気持ち伝えたいし、藤井さんの返事も聞きたい。俺の家が嫌なら藤井さんが安心できる場所でいいから、話す時間が欲しい」

こくんと頷く。柚木さんの腕の中は、思っていたよりずっと心地よかった。両想いが確認できた瞬間の幸福感はこんなにも大きなものなのか。心臓がばくばくして、視界に映る全てがキラキラしていて、頭の奥がじんじんする。

「一回抱きしめちゃったら離れがたいんだけど、離さなきゃダメ？」

「え……っと、……ダメ、です」

「今の間、何……？　……でも、そうだよね、耳、赤いもんね。あー……こんな道端で、ごめんね。我慢できなかった」

腕をほどかれる。夜の繁華街は男女がいちゃついているくらいでは誰も目に留めない。まわりの人がすいすいと歩いていく中で、数十秒、見つめ合っていた気がする。覚悟を決めて、柚木さんの手を取る。

「柚木さんのお部屋、お邪魔してもいいですか？」

「もちろん。ありがとう」

柚木さんは当然のように私の手を握ったまま、ドアを開け客待ちをしているタクシーに向かって手を上げた。先日よりもしっかりと握られた手を軽く握り返すと、振り向いた柚木さんが幸せそうに微笑んだ。

「お邪魔します……」

「何もない部屋だけど、ごゆっくり」

タクシーに乗っている間、柚木さんはずっと私の手を握っていた。私は彼の顔を見ることができず、彼に握られた手をじっと見つめていた。大きくて骨ばった手は温かく、私が握り返すとその私の手の甲を反対の手の指で優しく撫でてくれていた。

家具は木目調で、小物類は黒で統一されたシンプルなインテリア。掃除も行き届いていて、丁寧な暮らしをしていることが一目でわかった。壁には大学時代の友人だろうか、男性数名で撮った写真が飾られていて、今より少し幼い表情で笑う柚木さんが写っていた。

「うち、座椅子ひとつしかなくて、それに座ってて。お水とビールどっちがいい？」

「……柚木さんは？」

「もうお酒入れる心の余裕ないから、水かな。正直、水飲む余裕もないくらい緊張してる」

「私も……だから、お水はあとでいいです」

家主より先に座るのは気が引けて立ち尽くしていると、一度手に取ったコップを台所に置いて、柚木さんがこちらに歩いてきた。そのまま手を引かれて、座椅子に座らされる。柚木さんは私の正面に座って、まっすぐ私の目を見つめてきた。

「今更かもしれないけど、ちゃんと伝えたいから……俺、藤井さんのことが好きです、付き合ってほしい」

真正面から告げられるまっすぐな言葉に、胸の中がぶわっと熱くなる。熱くて、苦しくて、涙が浮かんできそうだ。ちゃんと話がしたいと言って丁寧に気持ちを伝えてくれる彼の誠実さがやっぱり好きだ。どこかへ連れ込んで、身体の関係から始めたとしてもおかしくない年齢なのに。

やはり、何度考えても婚約破棄の理由が彼の不誠実さにあったとは思えない。ワケアリにされてしまっただけで、彼は悪くなかったのでは？　と信じたい気持ちで心が埋め尽くされ、今の私に見えている彼を信じてみようと心を決めた。

「……私も、柚木さんのこと、好きです。私で、いいんでしょうか」

「うん、藤井さんがいい。一緒にいて、あんなに幸せな気持ちになれて、もっと……毎日一緒にご飯食べたり、話したりしていたいって、思ってた」

嬉しい。そう呟いて私に近づいてくる。身構えて目を瞑るが、キスではなくハグだった。ぎゅっと抱きしめられて、柚木さんの吐息を肩に感じる。おずおずと手を伸ばし、抱きしめ返すと、柚木さんがさらに力を込めて抱きしめてくれた。

「なんか、夢みたいだ」

「私も。こんなに短期間に、一気に仲よくさせてもらって、こんなふうになるなんて……」

「俺も、信じられない」

柚木さんが顔を上げる。ごく近い距離から心結ばれたばかりの人の顔を見るのは心臓に悪い。思わず身を竦めると、「ごめん」と愛しそうに微笑まれて、ますます顔が熱くなる。

「あんまり可愛い顔しないでよ。月曜日もだけど……初心な反応も可愛いの、自覚して？　照れていて、それなのに何かを期待しているような、その顔。会社では仕事に集中していて、浮いた噂のひとつも出てこない藤井さんが、俺のこと好きでこんなに赤くなって、俺の腕の中にいるの、これ、現実でいいのかな」

「う……あの、頭も気持ちも追いつかないけど、現実だったらいいなって、思います」

「あ、また照れてる。実は、初回の飲み会の数日後、例の後輩くんにさ、藤井さんと飲みに行ったんですか？　って聞かれて。行ったって答えたら、自分も誘ってみようかなって言ってて、それが……嫌だなって。幸せそうにおいしいって食べるとこ、独り占めしたいって……俺、藤井さんが語彙力なくなるくらい幸せそうにご飯食べてるところ、本当に好き」

「あ……、その」

「ああ、俺、すごく舞い上がって……一方的に話してごめん。藤井さんは、いつから俺のこと好きだった？」

もやもやしていた間の答え合わせになるような告白に言葉を詰まらせていると、頭を撫でられた。ずっと撫でてほしいと思っていたその手つきは想像よりずっと優しく温かくて、恥ずかしいことでも聞かれたことに全部答えてしまいそう。私が彼のことを好きなのと同じくらい、彼も私のことを想ってくれているのかな、と自惚れたくなる。

「私も、初回のご飯がすごく楽しくて、もっと話したりご飯食べたりしたいって思ってました。その場で二回目の予定立ててくれたのも嬉しくて、でも柚木さんがどんな気持ちかわからなかったから、がつがつアプローチして引かれたくなくて、困っちゃいました」

「そっか、ごめん」

全然悪びれていない、浮かれ切った声がする。私の頭は変わらずに一定のリズムで撫で続けられていた。

「足ぶつけてきたり頭撫でるフリしたり、他の女の子にも同じようなことしてるのかなって不安だったし……私だけが好きなのかな、私だけ本気になってあとでポイって捨てられちゃうのかなって。思わせぶりなことばっかりして……ずるかったです」

柚木さんの指が頭皮を擽《くすぐ》って、ぴくりと身体が震えた。

「そうやって、可愛い反応するの、藤井さんこそずるいよ」

「それは、擽《くすぐ》ったいこと、急にしてくるほうが悪いに決まってます……同じにしないでください。柚木さんは何考えてるのかわからないことばっかりだったんですから……」

「何考えてるのか、今もわからない？　そんな男と一緒にいるのいや？　……家に、帰りたい？帰るなら、家まで送るよ」

「そんな、ひとりで帰れますよ」

「……帰るの？」

ぎゅっと抱きしめながらそう聞くのはずるくないのだろうか。帰りませんなんて恥ずかしくて言えないのに。

「ごめん、帰らないでほしい。何もしなくていいから、もう少し話して、一緒に寝たいな」

「……私も、まだ一緒にいたいです」

「……そっか、ありがとう……ねえ、ドキドキしてる？　もっとドキドキしていいんだよ。俺ばっかり好きなんじゃないかって割と必死だったんだから」

密着する彼の身体から伝わってくる鼓動は激しくて、ドキドキしているという言葉が真実であることが思い知らされる。

「だから、それは私のセリフです。意識させるだけさせておいて何も言わないの、やっぱりずるいです」

「ごめん。俺と飲みに行くの、おしゃべりもご飯も楽しみだから仕事頑張るんですって笑顔で言われて……そんな顔してくれるなら、おしゃべりもご飯ももっとできるように付き合おうよって会社でココまで出かかったからね、俺。よく耐えたよ」

彼の身体が離れ、ココって言いながら喉に手を当てる。柚木さんのまわりがキラキラ輝いて見えるほど、世界が眩しく感じる。今までもやもやさせられていた恨みをぶつけても許されると思えた。

「それなのに平日はそっけない態度だったんですか？　本気になられたら面倒だからって距離を置こうとしているのだと思って不安だったのに」

「うん、ごめん。全部俺が悪くていいから。もう不安にさせない。今までは俺の片想いだと思っていたから、中々言えないこともあったけど、これからは伝えられるから。だから、俺が何を考えているのかわからなくて不安なときは教えてくれると嬉しいな。それと今までに不安だったこと、まだあるなら聞かせて？」

頭によぎったのは、当然婚約破棄の話だ。雰囲気を壊してしまうかもしれないと恐れて、言葉を発するかどうか悩んでいる私を見て、柚木さんが「ちゃんと聞かせて」と促してくれる。今聞かなかったとしても、いずれ聞かずにはいられなくなるだろうと思い、意を決して口を開く。

「あの……、長くお付き合いした相手がいて……お別れが壮絶だったって噂を聞いたことがあって、あれって、本当なんですか……？」

「ああ、その話、藤井さんも聞いたことあったんだ……仲のいい同期に飲み会で話したら広まっちゃって……五年か六年か付き合った彼女と婚約して両家顔合わせをやった数日後、二人で同棲していた家に帰ったら他の男連れ込んで……お楽しみ中だったんだよね……」

噂は、全て事実だったらしい。遠い目をして、辛そうに話す柚木さんを抱きしめて、さっきしてもらったように頭を撫で返した。

「ごめんなさい、思い出させて」

「ううん、ワケアリ物件って思われて当然の経歴だからね。浮気発覚以降は全く未練もなかったけど、信じていた相手に裏切られる辛さを味わいたくなくてしばらく恋愛とは距離を置いて……というのが俺のここ五年の話。ちなみにこの部屋は当時借りていた部屋とは違う部屋だから、女の子を連れてきたのは藤井さんが初めて」

私から目を逸らさずに説明してくれる。「裁判沙汰」は事実無根で、噂が回る過程のどこかで話を盛られたらしい。柚木さんに直接事実確認をしてくる人もいなかったため訂正の機会はなく、自分から訂正して回ると逆に怪しさが増す気がしてできなかったと言っていた。その言葉の全てに真実味があって、私は彼を信じることにした。

「俺から話を聞くだけだと、全部は安心できないよね。もしかしたらＤＶ気質のやばいやつの可能性があると思っても仕方ないよ。その不安は絶対に不要だってちゃんと示していくから、今は信じてほしい。信じてもらうためならなんだってする」

「……信じます。思わせぶりなことばっかりするから、やっぱり遊び慣れてるのかなって疑っちゃったんです。でも、強引にお持ち帰りするとかもしてこないし、今日だって流れに身を任せることなくちゃんと言葉で伝えるところから始めてくれて、私は柚木さんのこと、信じたいです……これでもう、不安なこと、ない、です」

「……そっか。よかった」

「私、浮気、絶対しません」

「うん、ありがと」

ほんの少し、目を潤ませている柚木さんの姿を見て、この人はやっぱり誠実な人なんだろうなと確信を深くする。今まで心の中に巣を作っていた「疑い」はすっかりどこかへ行き、空いた場所には安心感と彼への好きという気持ちが収まっている。

遊んでポイするつもりなら、きっとこんなに丁寧に接してはくれない。私を不安にさせたくない、大事に大事にしたい、という気持ちが痛いほど伝わってくる。

「ねえ……藤井さん、お持ち帰り、本当はしたかったよ。おいしいって食べている顔も特別だし、もっと他の特別な表情も見たくって。でも、勢いでどうこうする人って思われたくなかったから、どうやって進めようって最近は四六時中藤井さんのことで頭がいっぱいだった」

「え、と」

お持ち帰りしたかった。そんなふうに言われて、顔がぶわっと熱くなる。ついさっき何もしなくていい、話がしたいと言ったくせにとも思えず、求められてみたいという気持ちが膨らむ。

「……今日、どうしたい？　俺は、こうやってくっついて話しているだけでも幸せだし……」

柚木さんの声が低く掠れた。お腹の奥が苦しくなって、彼が紡ぐ言葉に期待している。熱の籠った声色に、肌がちりちりとあらゆる刺激に敏感になり始めた。

彼は、私の背中に腕を回し直し、背筋を指先でなぞった。ぞくぞくと身震いすると、ブラウスの裾から手が入り込んできて、薄いインナー越しに腰を撫でられる。

「……こういうことも、シたいなって、思ってる……」

無言を肯定と捉えられたのか、身動きできず固まっている私の手を引いて、柚木さんは寝室へと向かった。触れてほしいと思っていた手に触れられる悦びを期待して、身体中が火照りだす。

柚木さんが私に体重をかけてくるがままに、ベッドに押し倒される。電気が眩しくて顔を顰めると、それに気づいて部屋を暗くしてくれた。私の顔にかかった髪を柚木さんが手で払うと、彼の顔が近づいてくる。

「ん……」

一瞬、唇が触れ合って、すぐに離れていく。もっと、と思って視線でねだれば、「わかってる」と呟いて、噛みつくようなキスをされた。熱い舌で唇をこじ開けられ、そのまま私の舌と絡まり合う。息継ぎもできないくらい荒々しいキスに、彼の二の腕を掴んで耐える。

キスってこんなにも気持ちいいものだったっけ。

「ん、ぁ……ッ、ゆ、のき、さん……！」

「紘人《ひろと》って呼んで……由奈《ゆな》」

「あ、ぁあ、ん、ぅう……ひろ、と、さん……！」

「可愛い、由奈。とっても可愛いよ。大好き」

名前を呼ばれて、胸が苦しくなる。可愛い、大好きと繰り返しながら何度も何度も、角度を変えてキスをされる。名前を呼び合って、心が通じた喜びを改めて実感する。柚木さん——紘人さんの瞳は次第にギラギラしてきて、会社では見られない男の人の表情に、求められている悦びに身体が震える。

少しの隙間からでも舌が捻じ込まれる。唾液が口の端から零れても、キスは止まらない。歯列を、舌の側面を、ざらざらとした舌で擦られるたび、甘ったるい声が零れるのを止められない。

薄く目を開けば、目を閉じてキスに没頭する紘人さんの顔が見える。睫毛がふるふると揺れ、眉間に皺が寄せられている。私に夢中になってくれていることが嬉しくて、彼の舌に応えるように、私も彼の舌を舐めてみた。

「由奈……」

紘人さんが離れていく。二人の唇の間を、銀の糸がつぅっと結んでいた。ぷつり、とそれが切れるのと同時に、するりと彼の手が私のお腹に触れる。お腹を撫でまわした手は下へ向かい、スカートの上からお尻や太ももを撫でてきて、腰が揺れた。

「紘人さん……」

手を取られて身体を起こす。脱げる？　と促され、スカートやブラウスを脱ぎ捨てた。紘人さんも同じように服を脱いで、ベッドの横に畳まれもしない服が二人分積まれている。

「下着は、俺が脱がせていいの？」

二人とも下着だけになって、もう一度ベッドの上で向かい合う。紘人さんの身体がきれいで、目が離せない。

「見るっていうのは……見られてもいいって、ことだよね。由奈も、見せて……」

ブラのホックが外されて、ふるりと胸が露わになり、恥ずかしさに顔を背けた。紘人さんの手が、それを優しく包み込んで、一度、二度、壊れ物を扱うように揉まれる。

「ふっ、ぅう、んぅっ……」

「声、我慢しないで……」

彼の指が胸に沈み込むたび、先端が尖っていくのを感じる。いつそこに触れられてしまうのだろうかと、期待と羞恥に生理的な涙が浮かぶ。

「ぁっ、や、ぁあぁっ！」

紘人さんの指先が頂に触れた。こりこりと押し潰され、指先で摘まれ、じくじくとお腹の奥が疼きだす。紘人さんが勢いよく顔を近づけてきて、予告もなしにそこを咥えてきた。

熱い吐息が肌に届くだけで鳥肌が立つほど気持ちいいのに、敏感な頂を柔らかな舌で捏ねられれば身体が跳ねるのを止められない。舐められていないほうの胸は、手で弄《いじ》られていた。爪の先でカリカリと引っ掻かれ、鋭い刺激にじわりとショーツが濡れた気がする。ぷにぷにと乳輪を舐《ねぶ》られ、じゅるじゅると音を立てて先端を吸われ、ぽろぽろと涙が零れる。

「やッ、ぁあっ、ぁああっ……」

身を捩って逃げてしまいそうになる私を、紘人さんは身体全体を使ってベッドに縫い留める。彼の熱い手がお腹を滑って、ショーツに指をかけられた。全部、全部曝け出してしまうのだと、頭の奥がじんじんと痺れるようで、息を止めて覚悟を決める。

「由奈、腰上げて……」

下着を脱がせるために、そう声をかけられる。カサついた声、私の肌に触れる指、全部、全部独り占めしたくて、早くもっと奥まで触れてほしくて、言われるがままに腰を上げた。ショーツを脱がされ、生まれたままの姿を差し出せば、紘人さんがごくりと唾を飲み込む。

「……堪《たま》らないな……」

優しくキスをされ、熱の籠った瞳に見つめられる。紘人さんと胸が触れ合うくらいにくっつくと、彼は指を腰から太ももへと滑らせる。その指がおへそに戻ってきて、そのまま脚の付け根へと向かった。

彼に撫でられたところ全てが熱い。

そこから身体が蕩けてしまいそうなくらいに、熱い。

「由奈、脚、開いて……」

恥ずかしい。恥ずかしいけれど、それ以上に触れられたい気持ちが勝った。わずかに脚の力を緩めると、そこから紘人さんの手が秘肉に触れた。

紘人さんの指が、私の秘裂を開いて、ぬるつくそこを上下に撫でる。

「ひっ、ぁあああっ」

「っ、こんなに、感じてるの……？　どろどろになってる……」

「ぁ、アあっ、言わ、ない、で……！」

ただ撫でられるだけでもとろとろと蜜が溢れてきてしまうくらい気持ちいいのに、紘人さんの指先が肉芽に触れて、がくがくと身体が大きく震えた。大事なところを紘人さんの好きにされている感覚が快感に拍車をかけて、快感の波が次第に大きくなる。

蜜の絡んだ指先が、クリを何度も撫でまわす。腰ががくがくと跳ねるのもお構いなしに、閉じてしまいそうになる脚を力強く押さえつけながら、膨れてしまった尖りの先端を優しく擦り続けていた。

「ぁあッ、ぅんっ、ぁああっ！」

「由奈、気持ちいい……？」

「ぅああ、あぁあッ」

そんなわかりきったこと、聞かないでほしい。彼の肩を思い切り掴んで快感に耐える私を追い詰めるように、クリトリスへの刺激を強められる。口を閉じて声を漏らすまいとしても、苦しくてすぐに声が出てしまう。

「ぁ、ああ、ひ、ッ、ひろとさ、ん……！」

ぷるぷると逃げる肉芽を押し潰され、円を描くように撫でまわされ、かりかりと引っ掻かれ、ぴりぴりと電流が走ったみたいな快感に意識がちかちかとした。愛液でぬるぬるになった肉芽をしつこく指先で捏ねられる。ゆっくりと押し潰すように皮の上からそこを撫でられて、可愛くない声が零れかけた。

「んっ、ッく、ぅう、あ、ぁあ」

「声、甘い……かりかりするより、擦られるほうが好きなんだね、もっとしてあげる」

「っや、だ、ッ、知らな、いっ……っ」

頭の中がぐちゃぐちゃで、かりかりも擦られるのも、どっちも気持ちよすぎて比較なんてできない。紘人さんが手を止めてくれて、少し安心したのも束の間、彼は身体をずらし、私のソコに顔を近づけた。待って、と制止する間もなく、どろどろに泥濘《でいねい》したそこへ舌が触れる。

「ぁあああッ、ぁ、だ、めぇッ」

「由奈、可愛いよ」

くちゅくちゅと音を立てながら、紘人さんが肉芽に舌を這わせる。生暖かく濡れた感触に、今までとは違う種類の気持ちよさが襲ってくる。

「ぁ、ぁあっ……！　ひ、ろと、さ……！」

尖った肉芽を舌先でつつかれ、ぢゅっと思い切り吸い付かれる。何度も何度も吸い付いて、自分で触れなくても、肉芽が大きく膨らんでいるのがわかった。紘人さんはしつこくそこをいじめ、私の声が出なくなるまでしゃぶり続けていた。

「ッ……！　っ、っく、ぅ……」

「可愛い、もっと気持ちよくなって……」

彼の愛撫はまだまだ激しくなり、気が付けばナカに指が沈められている。舌で肉芽を弄《いじ》りながら、ナカのあちこちも擦られて、じわじわと追い詰められ、つま先がきゅうっと丸くなり、身体中が強張った。

「身体ぴくぴくしてる。もしかして、イきそう……？」

「ぁっ、ぅ、あ……、イくの、い、やぁ……！」

「どうして？　ここ、ぴくぴくして辛そうだよ……？」

紘人さんが指をくの字に曲げて、肉壁をざらりと撫でた。そのうちの一点を指先が掠めた瞬間、きゅんきゅんとナカが締まり、彼の指を閉じ込める。

指の形や長さを体内で感じてしまうほどに締め付ければ、当然「そこが私の弱点です」と伝えているようなもので、彼はそこばかりを揺さぶるように刺激してきた。

肉芽を強く押し潰されながらナカからも刺激され、もう限界と彼の背中を叩く。

「っふ……ぁ、イくの、一緒がい、い、あぁ……ッ」

「……そんなこと言われたら、止めるしかないよ……由奈、ごめん、由奈が可愛くて、もっと気持ちよくなってほしくて……」

ごめんね、を繰り返しながら、お詫びとばかりにキスをくれる。

頭をよしよしと撫でてくれ、髪を梳いては耳にかけて指先で耳朶を擽《くすぐ》った。ぴくんと震えた私を見て、「耳、弱い？」と意地悪な笑みを浮かべると、こしょこしょと耳の後ろを撫で摩《さす》る。

「耳がダメなら、首も、かな……？」

「ぅ、紘人さ、ばか……！」

耳をぺろっと舐めた舌がゆっくりと首筋を這い、腰から下の全部に力が入らない。首筋を、鎖骨を、デコルテの窪みを執拗に舐められて嬌声が漏れる。いやらしい舌つきが嫌でも目に入り、肉芽はこのように舐められていたのかと思い知らされる。

「きゃ、ぁあっ、ああっ」

「由奈、気持ちいいね……ん、またとろとろになってる……」

ぐずぐずになったソコに再び指が添えられた。ぬかるみに沈んだ指は迷うことなく肉芽に向かい、くにくに、こりこりと押し潰す。指の腹と先端が擦れ合う刺激と押し付けられる圧迫感、どちらも気持ちよくて今にも達してしまいそう。

「あぁ、ひろと、さぁっ」

「これだけでイっちゃうの？　一緒がいいって言うなら、ここで止めるけど……もっと慣らさなくて大丈夫？」

「もう、いっぱい気持ちよかったです……紘人、さん……紘人さんにも、気持ちよくなってほしい、です……」

身体を起こし、彼の膨らんだソコに手を伸ばそうとするが、身体に力が入らない。紘人さんはそんな私を見て微笑み、キスをしてくれた。

「今日は、いいよ。気持ちは嬉しいけど、もう……俺、触られたらイっちゃいそうだから、また今度にして？　……由奈、挿れて、いい？」

覆いかぶさって私を求めてくる彼に、小さく頷いて返事をする。私も、早く繋がりたい。

「んぁっ！　ぁあぁッ」

慣らさなくて大丈夫と言ったのに、紘人さんの指の動きが激しくなる。指の動きに合わせるようにキスをしてくるが、舌を吸われ、肉壁を掻きまわされ、上からも下からもいやらしい水音が響いてきた。

口を塞がれ、喘ぎたくても満足に声を出せず、逃しきれなかった快感がお腹の奥に留まって、今にも溢れてしまいそうだった。

「痛かったら、教えてね……」

紘人さんが下着を脱ぐと、大きく勃ち上がったものが目に飛び込んでくる。お腹に付きそうなくらいに反り返ったソレにスキンをかぶせ、私の入り口に宛がった。

久しぶりの性交渉に少し体が強張るが、私は早くそれを中に入れてほしくて仕方がない。入り口が、くぱくぱとその先端に夢中になってひくついていた。

「つは、ぅう、ッ……うぁ……」

「由奈、力、抜いて……！　締め付け、すごい……ッ」

紘人さんが少しずつ私のナカに入ってくる。熱い塊がお腹の中に収まっていく感覚に肉壁が歓喜し、私の気持ちを代弁するように彼のものを締め付ける。

彼が歯を食いしばって耐えているのが見えた。私と繋がりたいと思ってくれていることに、気持ちよくなってくれていることに、また嬉しくなって蜜が溢れる。

「ぁあ、ぁ、ぁあッ、ぁ」

「全部、入ったよ……」

紘人さんが乱れた私の髪を撫で、おでこにキスをしてくれた。彼がゆらゆらと少しずつ身体を動かすたび、私の中をソレが擦れて、少しずつ、蕩けていくように気持ちよさがこみあげてくる。

「ぁっ、あ、っ、あああ　ひろと、さん……!」

「な、に?」

「っ　好き……!」

肉壺が久しぶりの快感に慣れてくれば、腰がずくずくと重くなって、次第に甘い声が漏れてきた。

紘人さんはそれを聞いて微笑み、少しずつ腰の動きを大きくしてくる。

最奥まで竿を押し込まれると、息が詰まった。喉《の》を仰け反らせて快感を逃そうとした私を見て、労わるように優しく頭を撫でてくれる。はふ、と息を吐くと、ゆっくりと雄が引き抜かれて、もう一度奥まで差し込まれた。

「ぁ、ふか、ふかぃ、っく、おく……!」

「ッ、……うん、おく、だよ……」

ぐりぐりと先端が奥に押し付けられるのが気持ちいい。段差のところで肉壁をこそぐように擦られるのも、堪《たま》らなく気持ちいい。

　次第に私の腰も揺れだして、紘人さんと見つめ合って快感を貪り合った。

「っ、由奈ッ、中、うねる……」

「やっ、ぁ、わかん、ないッ」

　イっちゃいそう、吐息交じりに囁かれ、中がきゅうっと締まる。まだ繋がっていたい気持ちと、もう限界と訴える身体が、喧嘩し合っているみたいだった。

　彼のモノがナカを行ったり来たりするのに合わせ、震える腰を動かす。指で散々いじめられた場所を先端が擦りあげて、私もイってしまいそうになる。

「あ、あ、ひぁあッ」

「気持ちよさそう、で、よかった……ッ」

　紘人さんの腰つきが、私を気持ちよくさせようとするものから、紘人さん自身が気持ちよくなろうとするものに変わった。その荒々しい動きでも私の身体はたやすく快感を拾ってしまう。

　彼の息はどんどん荒くなって、額から零れた汗が私の首筋に落ちた。彼は前のめりになってそれを舐めとり、その舌にも快感を見出して震える私にのしかかってくる。

「んぅ、ぁあ、やぁ、す、好きぃ……！」

「ん、ッ、おれも、好き……」

　彼の身体は熱かった。どこもかしこも汗ばんでいて、その背中に腕と脚を回してみる。少しでも彼とくっついていたかった。紘人さんは少し動きにくそうになってしまったが、幸せそうに微笑んでくれたので、そのままぎゅうっとしがみつく。

紘人さんはそんな私ごと、激しくごりごりと中を抉るように身体を揺さぶった。彼に貫かれるたび、ナカに溜まっていた蜜が掻き出され、お尻に垂れていく。シーツの濡れた感触をお尻に感じながら、今までで一番の激しい動きに与えられる快感に、身をゆだねた。

「ッ、由奈、イ、く……！」

「ぁあ、ぁあああっ！　イ、っ、イく……！」

ぐぅっと、紘人さんの先端が奥に当たり、ぐりぐりと押し付けられる。ばちばちと弾けるような絶頂の波に飲まれ、身体をぴくぴくと震わせる私の首筋に鼻を擦りながら、紘人さんは私の中でゆるゆると自身を扱《しご》こうと腰を揺らし、最後の最後まで出し切ろうとしていた。

「由奈、好きだよ……」

「ん、ぅ……」

私の中からずるりと雄を引き抜いて、紘人さんが倒れ込んでくる。

重たいはずの彼の身体が、ちっとも重く感じない。ぴっとりとくっついていられることが幸せで、お互いを抱きしめ合った。

「全然、足りないや」

「ぅう、紘人さん元気ですね……」

「うん、由奈が思ってるより、由奈のこと好きだから」

紘人さんにされるがまま、体液に汚れた身体をティッシュで拭われる。

「本当は、もう一回シたいけど、今日は由奈がぐったりしているから我慢する。少し落ち着いたらシャワー浴びようか。妹の使いかけでよければ、化粧水とか残っているし、肌に合わなければコンビニ行くから」

「妹さんいるの、初耳です」

「確かに、話したことなかったかもね。こういう話も、もっといっぱいしよう」

紘人さんの腕に抱かれているうちに、絶頂後の気だるさは残るが、少しずつ意識がはっきりしてくる。彼に支えられながら、一緒にお風呂場へ向かう。

「がっついてごめんね。由奈、嫌な思いしなかった?」

「全然、してないです。ちょっと、激しくてびっくりしましたけど……」

「俺、めちゃくちゃ独占欲強いし、ずっと由奈のこと抱き尽くしたいって思ってた……由奈さえよければ、もっともっと二人で愛し合いたいな」

あんなに激しく愛されたのに、まだ足りないことがあるなんて、と耳を疑う。嘘ですよね? と聞きたかったが、声が掠れてむせてしまった。

「ごめんね。あとでお水飲もうね。ベッド狭いけど、一緒にお話ししながら寝てくれたら嬉しいな。……俺、由奈のこと、大事にしたくて、たくさん愛したくて仕方ないや。五年分、行き場のなかった気持ち、少しずつ受け止めてくれたら嬉しい」

「紘人さん……私も、紘人さんのこと、いっぱい大事にしますね」

シャワーを終えてベッドに戻る。紘人さんは片時も私から離れたがらず、ずっと私のどこかに触れていた。久しぶりにできた年上の彼氏は、疑っていたことが申し訳なくなるくらい素敵な人だった。

「……明日、もう一回シてもいい？　由奈のこと、もっともっと愛したいな」

愛されすぎて、身がもたないかもしれないが、今はただ、幸せな気持ちの赴くままに、彼の愛を受け止めてみたいと思った。

第三章　幸せな朝チュンと二回目の

翌朝、カーテン越しにもわかる太陽の明るさに少しずつ目を開けると、私を愛おし気に見つめる紘人さんと目が合った。

「おはよう……まだ眠い？　でも、眠たそうなところも可愛い」

「う……柚木さん、先に起きていたんですか……？」

「うん、目が覚めて。由奈が寝てるところ、ずっと見てた」

昨晩シャワーのあとに借りた彼のスウェットがぶかぶかで、それを見て「可愛い」と言われたのは覚えている。何をしても「可愛い」、「好き」と言ってくるので、からかっているのかと口を尖らせれば、「おいしいものを食べておいしいしか言えなくなるのと同じ」と返された。そう言われてしまうと納得するしかなくて、何も言い返せなかった私に彼はさらに「可愛い」と言っていた。

彼がお世辞で言っているのではなく、心の底から私のことをそう思っていることはよく伝わってきた。嬉しさに足が地に着かないような心地である反面、慣れない褒め言葉がむず痒い。素直に受け入れられないことが少し申し訳ない。

二人で寝るには狭いシングルベッドで身を寄せ合う。腕枕や背中を摩《さす》る手が心地よくて、「おやすみ」と囁く声が愛おしくて、話したいことはたくさんあったはずなのにあっという間に寝てしまったようだった。

「今日は紘人さんって呼んでくれないの？　呼び捨てでもいいけど」

「あ……紘人、さん」

「あー……可愛いなぁ、すぐ照れる。由奈って呼んでいい？　由奈ちゃんがいい？」

「難しいですね……でも、昨日呼ばれたときに心地よかったので、由奈がいいです」

「ん、わかった。由奈、由奈。名前も可愛らしいなぁ。名前呼ぶと照れちゃうところも、いじらしくて抱きしめたくなる」

「紘人さん」はまだ慣れなくてこそばゆい。ぎゅっと抱きしめられて、身体が密着する。頬ずりされて、互いの頬が柔らかく潰れる感触も新鮮でどきどきした。

「由奈のことこうして抱きしめられるの、本当に幸せだなぁ……」

「私も、まだちょっと信じられないです」

「わかってもらえていると思うけど、別に、酔った勢いじゃないからね。本当に、あっという間に好きになっただけ。遊びのつもりは少しもないから。ここも自分の第二の家だと思ってお泊りセットとか置きっぱなしにしてくれて構わないし。あるものも好きに使っていいから。とりあえずコーヒー淹れてくる」

紘人さんは幸せで堪《たま》らないといった様子で私の世話を焼きたがる。私に「毎週来たっていいんだからね」と呟いてベッドから出ていく。その言葉に週末の半同棲生活を想像すると胸が高鳴った。

彼を追いかけてキッチンへ向かう。ケトルからぼこぼことお湯が沸く音が聞こえて、少しくたびれたカーディガンを羽織る紘人さんが目に入り、かちっとしたスーツとのギャップに非日常を感じてしまう。

「いいのに、寝てて」

「金曜の仕事終わりにこっちに来たら、週末ずっと一緒にいられて、たくさんお話しできるなぁって……楽しみですねって言いたくて」

「そういうことわざわざ伝えに来てくれるところが好き。俺も楽しみ」

丁寧な手つきでコーヒーを淹れた彼は、「一緒に歯磨きしよう」と私の手を取って洗面所へ向かう。その途中、「コーヒー淹れたあのマグカップね、結婚式の引き出物でもらって開封してなかったやつだから、誰かのお古じゃないよ」と教えてくれた。

「疑ってないですよ？　友達と宅飲みしたりとか、あるでしょうし」

「うん、でも、一応ね。不安になる可能性は少しでも排除したくて」

昨晩、紘人さんの買い置きの未開封の歯ブラシを使わせてもらった。それが彼の歯ブラシと並んで立てかけてある。

二人並んで仲よく歯磨きをしている間も、紘人さんは空いた手を私の背中に回したり、寝ぐせのついた髪を梳いたりして「好き」を伝えてくれた。

鏡越しにいちゃついている自分を見るのは恥ずかしくて、必死に歯磨きに集中する。照れている私に気が付いて、紘人さんの手がお尻に近い際どいところへ進んでくるが、「歯磨き中は危ない」と手を払った。残念そうな顔がまるで捨てられた仔犬のようで、母性を擽《くすぐ》られた。

洗顔と歯磨きを終えコーヒーを持って寝室に戻り、紘人さんと並んでベッドに腰かけだらだらと有意義な時間を過ごす。仕事の話が中心で、「俺たち、付き合っても結局仕事の話しちゃうあたりが社畜レベル高いよ」と笑い合った。

コーヒーを空にした紘人さんがベッドに潜り込み、「由奈もおいで」と私の腰に手を回した。ベッドサイドの時計を見ると、まだ九時だ。用事のない土曜の朝にしては、随分と早起き。マグカップに残ったコーヒーを飲み干して、紘人さんの腕の中に戻った。

幸せで仕方がないという様子で微笑む紘人さんが私の顔のあちこちにキスをする。擽《くすぐ》ったくて身を捩っていると、ぐりぐりと腰に硬い感触が当たる。

「ん、紘人さん……」

「……いや？」

脇腹を撫でていた手が、急にいやらしく感じる。指先だけで、昨日の熱を呼び起こすように、私にじれったさを感じさせるように、訴えてくる。

「いやじゃ、ないです」

彼の胸に顔を埋《うず》めて呟けば、その指がスウェットの隙間からお腹を直接撫でた。

「昨日、ここに入るの、すごく気持ちよかった」

温かい手のひらが、私のお腹を優しく撫でる。ここ、と言いながら子宮のあたりをお腹の上から刺激された。太ももに擦りつけられる紘人さんの雄が、スウェット越しなのに熱く感じる。首筋にかかる彼の吐息は熱く、朝の穏やかな気持ちが一気に色欲に塗り替えられた。

事後、ブラジャーを着けずに寝ていたから、彼の手が何にも邪魔されることなくするすると胸に伸びていく。お腹と胸の境目あたりを指先で何度もなぞられて、ふにふにと胸が揺れる。今から触るよと予告をされているようだった。

「柔らかい……」

「ぁ、う、んん、や、だ、ふぁ」

「何が嫌なの？　……もう、硬くなっちゃってるんじゃない？」

どこを、とは言われなくてもわかる。胸の肉の弾力を楽しむように、やわやわと揉まれ始め、それだけで気持ちよくなってしまう。当然、その頂も反応してしまっているはずだ。紘人さんが私の反応をひとつひとつ口にするのが恥ずかしくて、目に涙が浮かぶ。

「……ほら、こんなにこりこりになってる」

「あっ、ん……ぁあっ、あ、ぁ」

どろどろと私の理性を溶かすような甘くて低い声。

空いている手で頭を撫でられて、どろり、と昨日の余韻が零れた気がする。紘人さんの指先が尖った頂に少しだけ触れて、硬さを確かめるだけ確かめて離れていく。昨夜の快感を思い出して身構えていた私は、すぐに離れていく手に驚いて、彼の顔を見上げた。

「ひ、ろと、さん……！」

「あ、やっとこっち見たね。……由奈、ずっと顔を埋《うず》めてて、感じてる可愛い顔全然見せてくれないから……昨日、いっぱい感じてくれて嬉しかったよ。今日もいっぱい気持ちよくなろうね……」

「っく、ぅん、ふぁあっ……！」

へにゃ、と紘人さんが微笑むと同時に、ぐりぐりと乳首を押し潰される。急に与えられた強い刺激に、彼の目を見つめたまま大きな声を上げてしまった。

恥ずかしさに唇を噛みしめる。紘人さんの爪がかりっとソコを引っ掻いて、閉じたはずの口の端からくぐもった声が漏れる。何をされても、気持ちよくなってしまう。

「だめ、唇噛まないで」

頭を撫でていたはずの手が、私の唇に触れ、固く閉ざすそこを何度も人差し指で撫でる。その間もずっと頂をくりくりと捏ねているのだからずるい。人差し指が私の唇をノックして、「開けて」と囁かれた。

力を緩めると、指が口の中に入ってきた。驚いて舌でそれを追い出そうとしたが、紘人さんはその指で舌をぐちぐちと弄《いじ》りだす。昨日キスで気持ちよくされた舌の側面や、上あごを指の腹で愛撫され、唾液が彼の指を汚す。

「やだっ、やぁんっ、らめっ」

「腰、揺らしてるのに？」

違う。これは逃げようとしているの。それを伝えることは許されず、私の唾液に塗《まみ》れた指が乳首に触れる。両方の頂をかりかり、くにくにといじめられて震える私の唇は、紘人さんの唇に塞がれた。

「んっ、んむぅ、ッぁ、っん――」

「っはぁ、ん」

ぢゅ、ちゅ、じゅる、とはしたない水音を立てて、二人で必死に舌を絡め合う。紘人さんの舌は分厚くて、ぬるぬると触れ合うのが気持ちいい。

酸素が足りなくて少し口を開こうとすれば、奥まで舌を差し込まれて、熱い舌に翻弄されるばかりでちっとも息継ぎができない。触れ合っているのは口内であるのに、頭の奥が痺れて、溶かされてしまいそう。

「気持ちよさそうな顔……由奈もやってみてよ」

紘人さんが口を開けて、私に舌を入れてこいと誘ってきた。

「したこと、ないです……」

「……そっか、なら、なおさらしてほしいかな」

ご期待に応えたくて、そろそろと舌を伸ばす。口調は優しいのに目がぎらついていて、私のことをこんなに求めてくれるんだ……と恥ずかしさより悦びが勝ってしまった。

ちゅぷ。くちゅ。自分が立てているはしたない音に耳を塞ぎたくなる。紘人さんは私の舌に吸い付いて、自らの口内に招き入れた。

先程彼にされたように、舌の側面や歯列に舌を向けてみる。熱い口内のあちこちに触れて、紘人さんを味わう。私を見つめる視線はじっとりと重たい。

「んんぅッ、ぅ、んぁ、ぁ、っぅう」

私が舌を動かしたいのに、彼が私の舌に吸い付いて、彼の舌をざりざりと擦りつけてくるものだから、気持ちよくなってしまって上手にできない。

「ふ、ぁ、ご、ごめんなさい、うまくできない……」

「ううん、上手だよ……もっと、して……？」

彼が私の頭をがっちりと押さえていて、逃げることは許されない。少し力を入れればますますキスが深められ、髪を撫でながら耳の縁に触れてくる指先にぴくぴくと身体も反応してしまう。もっとしてと言われても、できる気がしない。

「ぁ、あ、ふぁ、んぅっ、くぅう、ぁあっ！」

紘人さんもきっと、私に続きをさせる気はないようだった。口の中の全てを奪うように口内を蹂躙されて、唾液と嬌声が溢れていく。頭の中は紘人さんでいっぱいで、身体は彼でいっぱいになりたくて、思わず彼にしがみつく。

「紘人さん……っ！」

「……なぁに？」

すりすり、私の頬を指先で擽《くすぐ》って、お尻を撫でまわして、私の言葉の続きを引き出そうとする。

紘人さんも、余裕ぶっているくせに、私の太ももに雄を押し付けて、その熱はどんどんと硬く熱くなっているのに。

紘人さんの唇は長いキスによってぽってりと赤く充血し、唾液でてらてらと光っていた。きっと、私の唇も同じようなものだろう。「なぁに？」なんて、私に言わせようとしないでほしい。

「紘人さんは、キスだけで、満足なんですか……？」

「！　……それは、ずるくない？」

「全部私に言わせようとするのも、ずるいですよね……？」

ずるいだなんて、こちらのセリフだ。彼のソコに手を伸ばし、スウェットの上から軽く触れてみる。ソレはぴくん、と手の中で震えて、ズボンを力強く押し上げた。

「由奈……」

「ふ、ぁあっ、ん、ぁ、っくぅ」

目つきが鋭くなった紘人さんにかぶりつくようなキスをされる。酸素も喘ぎ声も意識も全部奪われて、満たされない腰を押し付け合う。あさましいとわかっていても、はしたない行動を止められない。

「全然、足りない……めちゃくちゃにしたい……」

零れるように耳を震わせた言葉に背筋が震える。もっともっと欲しいのは私も同じで、めちゃくちゃにされてしまいたい、と思った。紘人さんの腰に手を回し、筋肉質なお尻を撫でる。

ベッドの中の湿度が高い。ズボンとショーツを手荒に脱がされて、素足がシーツに触れた。少しひんやりしていて、ざわざわと肌が粟立つ。

ベッドの中で二人横になって抱き合っている。きっと外から見ればなんてことはない普段の風景なのに、その内側はこんなにも淫ら。

大きな紘人さんの手がお尻に触れて、いいように揉みしだく。その手が、少しずつ大事なところへ伸びていく。柔らかさを堪能するように手を動かしながら、ぱくぱくとひくつく蜜口の端に触れた。

「ひぁああ……あぁ、ぁ……ぁあっ……！」

「どろっどろ……もう開いてきてる。早く繋がりたい？」

「っ……！　わかん、ないぃ……！」

「いっぱい前戯で気持ちよくなりたいか、中に挿れられて気持ちよくなりたいか、わからないの？」

「ぁあ……んうぅ……ッ！　そこ、だめッ……ぐりぐりしないで……ッ！」

「由奈のクリがぷくぷくで触りやすくなってるから、仕方ないでしょ？　いくら指で押し潰しても、跳ね返してくる……どんどん膨らんできて、もっともっと触ってほしいって主張してるのは、由奈だよ」

私の脚の間で、好き勝手に動く紘人さんの指。私の愛液でどろどろになった指先が、彼の言う通りに膨らみ切った肉芽を撫でまわす。快感を得る以外の使い道がないかわいそうな器官に追い打ちをかけるようにそれを人差し指と中指で挟み、ぐちぐちと皮を捏ねるように上下に扱《しご》きだされた。

「っ！　だめ、ああぁッ、ひろ、と、さ……！」

「ほら、気持ちいいね……由奈、由奈……腰、ガクガクしてる。我慢しないで、気持ちよくなって……」

肉芽のまわりをくるくると円を描くように撫でまわされて、頭の奥からじわじわとこみあげてくるような快感に意識が沈みだす。このまま続けられていたら、じっくりと煮詰められるように快感が濃くなって深く達してしまいそう。

身体の奥で味わうような深い快感に溺れていると、突然剥き出しになった先端をたんたんと指先で小刻みに繰り返し叩かれて、ぴりぴりとした鋭い刺激に一気に汗が噴き出す。

「待って、ぁあああああッ、やぁあッ」

くるくるとたんたんを交互にされて、あっという間にイってしまいそうになる。身体を捩って逃げようとしても、紘人さんに動きを封じられて、クリに与えられる快感から逃れることはままならない。

「や、イ、ぁ、あぁああっ！」

「イきそう？　いいよ、イくとこ、見せて、ほら、顔こっち向けて。俺の指でクリ擦られてイくとこ、見せて……！」

頭の中に紘人さんの声が木霊《こだま》する。つい数分前まで真面目に仕事の話をしていた口から、はしたない言葉が溢れてくる。

紘人さんに意地悪をされているということを、身体で、頭で理解させられて、一気に快感が高まった。意識の全てがクリトリスの快楽に集中して、今にもイってしまいそう。

「あ、あ、イく、っ――――！」

「うん、イって？」

びくん！　と身体が硬直して、震え、弛緩する。恥肉の間に挟まり、肉芽の上に乗ったままの彼の指は、私が絶頂している間も、宥めるようにクリトリスを撫で続けていた。

「っひ、や、とま、とまって……！」

「イくとこ可愛い……目、うるうるで、びくびくして、もっともっと気持ちよくなって……」

「ぁ、ああ、また、イ、く……イくぅ……！」

イったばかりの身体には耐えきれない刺激に、あっという間に二度目の絶頂を迎える。がくがくと震えながら涙を流す私に、紘人さんは満足そうに微笑んで手を止めてくれた。

言葉も発せずに肩で息をする私に、「気持ちよかった？」と聞かなくてもわかっているはずの意地悪な質問をしてくる。

「紘人さん、意地悪……」

「……由奈がいじらしい反応するのがいけないんじゃない？　こんな姿を前に見たことがある男がこの世にいるかと思うと、ソイツから記憶消したくて仕方ない……から、誰よりも気持ちよくして、由奈のことといっぱいいっぱいにしたい。……重い？」

「それは、……それは、私だって、五年も紘人さんに愛されていた人のことが、うらやましいし、紘人さんのことを傷つけたことが許せないし……重く、ないですけど……でも、意地悪すぎます」

「でもさ……でも、意地悪なこと言われるたび、由奈はどろどろになって、気持ちよさそうな顔するよ？」

カッと顔が熱くなる。いじめられて気持ちよくなるはしたない女だと思われただろうか。

「由奈が気持ちよさそうだから、もっともっといじめたくなるし、もっともっと俺で感じてほしいの。だから、嫌じゃないならいっぱい意地悪させて、ね？」

ぐちゅん、と指がナカに埋め込まれる。

「ぁあぁッ！」

「ナカ、昨日よりきつい……イったからかな。このままじゃ挿れるときに痛いだろうから、ちゃんと慣らさないと」

「もう、大丈夫だか、ら、ぁ、ナカ、そこ、だめ、押さないで……！」

「気持ちいいでしょ？　ココ、押すとナカびくびくして、昨日も繋がってるときにここ擦られるといっぱい声出てたから、今日もいっぱいしよう」

嬉々とした声色で、私の理性を溶かしていく。

指の付け根までナカに飲み込んで、指先から与えられる刺激にただただ喘ぎ声を上げる。気持ちよくて、気持ちよくて、愛液が彼の手のひらを汚していく。

ぶちゅぶちゅと愛液を泡立てながら何度も抜き差しされる指に翻弄されて、腰がかくかくと揺れる。指と交わっているみたいで、指では埋めきれない隙間がもどかしい。熱い。熱くて、肌がちりちりする。

「邪魔だな……」

紘人さんが掛け布団を剥がす。ベッドの中に籠っていた熱気と湿気が溢れ出す。私の太ももや紘人さんのスウェットが私の蜜に濡れていた。

「あとで洗えばいいんだから、気にせずいっぱい気持ちよくなろうね……ほら俺の手に集中して？　ナカのココ、ぐいーって押すと、内側からクリ圧迫されて気持ちいいでしょ？」

「あ、だめ……だ、めぇ……ッ」

「これで、外からクリ押し潰したら、きっといっぱい気持ちいいよ？　あ、想像したでしょ。ナカ、きゅうって締まった。可愛いなぁ、ほんとに、大好き」

大好き、と言われてまた指を締め付ける。紘人さんに好き勝手されて、どんどん自分が暴かれていく。自分でも知らなかった自分のこと、誰にも知られていない自分のこと、全部紘人さんには知ってほしい。紘人さんだけに知ってほしい。

にゅるん、とクリトリスを撫でられる。イきそうだった身体は我慢できず、がくんと首が後ろに仰《の》け反った。

紘人さんは私の大きな反応に少し目を丸くして、すぐに優しい微笑みを浮かべる。私が身体を痛めていないか確認するように首筋にキスを落とし、呼吸を整える時間を与えてくれた。

「身体、つらい？」

「……もう、そこ触られたら、すぐイっちゃうから、準備しなくていいです……！」

「うん、準備ができているのはわかってるよ。準備したいわけじゃなくて、由奈を満たしたくてやってるだけだから……由奈、感じやすいの？　それとも、俺だから？」

自分が感じやすいかどうかなんて、わからない。元カノと比べられた気がして、キッと紘人さんを精一杯睨みつける。

「こんなふうになったの、紘人さんが初めてです……！」

「……それは、よかった。うん、俺も、こんなに興奮したの、由奈が初めて。比べてないよ。嬉しかっただけ。大丈夫、由奈のことで、頭いっぱいだから。由奈も、由奈の前の人とか、俺の前の人とかのこと全部忘れて、俺のことだけ考えて？」

ずる、と指を引き抜かれる。ぽかりとした喪失感を埋めたくて、紘人さんの腰に触れた。

紘人さんはばさりと服を脱ぎ捨てた。昨日は暗くてよく見えなかった、鍛えた身体がよく見えて、自分のたるんだ身体が急に恥ずかしくなる。スウェットの裾を引っ張って、お尻や脚を隠す。

「ダメ。ちゃんと見せて。明るいのが今更恥ずかしくなった？　由奈の感じてる顔、いっぱい見せてもらったし、今から隠しても無駄だよ。ゴム、そこにあるから取って？」

紘人さんに指さされたベッドサイドテーブルにはスキンの箱。昨日はよく考えなかったが、これは、いつ買ったものなのだろう。

手を伸ばしながらまわりを見ると、箱を包んでいたと思われるビニールが落ちている。箱の中からお目当てのモノをひとつ取って、彼に手渡す。

「……これ、昨日開けたんですか？」

「そうだよ……もう、察しがいいなぁ……昨日、由奈に好きって言おうと思って……もし家に来てくれたら、こういうことにもなるかもって思って、買ったの。前のお古とかじゃない。浮かれて準備してただけ……これで満足？」

「……満足、です」

恥ずかしそうにそっぽを向いて、頭をくしゃくしゃと掻きむしる紘人さんが愛おしい。身体を起こしてスキンを着ける紘人さんを手招きして、顔を近づけてもらう。

「使えて、よかったですね？」

「……そう、だね。あんまり、生意気なこと言ってると、今から辛くなるかもしれないけど、覚悟してる？」

ぷちゅ、と先端を肉芽に押し付けられる。軽くイった直後には十分な刺激で、紘人さんを可愛らしいと感じていた気持ちが、彼を求める気持ちに塗り替えられた。

「だから、俺は由奈が思ってるより由奈に夢中だよ。わかってよ、もう。わかんないよ、こんなに好きになっちゃったんだから、責任取ってよ」

ぐちぐち、肉芽をしっちゃかめっちゃかに擦られる。スキン越しに熱を感じ、紘人さんの気持ちをぶつけられて、頭で考えるよりも先に腰が動く。

「由奈……」

「わ、わたしも、こんなこと、するの、紘人さんだけだから、責任取ってください……！」

腰を持ち上げて、「早く」と言わんばかりに紘人さんのソレと私の蜜口を合わせる。

もう、彼が身体を前に倒せば、ナカに入ってしまう。こんなおねだりをするのは、初めてだ。はしたないのはわかっている。でも、紘人さんに求めてもらえる悦びを返すには、これしか思いつかなかった。私にも求められていることをわかってほしい。

紘人さんから返事はなかった。表情は硬直していて、何を考えているのかわからない。けれど、ゆっくりと私の腰を掴み、深呼吸をするように目を閉じていた。

「────ッ!!」

彼は、私の腰を、一気に引き寄せた。

どちゅん！　と奥にぶつかった雄が、私の最奥をぐりぐりと責め立てる。心も身体も覚悟が足らず、いきなりの衝撃に声も上げられなかった。背中が仰《の》け反り、つま先が丸まる。逃げ出そうとした腰を、紘人さんの手ががっちりと押さえ込んだ。

「──逃げないで」

誘ったのは由奈でしょ。身体を思いっきり前に倒した紘人さんが、私の耳元に口を寄せる。そのまま耳朶をべろりと舐められた。くちゅくちゅという水音は、舌のせいなのか結合部からなのか、わからない。

「んぁ、きもち、いいぃ……ッ」

「うん、俺も、気持ちいい……！」

はぁ、はぁ、と荒い紘人さんの呼吸が耳を擽《くすぐ》る。奥まで貫く雄が中のいたるところを擦る。先程指で解された弱いところを、雄の先端がねちねちと刺激して、気持ちいい。

「ぁあっ、ぁ、ひ、ろと、さんっ！」

気持ちいいのに、十分に気持ちいいはずなのに、身体はより満たされようと勝手に腰を揺らしていた。

「あ、ああっ、や、だッ」

「いや、なの？　それとも、気持ちいい、だけ？」

「きも、ち、いい……！」

「つは、ははっ、そっか、おれも、きもちいいよ……」

彼の律動とタイミングが合うと、さらに強くイイところが押し潰されて、彼の背中に回している腕に力が入る。時折思い出したかのように耳を舐められ、吐息を吹き込まれ、脳が処理できる以上の快感に声と涙を零すことしかできない。

「由奈、由奈のナカ、うねって、奥がイイって教えてくれてる……脚ガクガクして、気持ちよくなってくれて嬉しい……向き、変えていい？」

紘人さんは動きを止めて、私の身体を四つん這いにしようと身体を支えてくれる。力が入らないし、体勢を変えようとすると膣壁に雄が擦れて、また力が抜ける。それなのに、紘人さんは一向にソレを抜こうとしない。

「ごめんね、ずっと繋がっていたいから、頑張って」

「んっ、んぅう――ッ」

なんとか、体勢を整える。正常位とは異なる角度で刺さってくる雄に、ナカがじんじんと熱くなった。

「違うとこ、当たるね……痛く、ない？」

後ろは振り返らず、シーツを見つめてこくんと頷く。紘人さんは、私の腰を掴んで、ゆるゆると腰を振りだす。

バックのほうが動きやすいのだろうか。ぱんぱんと小刻みに奥を刺激されて、お腹がぴくぴくと痙攣する。気持ちいいところにしか当たらない。もしかしたら、全部気持ちいいのかもしれない。

「あぁあ――――ッ！」

「もうイっちゃう？　もしかして後ろからのほうが気持ちいい、っ、？」

紘人さんの声にも余裕がない。同じところを一定のリズムで突かれて、背中を丸めたり反らしたりして快感を逃そうとするが、彼が腰を掴む力のほうがよっぽど強い。上半身をいくら動かしても、下半身は彼にされるがまま、最奥をとんとんと叩かれる。

「ね、ぇッ、気づいてる……？　ッ、ここ、おく、届きやすく、なってる……！」

「やぁ、ああっ……！　ばか、しら、ない……ッ」

わかっている。同じスピードで、同じ強さで穿《うが》たれているのに、奥を早く強く押し潰されるようになっているのだから、つまりそういうことだ。

紘人さんに溶かされた身体が、彼を求めて、勝手にそうなってしまっているのだから、わざわざ確認しなくてもよいのに、紘人さんはやっぱり意地悪だ。

「うん、ッ、馬鹿でいいよ。馬鹿でいいから、もうちょっと、頑張って……」

「あ、だめ、我慢できない、おね、おねがい、止まって……！」

止まれるわけないでしょ。焦ったような、苛立ったような声。

紘人さんの汗が、ぽたりと私のお尻に落ちる。紘人さんは、腰を掴んでいた手をお尻に移した。お尻を掴んで、強く引き寄せられると、奥を今までにないくらい強く押されて、思い切り仰《の》け反る。

「ぁああッ、やぁ、だっ……！　きもち、いい……ッ！」

ばたばたと手を動かして、紘人さんの手をそこから離そうとするが、力も入らないし、ちっとも届かない。

「いや、ぁああ、イっちゃぅ、ひろ、紘人さん、わたし、もう、無理……ッ！」

がつがつと膣肉を抉り奥を叩くピストンが止まらない。

「んぅ、イっく、ぅ――――！」

絶頂に締まりうねる膣肉に捻じ込むように、律動が激しくなる。溜め込まれた快感が弾けて、全身に駆け巡る。

肌の、粘膜のありとあらゆる触覚が敏感になって、何もかもが気持ちいいのに、紘人さんはまだ終わらない。頭が真っ白になるような絶頂に、理解が追いつかない。

「っひぁ、あぁああっ、イった、のにッ！」

私が十分に気持ちよくなったのを見届けて、さらに動きを強くされる。紘人さんの遠慮のないピストンが苦しくて嬉しい。私を使って、気持ちよく幸せになってくれることでまた満たされる。気持ちよくなってほしくて、蜜壺に力を込めた。

「うん、イって、俺も、もうすぐ、イくから……！」

「あ、ぁ、あ、イってる、のに……ッ！」

「うん、ごめん、わかってる、由奈、愛してる、気持ちいい、好き、……ッ、イ、く……！」

苦しそうな呻き声を上げて、私のお尻を掴んだまま、紘人さんが震えていた。私も腕が限界を迎えて、上半身がくたりとベッドに落ちてしまった。

お尻だけを紘人さんに差し出して、顔をベッドに沈め、彼が最後の最後まで出し切るのを待つ。

「由奈……」

紘人さんが私から離れていく。汗ばんだ彼の手が、優しく私をベッドに横倒しにしてくれた。汗に濡れた前髪をかき上げる仕草がかっこいい。彼が外したスキンに白濁が溜まっていた。

「由奈、大丈夫？」

「だいじょ、っ、けふ」

「ごめん、お水取ってくる。用意しておけばよかった」

彼もイったばかりのはずなのに、ベッドから下りてキッチンへと確かな足取りで歩いていく。ぼんやりと、ひとり残された部屋で、紘人さんのスウェットを手繰り寄せて抱きしめた。

「はい、お水……どうしたの、それ、汗かいたし、くさいよ」

手渡されたグラスから一口水を飲むと、かさかさの喉が潤った。

「紘人さんの匂い、するなぁって……」

「……そう、だろう、ね……由奈、あんまり、心臓に悪いこと、言わないで……多分、頭回ってないだろうから、仕方ないんだけど、ちょっと、勘弁してほしい……」

部屋に、紘人さんの大きなため息が響く。エネルギーを使い果たした私の頭では紘人さんの言うことがよく理解できなかった。正しく言葉を聞き取れているかもわからない。

「うん、眠たいね。いいよ、寝ちゃおうか。洗濯も、シャワーも、片づけも全部後回しにしよう」

紘人さんが湿ったベッドに戻ってきてくれる。怠くて眠くて、今にも睡魔に負けてしまいそうな私の頭を彼が撫でた。

「せっかくの、お休みが……」

「うん、せっかくのお休みだから、こうやって怠惰に過ごそう、ね？」

おやすみ。お腹が空いたら起きればいいよ。

あまりにも優しい声に安心して、そのまま目を閉じる。

「由奈、ありがとう」

あたたかな声が、頭の奥で響いていた。


「あ……ごめん、起こしちゃった？」

「ぅ……ん……」

横でもぞもぞと紘人さんが動く気配に目が覚める。カーテンの隙間から覗く太陽の眩しさが増している。

「ちょうどお昼だし、お腹空いたから何か作ろうと思うんだけど、由奈も食べる？」

「作ってくれるんですか……？」

「うん、もちろん。何か食べに行ってもいいけど、身体も服もよれよれでしょ？　とりあえず洗濯機回しちゃっていい？　そもそもだけど……今日、家帰りたい？　昨日の服は皺だらけだし、今日もう一泊して、洗った服を着て帰るのをおススメするけど」

「紘人さん、ご予定は？」

「何も。ジムも予約してないし、普段からそれ以外の予定ってないから」

お互いに、頬が緩むのを止められない。どちらからともなく触れるだけのキスをして、おでこをこつんと合わせた。もう一泊したいです、と返事をする。

「ん、ありがと。由奈とだらだらできるの嬉しいな。在宅勤務とかできるならもっと一緒にいられるのに」

「それってもう同棲じゃないですか？　今でさえ夢見心地なのに、幸せが心のキャパシティーを超えちゃいそう」

「うん、俺も想像だけで幸せ。俺はいつ同棲始めてもいいと思ってるけど、由奈のペースに合わせるから、俺に合わせようとして無理しないで。由奈の寝顔見ていたらいろいろ想像が広がって、ひとりで楽しくなってた……ごめん」

ちゅ、ちゅ、とキスの雨を降らせながら、紘人さんが甘い言葉ばかりを紡ぐ。彼の瞳がきらきらしていて、本当に私と一緒にいられる時間を一秒でも長く持ちたいと思っていることが伝わってくる。

「なんにせよ、洗濯してご飯作ってくる」

ベッドから紘人さんが抜け出した。いつの間に服を着たのか、彼はスウェットの上下をしっかりと身に纏っていて、私の分の服も用意してくれていた。

本当は手伝わなくてはいけないとわかっているが、股関節や背中が痛むのを言い訳に、紘人さんの甘やかしを享受して、ベッドの中ににやけた顔を隠す。

半日ぶりにスマホに届いた通知を確認していると、憂鬱な仕事の連絡も目に入る。そのうちのひとつが紘人さんと一緒に進めている仕事の件で、彼の週明けの仕事が増えた気配を感じた。

「紘人さん、メール、見たほうがいいかも……」

「ん、さっき見たよー……まじで、土日に連絡を寄越すの、やめてほしいよなぁ……由奈も、もう仕事のメール見ないで。今日はお休みなんだから」

キッチンに向かって声をかけると、全て把握していた紘人さんの残念そうな返事が返ってきた。

仕事ができる人のところにばかり仕事は溜まり、そういう人ほど残業も増えるものだとよく聞くが、こういうことかとまざまざと思い知らされる。

たまねぎを炒めているいい匂いが鼻に届く。何を作っているのかわからないが、紘人さんの手料理を食べられるのは本当に嬉しい。私は胸を張って料理が得意とは言えないレベルだから、いつか紘人さんにおいしいものを作れるように少し練習をしようと思う。

「できたよ。簡単なチャーハンだけど。由奈、歩ける？」

「歩けます」

ベッドに迎えに来てくれた紘人さんと手を繋ぎ、リビングまで歩いていく。短い距離でもこうしてくっついていられることが幸せだった。

「わ、おいしそう」

「お口に合いますように。いただきます」

狭いローテーブルにお皿を二つ並べ、遅めの昼ご飯。チャーハンの塩気が疲れた身体に沁《し》みる。

おいしい、と呟くと、紘人さんは安心したように微笑んだ。

「おいしいときにどういう顔するか知ってるから、嘘じゃないって安心できる。よかった」

「紘人さん、料理お得意なんですね」

「もう敬語いらないから……料理はね、一時期ハマって割と練習したんだけど、自己流だからレパートリーは名前のないおつまみ料理ばっかり。今度宅飲みもしようか」

紘人さんの緩んだ頬が愛おしい。会社にいるときとは比べものにならないほど饒舌なこの人の笑顔をずっと近くで見ていたい。

「食休みしたら何か映画でも見ようか。ああ、でも話すのもいいし、ごろごろしてもいいし、由奈とゆっくりできるなら、なんでもいいや。こんなに充実した土日、いつ以来だろう。由奈、本当にありがとう」

「私こそ、まだ、なんだか実感が湧かないです。でも……でも、とっても幸せ。おでかけもしたいし、旅行も魅力的だし、ご飯食べにも行きたいし……そういうやりたいことの洗い出しも、したいですね」

「うん。やりたいこと、全部、一個ずつ叶えていこう」

土曜はただひたすらに怠惰に過ごして終わってしまった。ベッドでゴロゴロして、いちゃいちゃして、くたびれて、ご飯を食べて寝て起きて……思い出すのが憚《はばか》られるような乱れた生活だった。

「もっと一緒にいたい……」

「私も。こんなに一緒にいたのに、すごく寂しい……」

日曜の昼過ぎ、徐々に近づく月曜の気配に二人で顔を曇らせる。二人とも、お付き合いができた喜びで胸がいっぱいであった反動で、くっついていられなくなる平日を思うと寂しくなってきていた。

名残惜しそうな顔をする紘人さんの、駄々をこねて甘える幼子のような物言いに、仕事で見ていたスマートな姿とのギャップを感じて愛おしくなる。一緒にいたいのは私も同じだ。

「毎週末、一緒に過ごす約束、とか……」

「……いいの？」

紘人さんの顔がパッと明るくなる。

「紘人さんの予定がなければ、ですけど……」

「ない、ないよ。由奈より大事な予定なんて」

「一緒に住むって言えなくてごめんなさい……私、浮かれてて……紘人さんのことで頭がいっぱいで、仕事が疎かになってしまいそうなんです。幸せに慣れるまでは、ちゃんとする平日と紘人さんに夢中になる土日を分けておいてもいいですか？」

「ううん、由奈のペースに合わせるって言ったくせに、甘えたこと言ってごめん。謝らないで。そういう真面目なところが好きだよ。それに、浮かれているのは俺。この調子だと俺も会社で由奈への好きが溢れちゃいそうだし、由奈の言う通り慣らし期間は必要。平日頑張れば楽しい土日が待ってるって思えば、やる気も出るし」

私の髪を愛おし気に撫でながら、紘人さんは幸せそうに微笑んでいた。金曜の夜から日曜の夜まで一緒にいられれば、週の半分とは言えずとも、かなりの時間を共に過ごすことができると気づいたようで、「来週末も楽しみ」と蕩けるような笑顔で呟く。

「私も、楽しみです。こんなに毎週末甘やかされていたらダメ人間になっちゃいそうで、少し怖いけど……」

「こんなにしっかりしてるんだから、少しくらいダメになってよ。好きな子はとことん甘やかしたいし、ダメになっちゃったとしても大事にするし、ずっとずっと甘やかすよ」

「好きな子……」

「まだ受け入れてくれないの？　由奈は俺の大事な大事な、大好きな子だよ」

「う、うう……」

気恥ずかしさに俯いて、紘人さんの胸に顔を埋《うず》める。満たされすぎて怖いくらい。

「照れてる由奈から目が離せなくて、見つめてるだけで一日終わっちゃいそう。それも幸せだろうからもったいない気もするけど……来週の話、してもいい？」

顔を埋《うず》めたまま、こくんと頷いて、彼の背中に腕を回した。

「ぎゅって抱き着いてくるの、嬉しいなぁ。来週さ、由奈さえよければ由奈の部屋に泊まってもいい？」

「私の、家……？」

「そう。もちろん、片づけとかもあるだろうから無理はしないでほしいんだけど。俺の部屋に来てばっかりだと、俺の生活に由奈が合わせることになっちゃう気がして。普段由奈がどんな部屋でどんな生活しているのかも知りたいし、自分の部屋のほうがくつろげるだろうな、とか……それとも、俺が部屋にいたら落ち着かない、かな」

「紘人さんがお部屋にいるの、想像するだけでなんかこそばゆいです……でも、お互いの生活を知るのは、大事な気がします。ずっとこちらにお邪魔するのも、なんだか申し訳ないですし」

「申し訳なさなんて感じなくていいのに。でも、気持ちはわかるかな。やっぱり付き合い立てならなおさらお邪魔してる、って思っちゃうよね。このそわそわ慣れない時間も、一緒にいることが当たり前になって気負わなくなった時間も、どっちも大事にしたいね」

「……うん」

紘人さんが私との関係を長く続くものだと信じてくれていることが嬉しい。こんなに素敵な人とゆくゆくは同棲して、その先に結婚なんてできたら……と幼い少女のような妄想に胸が膨らむ。現実はそう甘くない、ちゃんと地に足着けてと言い聞かせようとする理性がぐずぐずに溶かされていく。

「……俺も、由奈の部屋に行くって思ったらちょっと緊張してきた。ごめんね、急に部屋に連れてきて。由奈もこんな気持ちだったのかな」

私が部屋に招かれたタイミングでは、まだ噂の真贋《しんがん》がわからず不安な気持ちもあったし、関係性が変わることへの緊張感でいっぱいだった。気持ちが通じ合っている今の状況の紘人さんよりずっと緊張していたはずなのに！　となんだか悔しくなった。今は幸せでいっぱいで、あえて指摘するほどのことでもないが、彼の反応が見たくなり、わざとらしく口を尖らせて不満げな表情を作る。

「……私が部屋に来てって言われたときは、婚約破棄の噂も確認前だったし、もっともっと緊張してたと思いますけど……」

「ごめん、ごめんってば。そうだよね。同じにしてごめん。反省したから、にこにこの可愛い顔を見せて？」

　本当はもう少し不貞腐れた顔をし続けようと思っていたのに、優しい瞳でこちらを覗き込む紘人さんにすぐ負けてしまった。頬が勝手に緩みだし、へにゃりと口角が上がる。

「うん、ありがとう。由奈の家の近くにあるスーパーとかも回ってみたいなぁ。由奈の部屋はここよりも少し狭いくらいって言ってたよね。どんな部屋なんだろう……なんて、気が、早いかな？」

「早いかもしれないけど、紘人さんが私の部屋にいたらって妄想が止まらないのは私もかも……」

「ん、そっか。じゃあ、いいか」

　紘人さんは終始緩んだ顔のまま、自分の部屋のお気に入りポイントを教えてくれた。

　一人暮らしを充実させるためにいろいろ買っちゃったんだよね、と少し照れながら「ちょっといい調理家電」たちを見せてくれる。外食も続くと飽きるし、お金の使い道が貯金しかないという理由で買ったらしい。前半は納得の理由だが、後半には頷けない。貯金しようと思っても中々増えていかないし、彼の昇給や昇格のスピードは同期よりずっと早いと聞いたことがあった。彼への憧れがますます膨らんでいく。

「……柚木さんに見合う私でいたいなぁ」

「いきなりどうしたの？　見合うに決まってる」

「私は貯金も苦手だし、柚木さんみたいに昇格が早くもないから……頑張って追いつきたいなって」

「ああ、なるほど、今は仕事モードなんだね。柚木さんに戻ってる。そうしたら……まず支出面だけど、俺、あんまり趣味とかもないし、飲み会の予定をたくさん入れるタイプでもないから、貯金しやすいんだと思うよ。女の子は美容関係の出費も多いだろうし」

彼は私の手を握って優しく話しかけてくれる。

「評価は、そうだなぁ……何度でも言うけど、由奈はもっと評価されるべきだと思うよ。今だって由奈の真面目さや責任感が評価されて任されている仕事だってあるよね。大丈夫。丁寧な仕事をする人は、誰かに足元掬われたりしない。自信持って？」

彼に評価してもらえるのは嬉しい。今まで褒められることが少なく、意識しないとすぐに自信を失ってしまいそうになる私にとって、彼の言葉はお守りのようだった。恋愛も仕事も頑張って、彼にふさわしい人でありたいと思う。

「……ありがとうございます」

「なんか、会社の面談みたいだね。こういう面でも由奈のこと支えられるなら、いくらでも付き合うよ。俺ね、こうやって由奈となんでも言い合える関係になれたことが本当に嬉しいの。すれ違うことなく、思うことは言い合って、お互いに直すべきところは直して、ずっとずっと由奈と仲よく過ごしていたいな」

紘人さんは三日分の家事が溜まっている私を気遣って、夕方ごろに私を駅まで送ってくれた。

「また、会社で。うっかり由奈って呼ばないように気を付ける」

彼は最後の最後まで手を握っていて、その手を離すのは心苦しかった。けれど、明日も会社で会えるし、週末にはたっぷり一緒にいられるから、と二人で互いに言い聞かせ合って、ようやく改札を通ることができた。

第四章　追加の仕事、残業中のオフィスで

月曜、出社すると紘人さんの姿が目に飛び込んでくる。昨日、あんなに抱きしめ合ったのに今すぐにでも飛びつきたい衝動に駆られたが、何食わぬ顔で自席に向かい、パソコンを立ち上げた。

彼からの業務依頼メールが入っている。目を通せば、大した分量でないことがわかり、まずはそれから取り掛かることにした。他の仕事の優先順位が低いわけではないが、一番モチベーション高く取り組めるものでエンジンをかけようと考えたからだ。

しかし、それを邪魔するかのように課長に声をかけられる。月曜の朝から追加の仕事を渡されてしまう可能性が頭をよぎった。

「悪いんだけどさ、これもよろしく。来週までに上に報告しろって言われてるから、なるはやで」

「え……これを、今週中ってことですか？」

「うん、よろしく」

紙を一枚手渡される。それは部長が課長に「国の機関が出している人財開発に関するレポートを要約し、当社として取り組むべきタスクとそのメリット・デメリットの洗い出すこと」と依頼をしたメールを印刷したものだった。中々時間がかかること間違いなしの仕事で、週末のお泊り時間を確保するには、平日どれだけ働けばよいのだろうと、頭を抱えたくなる。

「課長、お言葉ですが聞こえてしまったので……藤井さん、俺のサポートもお願いしていますし、ちょっと業務量過多かと……俺、藤井さんのサポートのおかげでやや余力がありますし、これを手伝っても？」

「おお、柚木が手伝ってくれるなら安心だな。うん、二人でうまいことやっといてくれ」

すっと私の背後に立った紘人さんが、救いの手を差し伸べてくれた。きっと、私が課長に呼ばれたあたりから、こちらの様子を見ていてくれたのだろう。紘人さんの申し出に涙が出そうなくらい嬉しくなった。

「このレポート、俺も読まなきゃって思ってたんだよね。藤井さんはもう読んだ？」

企業がより成長していくためには人財開発が不可欠で、どのような人財をどのような手段で開発するのがよいか、人事担当者の目指すべき姿は……ということを研究した長文のレポートだと聞いている。有名なものなので概略は知っているが、本文は読めていない。

「ニュース記事で概略を読んだくらいなので、全文読むには少し時間がかかります。ですが、要約は手分けしにくいと思うので、任せていただけますか？」

「そうだね。お願いしていいかな？　水曜の昼目標で。水曜中にその要約を読みながら添削するイメージ」

「ありがとうございます。要約をご確認いただいている間に会社としての課題と対策案を考えておきますね。うちの会社で取り組むべきことの洗い出しするなら、他社事例も集めて比較したほうがいいですよね」

「うん、俺もそう思う。もし要約作成中に課題を思いついたら、走り書きでいいからメモ残しておいて。それも一緒にもらえるとありがたい」

するすると仕事を指示してくれる紘人さんがかっこいい。課長も、満足そうに頷きながら紘人さんを見ている。

水曜までという締切は甘いものではないが、紘人さんが待てるギリギリまで時間をくれていることが伝わった。できれば、なるべく早くに要約を渡し、彼の負担を減らしたい。

「で、無理はしないこと。体調第一で、月曜の朝からしんどいけど頑張りましょう」

「はい、ありがとうございます。よろしくお願いいたします」

「課長は、もう少し仕事の振り方とか振る相手……お願いしますね。誰しも一日は等しく二十四時間でして、我々がどれほど急いで処理しても終わらない量を渡されたら困りますので」

にっこりと、爽やかな笑みと嫌味を残して、紘人さんが自席に戻ろうとするのに慌ててついていく。課長は、もごもごと何か言おうとして、けれど結局何も言わずに紘人さんから目を逸らしていた。

『ごめん、言っちゃった』

『謝らないでください。スッキリしました』

『うん、最近仕事の振り方が荒すぎてさすがにね。ほんとに、無理はしないでね。俺、体力には自信あるから』

体力に自信があるのは……週末に身をもって知らされた。チャーハンを食べ終わったあとも、夜も、朝も……隙あらば抱いてこようとする紘人さんに、「もう無理」と諦めてもらったことは記憶にだいぶ新しい。紘人さんは、渋々といった表情で、なら来週……と萎れていた。

月曜はほとんどの時間を資料の読み込みに使った。公的機関の作る資料は、どうしてこんなに読みにくいのだろうか。中々要点が出てこない。どうして一枚のスライドにこれだけの情報を詰め込もうと思うのか。

それでも、紘人さんに出来の悪い子だと思われたくない気持ちは強く、どうにかして彼に提示された締切より早く要約を渡そうと頑張った。周囲も、私がやっている仕事に遠慮してか、集中力に気圧《けお》されてか、雑用や雑談を振ってくることはほとんどなく、かなり生産性高く取り組むことができた。

「由奈……もう、誰も残ってないよ。帰ろう」

「え、あ、ゆの……、紘人さん」

「藤井さんのほうがよかった？　もう本当に誰もいないから、いいかなって」

夜十一時を回ったところで、紘人さんに声をかけられた。心配そうに私の顔を覗き込む紘人さんの顔には疲れの色が浮かんでいた。私の化粧も崩れているかも、と今までに感じたことのない不安に苛まれる。好きな人に可愛くない顔を見られるのは嫌だった。

「無理しないでいいって。これ……多分、半分くらいは終わってるんじゃない？　だったら明日で充分だよ。そろそろ頭も回らなくなってくるし、一緒に帰ろう」

ぽん、と頭に手を乗せられ、そのままぽん、ぽん、と優しく撫でられた。それだけじゃ足りない、と我儘な気持ちが、睡魔と疲労に負けて顔を出す。

「紘人さん……」

「ダメだよ。そんな顔しても、これだって相当スリリングなんだから……俺だって、これじゃ足りないけど、ここでは抱きしめてあげられない」

紘人さんの言う通りだ。ごめんなさい、と謝って、机の上を片づけ始める。彼も自席へ帰り支度をしに戻り、静かなオフィスに二人の立てる物音だけが響いた。

「会社の同僚」の距離感を保ったまま駅へ向かった。今更少し離れて歩くのは、なんだかこそばゆかった。ホームでお互い反対方向に向かう電車を待っていると、彼の心配性が発動する。

「気を付けて帰ってね。家に着いたら、メッセージお願い。夜道、ちゃんと気を付けるんだよ」

「はい、大丈夫ですよ。いつも歩いてるんですから」

「それでも心配なの。イヤホンしたままスマホ見て歩いちゃだめだからね……ダメ、申し訳ないけど、やっぱり、駅に着いたら部屋に入ってカギをかけるまで通話したい。気が気じゃないから、お願い」

「過保護ですよ」

「過保護でいいよ。何かあってからじゃ遅いんだから。約束」

愛されている実感が湧き、残業後であるのに心の疲労感が解れていく。

「わかりました。ちゃんと、電話します。紘人さんがまだ電車に乗っていても、わざわざ降りたりしないでくださいね。通話ボタンだけ押してください。私、一方的に喋り続けますから、相槌もいらないです」

「うん、ありがとう……じゃあね、また明日」

私が乗る電車が先に来る。ぺこりと会釈して乗り込み、あのときと同じように、ホームに残る紘人さんを見た。また、何か言ってくれるような気がした。

紘人さんは、自分をじっと見ている私に気が付いて、ふっと柔らかい微笑みを零した。いつもよりはっきりと動かされた口は、(だいすき)と言っていた……と、思う。会社の最寄り駅で、もう誰も社員はいないとしても、大胆なことをするものだ。

電車に揺られ、窓の外を見ると真っ暗だった。家に帰って、シャワーを浴びて髪を乾かしたら早く寝よう。明日、紘人さんにおはようございますと言う顔が、少しでもくたびれたものにならないように、精一杯マッサージして寝ようと、窓に映る自分の顔を見て誓った。

『紘人さん、駅に着きました。電話、かけますね』

『うん、お願い。こっちまだ電車だから、ごめん』

自宅の最寄り駅に着き、紘人さんにメッセージを送るとやはり彼はまだ電車の中だった。

『もしもし、お疲れ様です。もしかしたらなんですけど……紘人さん、私の乗る電車の時間を調べて私に帰れって言いに来ました……?　ああ、返事、できないですよね。あとで大丈夫です。でも、もしそうなら、次は二人ともすぐ電車に乗れる時間に帰りましょう?　私、紘人さんの帰りが遅くなっちゃうの、嬉しくないです。あと、ホームで、大好きって言いました……?　もう、ああいうの、帰りたくなくなるじゃないですか。誰かに見られても大変だし……嬉しかった、ですけど……

なんか、ひとりで喋り続けるの、恥ずかしいですね』

ぽこん、とメッセージを受信してスマホが震える。『ごめん』とうさぎが謝っているスタンプ。

多分、謝る気はない。

『謝る気、ないですよね。もう、紘人さんのばか。でも、でも、今日は本当にありがとうございました。あの仕事、ひとりで今週中だったらかなりきつくて、週末会うのが難しくなっていたと思うので』

『謝る気、あるよ。大好きって言ったあと、由奈すごく可愛い顔していて、そんな顔を外でさせて申し訳ないなって思ってる。で、電車の時刻表を調べていたのはよくわかったね。あの次の電車は三十分後だったから、それに乗ると家に着くのは日付変わってからになると思って、どうしてもあの電車に乗ってほしかったから。週末の大事な時間を潰されるのは絶対に嫌だから、これくらい手伝うよ。大丈夫。あと、拗ねたときばかしか言えないの、可愛い』

電車を降りたらしい紘人さんが、怒涛の勢いで返事をくれる。改札を通るぴこーんという音が電話越しに聞こえた。電話越しに聞く、直接聞くのとはちょっと違う声質になぜか緊張する。

駅から紘人さんの家までの道はもうわかる。今、紘人さんがどのあたりを歩いているのか想像していると、自然と仕事の進捗確認に話題が移った。

『由奈、文字読むの、速いね。見くびっていたわけじゃなくて、他の仕事もあるだろうし水曜午前もきついかなって思っていたんだけど、半分も終わってて驚いた』

『今日は雑務がなくて集中できたので、ラッキーでした。明日も同じペースで進むといいんですけどね。あ、私家に着きました』

『ああ、たまにあるよね。誰からも邪魔されずに仕事に集中できる日……うん、よかった。ちゃんとカギ締めた？』

『締めましたよ。でも、紘人さんがおうちに着くまでこのままでもいいですか？　私も紘人さんが心配』

『いいよ。ありがとう。あと五分くらいかな。今、コンビニのところ』

紘人さんは、今自分が抱えている別の仕事の話を聞かせてくれた。任されている仕事のレベルの高さや、進め方の丁寧さ、器用さに一社会人として尊敬の気持ちが湧いてくる。

『ん、俺も着いたしカギかけた。ごめんね、付き合ってくれて』

『おかえりなさい。私も、紘人さんとお話しできて幸せなので、大丈夫です』

『……なんか、おかえりって、いいね。もう一回言ってよ』

『……おかえり、なさい』

『うん、由奈も、おかえり。じゃあ、本当は切りたくないけど、終わりを見失いそうだから、切るね。おやすみ。大好きだよ』

『わ、私も、大好きです。おやすみなさい』

電話が切れる。おかえりもおやすみも、疲れた心に沁《し》みて、こんなに疲れているはずなのに、満たされた気持ちになれる。紘人さんも同じ気持ちになってくれていればいいな、と願った。

火曜は月曜と同じく忙しくも穏やかな時間が過ぎていき、要約が完了した。火曜のうちに終わっていたが、少し嫌な気配がして、水曜の朝に誤字脱字のチェックをすることにした。おかげで多数のタイプミスを修正することができ、紘人さんをがっかりさせずに済んだことに安心する。示されていた締切よりも数時間早く紘人さんに要約を提出できた。

紘人さんは予想より早く仕上がったそれに少し驚いて、けれどきっと私の狙いを汲み取って、「ありがとう」と言ってくれた。私の作成した要約を真剣な目で読み込み、時折何かメモを書き添えている姿をずっと見ていたかったが、その暇はない。放置されている大量のメールの処理をして、保留になっている紘人さんのサポート業務を手早く捌き、課題の洗い出しに取り掛かりたい。

タイミングが合わず、水曜も木曜もほとんど業務の打ち合わせはできなかった。私なりの課題の洗い出しも終えて彼にメールで共有済みであり、その他の彼のサポート業務も完了して提出しているが、そのどれにもフィードバックはなく、私はいつ彼から修正の指示がきてもよいように、他の仕事をできるだけ進めておくことにする。

今日は金曜で、紘人さんがうちに泊まりに来る予定だったが、彼の予定はどうだろうか。ここまで音沙汰がないということは、相当忙しいのだろう。余裕のない顔でパソコンに向かう姿がちらちらと見える。

「藤井さん、今日の夜、何か用事ある？」

「え？」

「ごめん、言葉が足りなかった。お願いしていた仕事のフィードバックと修正を一気にやっちゃいたいんだけど、お互いぱらぱら会議が入っているみたいで、時間が合わないんだよね。定時前に長く時間確保するのは無理だから、もし用事がないなら十七時から二時間くらいで片づけたいと思って」

ややぐったりとした紘人さんに廊下で話しかけられる。夜に予定がないことは紘人さんがよく知っているはずで何を今更と思ったが、周囲の人に「金曜の定時後に打ち合わせを入れる酷い先輩」と思われないように、あえて聞いてくれたのだろう。

「大丈夫です。むしろ、柚木さんこそ大丈夫ですか？」

「うん、大丈夫。お気遣いありがとう。金曜の夜なのにごめんね。俺、このあとすぐ会議で、どこでもいいから十七時から小さめの会議室を二時間予約しておいてもらっていい？」

「大丈夫です。承知しました」

パソコンと紙の資料を小脇に抱え、コーヒーのペットボトルを持った紘人さんがどこかへ早歩きで向かっていく。私の資料のチェックに時間を使わせていたのかもしれないと、心がざわついた。

紘人さんの依頼通りに会議室の予約をして、仕事に戻る。

「お待たせ。予約ありがとう。これ、ささやかだけど残業のお供に、ココア」

「わざわざすみません。お時間ありがとうございます。よろしくお願いします」

「ほんと、藤井さんの仕事は丁寧でありがたいねぇ。要約の修正はほとんどなくて、洗い出した課題の抜け漏れチェックや他社事例との比較をゆっくり一緒にやりたかったんだけど、他の作業で立て込んで全然時間取れなかった。皆が藤井さんみたいに丁寧に仕事してくれたら助かるんだけどなぁ」

「そんな、大したことは」

「ううん、本当だよ。セルフチェックが苦手な後輩の資料の確認みたいな、あともう少し頑張ってくれたらと思うような人のフォローで時間が取られてさ。ちゃんと丁寧にしっかり仕事している子へのフィードバックが疎かになるの、ダメだってわかってるんだけど、ごめん」

会議室の中、他人行儀な挨拶。あくまでも会社の先輩・後輩という体で、少しだけプライベートの顔を覗かせた愚痴が零れる。

「じゃあ、早速だけど――」

紘人さんのフィードバックは聞いていてハッとさせられるものばかりだった。上司や、さらにその上の上司が求めている情報は何か。どういう表現をしたらそれが伝わるのか。

ついでに、どういう資料に仕上げると上司の好感度が上がって私の評価が上がるのか……サラリーマン力とでも言えばいいのか、サラリーマンとして生き抜く技をたくさん教えてくれた。週末に私が言ったことを覚えていてくれたのだと思う。

「他社事例のピックアップも含めて、やってもらったものはもうこのままで大丈夫。今後は今のポイント意識してやってごらん。課題の洗い出しも、共有してもらったものは全部そのまま活かそう。俺、メモを基に少し肉付けした叩き台持ってきたから、これを仕上げたら今日の仕事は終わりにしよう」

紘人さんの作ってくれた叩き台は、ほとんど完成形に近いもので、お互いの意見をすり合わせて見直しをすればすぐに終わった。一時間半とちょっと。まだ十九時前で、思ったよりもずっと早く帰れそうだ。

「すごい……本当にありがとうございます。柚木さんの仕事の話、本当に参考になります。もっともっと頑張ります！」

「もう十分頑張っているよ。正直、教えられることが思っていたよりずっと少なくてびっくりした。あとは、俺ごときが言える話じゃないけど、テクニックでよりよく見せる方法を身に付けるといいよっていう……能力と評価が一致しないの、もったいないから」

気が付くと、紘人さんが私を見る目がどこか熱っぽい。気が付かなかったフリをして、机の上を片づける。そんな目で見つめられたら、会社でおかしな気持ちになってしまいそうだった。

「藤井さん、ちょっとこっち。背中に糸くずついてるよ」

紘人さんに手招きされて彼に近づいた。椅子に腰かけたままの彼に背中を向けて立つと、いきなり腰に抱き着かれる。お尻をさわ、と撫でられた。

「わ！」

「……はぁ……疲れた……このタイトスカート、短いしちょっとお尻のラインが出すぎ。今日、ずっと目で追っちゃった。似合ってるし俺も好きだけど、デートのときだけにしてよ。由奈の可愛いお尻、他の男が見るの、絶対許せない……ん……柔らかい……」

「ちょ、ちょっと、柚木さん！」

「うん、すぐ離れるから、もうちょっとだけ……」

紘人さんが、左腕で私の腰をホールドして、右手でお尻を掴んだり撫でたり、好き勝手に触れてくる。声を上げて人に見られても困る。防音性の高い会議室に感謝しながら、しばらく紘人さんの好きにさせてあげた。

「由奈、細いのにお尻はちょっと大きめだよね……先週、後ろからしたときにすごく興奮した……早く帰って由奈抱きたい……」

「っ、ぅ……」

とうとうタイトスカートの中に入ってきた手が、ショーツ越しにお尻の縁を撫でる。乾いた指先がお尻に食い込んで、ショーツをずらそうとした。先週後ろから力強く突かれたことを思い出して、腰が揺れてしまう。

「……そうやって、お尻やらしく揺らして、誘ってくるの、悪い子だね……先週のこと、思い出しちゃった？　俺はね、由奈が腰を持ち上げて俺の入れようとしてきたこと思い出したら夜眠れなくて困ってた。ショーツの上からでもここ膨らんでるのわかるよ。濡れてるし」

「ゆのき、さん……」

「ここ、カリカリされるの好きだもんね……声出さないって、我慢できる？」

危ない橋を渡ろうとしていることはわかっている。会議室にはカギがかかっているが、いつ守衛さんが見回りに来るかわからないし、まだ残業している人がいるかもしれない。

「守衛さんは十九時半まで来ないよ」

私の不安を知っていたかのようなセリフに、身体が熱くなる。立ち上がった紘人さんが私を壁に追い詰めた。

ぐり、と硬くなった熱を太ももに押し付けられる。紘人さんは薄いブラウスの上から胸を掴んで、ブラ越しに頂を親指で押し潰す。

「っふ、ぅ……」

「声我慢してる顔も可愛い……ぷっくりして、どこに乳首があるかすぐわかっちゃうね、由奈、えっち」

ぶんぶんと首を横に振って抗議する。紘人さんはそんな私を見て楽しそうに微笑んだ。

背中を撫でまわす手にぞくぞくとしたものが背中を駆け上る。力が抜けてしまいそうになる私の足の間に自分の足を入れて支えながら、肩や首を撫でてますます私の力を抜かせようとしてくる。

「っふ、ぅ――――」

私の首元に口を埋《うず》めた紘人さんの籠った吐息に身震いする。こんなところで、どこまでされてしまうのだろう。壁と紘人さんに挟まれた私は身動きが取れず、彼がスカートの中に手を入れてきても何も抵抗できなかった。

「由奈……帰ったら、めちゃくちゃに抱くから……でも、でも、今も触れたい……」

紘人さんは熱に浮かされたように呟いて、ショーツの上から膨らんだ肉芽を刺激する。とろりと蜜が溢れて下着を汚す。紘人さんはその濡れたショーツを使って肉芽をごしごしと擦ってきた。

「こっち向きに動かすと、皮が剥けて気持ちいいと思うんだよね……」

「ぁ、いぁ、だめ……」

「やっぱり？　この間も反応がよかったからもしかしてって思ってて……帰ったら、皮剥いて敏感になっちゃったところをいっぱい舐めてあげる……っふふ、由奈、感じすぎ。想像しちゃうよね。俺が、由奈のここの皮を引っ張って、剥き出しになったところを舌で、たくさん……気持ちよくするの」

紘人さんは指先をぶるぶると震わせて上下に左右に私のクリトリスをいたぶり、ぷくりと膨れた肉芽への刺激に頭が痺れるような快感に襲われる。

「由奈のピンクで可愛いココ、真っ赤になっちゃうまで、何回イってても、ずっとずっと舐めてあげる……ね、気づいてる？　腰揺れて、俺の指使って自分で気持ちよくなってるみたい。ほら、指ここに置いておくから、もっと自分で動いてごらん」

小刻みに与えられる振動に、あっという間にイきそうになる。紘人さんが発する言葉を頭の中で想像してしまって、頭の中がいやらしいことでいっぱいになった。

「っ、っはぁあ、くぅ、うぅ……！」

声が漏れそうになって、必死に彼の肩に口を埋《うず》める。毎日通う会社で臨む非日常的な行為に、頭がおかしくなってしまいそう。下着の下でこれ以上ないくらいに硬く膨れている肉芽が、イきたいとイきたくないの間を行ったり来たりする。

「や、だ、……そんなこと、できない……！」

「じゃあ、ここで止める？　もう、イきそうでしょ……？　身体に力が入って、本当はイきそうなのに、ここで我慢しておうちまで我慢できる？」

「ぅ、……紘人、さぁん……！」

自分の口から発せられたとは思いたくもない甘ったるい声に羞恥が高まる。紘人さんは指の動きを速めて、私を追い詰めていく。クリのてっぺんを濡れたショーツ越しにカリカリと引っ掻かれて、喉の奥から細い喘ぎ声が漏れた。

「んふぅ、んぁっ、ん、んぅ」

「帰ったら、今言ったこと、してくれる？　俺の指で、ってやつ……してくれるなら、イかせてあげる。イきたいよね。もう声を我慢するのもつらいでしょ？　由奈、頷いて？」

「ん、んぅ、だ、め……！」

「ショーツ越しでもわかるよ。由奈のここ、ぱくぱくして、ナカに欲しがってる……クリもぱんぱんで、掴めないくらいぬるぬるで、こんな中途半端じゃなくてちゃんと触りたいし触られたい、よね……？　ほら、うんって、言ってごらん？」

イきそう、イきたい、もっとシたい。好き、大好き。めちゃくちゃにしてほしい。頭の中に流れ込んでくる紘人さんの言葉はほとんど理解できない。頷けばいい、うんと言えばいいのだと、それだけはわかった。彼のシャツにしがみつきながら、こくんと頷いた。

紘人さんは、私の限界が近いことを悟って、ぐりぐりとクリを押し潰し、私をイかせる動きをしてくれた。肩を震わせて、必死に彼の肩を掴みながら、ガクガクと脚を痙攣させて、達してしまう。

「――――ッ！」

「……由奈、帰ろう……」

へたり込んでしまいそうな私を支えて、紘人さんが掠れた声で囁いた。私が乱れた呼吸や服を直す間、彼が帰り支度をしてくれる。一足先にデスクに戻った紘人さんから、誰も残ってないから、安心して戻っておいで、とスマホにメッセージが届いた。

「ごめん、俺が出すから」

オフィスを出たところで、紘人さんがタクシーを呼び止めた。彼が私の家の最寄り駅を告げると、タクシーは静かに走りだす。

静かな空間で、紘人さんに手を繋がれる。指が絡まり合って、お互いの体温を確認し合う。お互い言葉を発することはなく、触れた指先同士で、早く続きをしたいと訴えながら家に向かった。

「ごめん、我慢できなかった……嫌いになった？」

途中コンビニに寄り、言葉少なに晩ご飯を買い込んだ。再び手を繋いで私の家に向かい、玄関を入ったところで、すぐに紘人さんに抱きしめられる。怒ったふりをするべきか、このまま絆されているべきか、悩ましい。紘人さんが私の髪に頬ずりしている気配に、好きな気持ちが勝ってしまった。

「嫌わないですよ……すごくドキドキしましたけど、ね。もう、あんなリスクのあること、ダメじゃないですか」

「うん。ほんとごめん。由奈が付けてくれた手書きのメモとか見てたらさ、もうすっごく好き……ってなっちゃって、早く抱きたくて仕方なくて、可愛いスカート見てたら我慢できなかった」

後ろからさわさわとお尻を撫でまわされる。

「ダメです……玄関、薄いから、部屋入りましょう……」

「……由奈の部屋、楽しみ」

靴を脱いで部屋を案内する。できる限り掃除はしたつもりだった。ラグに紘人さんを座らせて、買ってきた晩ご飯を並べる。

「……先にシちゃ、ダメ？」

紘人さんの目つきは鋭く、ダメと言わせるつもりはなさそうだった。瞳に吸い込まれていくように彼に手を伸ばすと、彼はその手を取ってベッドに向かった。促されるままにベッドに寝転がる。

いつもひとりで寝ているベッドに彼がいる。非日常的な光景にどうしようもなく興奮してしまう。彼が覆いかぶさってきて、甘いような辛いような香りで胸がいっぱいになった。紘人さんの首筋に顔を埋《うず》め、思い切り息を吸い込んだ。

「この部屋、由奈の匂いでいっぱいで、由奈のこと抱きしめてるみたい……先週俺の部屋に来たとき、由奈も同じ気分だったのかな……」

「そう、ですよ。ベッド、紘人さんの香りでいっぱいで、抱きしめられてるみたいでした」

「そっか……今、本物がいるから、こっちで堪能して？」

紘人さんが唇に噛みついてきた。生暖かい舌で唇をこじ開けられ、舌を絡めとられてしまえば何ひとつ抵抗はできず、遠慮なく奥へと差し込まれる舌が、知り尽くした場所であると言いたげに上顎や歯列をなぞる。口の隙間から漏れる高い声と、くちゅ、ぴちゃ、という水音に耳を塞ぎたくなった。跳ねて奥へ引っ込みそうになる舌は追いかけられ、すぐに絡めとられ、貪るように舐められ吸われた。

「！　んむっ、ぅ、ぁ、んぁ……」

気が付くと私は服を脱がされていた。可愛いと言ってくれたタイトスカートはラグに置かれ、いやらしい染みのついたストッキングは丸まってその横に落ちている。

「由奈、きれい……」

「やだ、そんな、見ないで……！」

「……俺、由奈に嫌われるのが、由奈がどこかに行ってしまうのが怖くて、がっついて、無理させて、本当にごめんね……」

紘人さんは切なげに眉を下げて、泣きそうな声で呟いた。目元が興奮に赤く染まっているのに、理性がぎりぎりのところで言葉を紡いだのだろう。紘人さんが経験してきたことを思えば、そう思うのは致し方ないことで、失いたくないと思ってくれることが、私にとっては嬉しいことだった。

「紘人さん、私はどこにも行ったりしませんよ。そう言ってくれて、私は紘人さんに愛されているってわかって、とっても幸せなんです。紘人さんみたいな素敵な人、一緒にいて居心地がいい人、初めてで、私だってずっとずっと一緒にいたいって、思ってるんです」

「……うん、ありがとう。比べているわけじゃなくても、どうしてああなってしまったのか、今でもわからなくて……好きな人に、好きでい続けてもらうために、どうしたらいいのか、不安になるんだ」

「紘人さん……」

ごめん、ごめん、と呟きながら抱きしめてくる紘人さんが愛おしかった。

「好きって気持ちばっかり先走って、ごめん。由奈が、ちゃんと俺のこと好きでいてくれているのはわかってる。俺のこと見て、幸せそうにへにゃへにゃ笑うところ、あれが演技や社交辞令だなんて思えない……けど、こういうことするのも……大丈夫？」

子どもをあやすように彼の頭を撫でると、強張っていた彼の身体から力が抜けていく。浮気をされた原因は、ついぞ説明されなかったらしい。

「俺、可愛い由奈のこと、由奈自身に理解してほしくて、ついいろいろ説明しちゃうし、由奈に求めてほしくていろいろ言わせようとしちゃうし、由奈が本当は嫌がっていたら、どうしようって……今更だし、かっこつかないな」

「紘人さん。いいです。いいんですよ。かっこいい紘人さんも好きだし、弱ってるところも、好きです。正直、紘人さんをこんなに傷つけた元カノはぶん殴ってやりたいくらいだし紘人さんは何も謝ることしていません。オフィスでの件は、謝ってもいいですけど、それ以外は、ダメです」

「由奈……ありがとうね、本当に。今日は、ごめん」

「それと、いやらしいことといっぱい言ってくるところも……嫌いじゃないし、だって、紘人さんが私のこといっぱい求めてくれて、いっぱい気持ちよくさせようとしてくれるって……すごく伝わるから、嫌じゃ、ないんです。私、嫌なことはちゃんと嫌って言いますから」

「うん。わかった……でも、それはそれで、嫌って言わなかったことは全部、いいって言っているように聞こえるけど、大丈夫？」

　捨てられていた仔犬のような顔をしていたはずの紘人さんが、大型肉食動物の目つきに変わる。

「……いい、です。私も、こんな気持ちは初めてでよくわからないんです。でも、紘人さんに意地悪なこと言われると、擽《くすぐ》ったくて、もっとしてほしい気持ちになるから、きっと嫌じゃないんだと、思います」

「そっか。じゃあ、我慢せずに、由奈のこと愛させてもらうね。これからも、たまに弱いところが出てくるかもしれないけど……でも、由奈に向き合ってる気持ちは本当だから」

　二人が見つめ合ってから数秒。呼吸とかすかな衣擦れだけが聞こえる部屋に、紘人さんの喉がごくりと鳴る音が響いた。ごつごつした喉仏に意識を取られた隙に、どさりとベッドに押し倒された。

「由奈、愛してる」

　蕩けてしまいそうなほど甘い声で呟かれ、ぽわっと頬が熱くなる。ぎゅうっと抱きしめてくれる腕が心地よく、おずおずと彼を抱きしめ返す。紘人さんは私の首元に鼻を埋《うず》めると一度「すん」と鼻を鳴らし、「由奈を抱っこしてると落ち着く」と大きく息を吐いた。

「私も、落ち着きます。ちゃんとお話しするようになってまだ数週間なのに、ずっと前から一緒にいたみたいだし、これからもずっと一緒にいるような気がするんです」

「……うん、俺も。でも、だいぶ浮かれちゃって、年甲斐もなく盛って申し訳ないというか」

「私だって同じです……付き合い始めたばかりだし、今くらい浮かれていっぱいいちゃいちゃしていたって、いいじゃないですか……さっきもキスされて、今も、抱きしめられて……紘人さんがもっともっとほしいの、って言ったら、紘人さんは私のこといやらしいって思うんですか……？」

「思わない」

そう呟きながら紘人さんは腕の力を強めて応えてくれた。

彼の真一文字に結ばれた唇に触れるだけのキスをした。擽《くすぐ》ったい感覚に、彼は舌なめずりをして、私を見下ろしながら自身の服を脱ぎ捨てた。

「由奈も、残りも全部脱がせちゃうよ」

私の下着を外しながら、紘人さんはもう片方の手で私の頭や肩、腕を撫でてくれている。

ずっと私の瞳を見つめる視線に、私が心から愛されているのだと思い知らされてしまう。お互いに生まれたままの姿になって、身体をくっつけ合う。体温は熱く、心臓がどきどきしているのがばれてしまいそう。

とうとう、彼の手が私の胸を覆った。下着越しに触られるのとは全く違う、直接的な刺激に身体が小さく跳ねる。彼の大きな手にすっぽりと包まれて優しく揉まれる。

胸に沈み込む硬い指に肌がちりちりと敏感に反応し、手のひらに擦れる先端が熱を帯び始めた。身を固くして堪《こら》えていると、力を抜いてと言わんばかりに優しい口づけをされる。深いものではない、啄むようなキスに、ちゅ、ちゅ、と可愛らしい音が鳴る。

「んっ、ぁ」

「全部、全部、大好きだよ」

声も、反応も、顔も、身体も、全部好き。困ったように眉を下げるのに、指は先端ばかりを指の腹で擦ったり、きゅっと摘んだり、爪で掻いたり。私を困らせてくることを繰り返してくる。言葉と顔と行動が一致しない、そんなちぐはぐな状態が、きっと今の紘人さんの素なのだと思う。

「ひぁっ、あ、ぅ」

彼の両肩に手を置いて、首を横に振る。彼に触れられると、どうしてこんなに気持ちよくなってしまうのだろう。自分で触れたってなんともない頂を中心に、じんじんと体の奥が熱くなる。彼に触れられた部分からじわじわと身体中が熱く溶けていくようだった。

「ぁんっ、ぁ、んぅっ」

紘人さんが頂に噛みついてきた。熱く濡れた感触に背筋が粟立って、数時間ぶりに秘部にじんわりと何かが滲み出す。彼の整った顔が私の胸に埋まって、夢中になって頂を舐めているという倒錯的な光景に、理性が蕩けだしていく。

前歯で軽く甘噛みされ、より一層尖ったところに舌を巻きつかせて強く吸い上げられる。緩急のある刺激に声を我慢することが難しくなり、くぐもった嬌声を上げた。

「つきゃぁ、ふぁ」

「……会社ではあんなに真面目な藤井さんがさ、俺の下でこんなに可愛く乱れた顔して……もっともっとって欲しそうな顔して……いじめられるのも嫌いじゃないなんて……何度考えても頭おかしくなりそう……今も、困った顔しているのに声も身体も悦んでいて、もう、俺のことどうしたいの……？」

胸を弄《いじ》っていた手が、脇腹やくびれをたどって下腹部にさしかかる。ソコに触れられそうで触れられない時間は、じれったく永遠にも感じるが、心の準備をする余裕はなく一瞬にも思えた。

秘裂に彼の指がくちゅりと沈み込んで、私から溢れた滑《ぬめ》りを纏っていく。すぐにぷくりと膨らみつつある肉芽を指先が掠め、びりびりと痺れるような快感に背中がくねる。自然とおよび腰になる私を追い詰めるように、紘人さんが繰り返しそこをつつき、撫でた。

「ッ！　ぁ、ぁああっ、まっ、やぁ！」

「こんなに大きくなって、いっぱい気持ちよくなってくれて嬉しい……掬っても掬っても溢れてくる。えっちで、可愛いよ、由奈」

背筋を駆け抜ける刺激に、あっという間に快感の波が襲ってくる。彼の肩にぎゅっと強くしがみつきながら、ただただあられもない声を上げた。小さなしこりはほんの些細な刺激にも敏感に反応し、彼の指をしとどに濡らしていく。

「ふ、ぁあっ！　んんっ、ぁ」

気持ちいい。蜜が溢れて止まらない。くるくると指先で円を描くように、そして私の蜜を塗りたくるように尖りを捏ねられて、頭の奥がちかちかと明滅する。優しい愛撫の合間に、時折ぐにゅりと強く押し潰し、私を高みへと押し上げていく。

「由奈、イって……？」

「や、ぁあ、っん、ぅっ、イくぅ……！」

身体を丸め、爪を彼の肩に食い込ませながら絶頂する。身体ががくがくと震え、絶頂したばかりの肉芽が彼の指に擦りつけられる。気持ちよくて身体が跳ね、彼の指に肉芽を押し付けてしまう。

それに身体が震えて尖りが刺激され、快感のループから抜け出せない。

「あぁ、ぅう……ぁ、ぁ……」

達したばかりで敏感な肉芽が熱くて熱くて堪《たま》らない。紘人さんは私がびくびくと震えながら勝手に気持ちよくなり続ける様子を、じっと見つめていた。

「……由奈が自分で気持ちよくなってるところ、可愛かった……」

「ふ、ぁ……」

「目、とろんてして、赤くなって、本当に……可愛いな……」

デスクに向かい、テキパキと仕事をこなす優秀な先輩の柚木さんが、私と乱れて、私に夢中になっている──私が気持ちよくなっているところを見て、興奮して、可愛いって言ってくれている──

現実を改めて思い知り、こんなにも愛され満たされていることは理解しているのに、身体が彼を求めだす。ちょうど彼の指が蜜壺に指が触れ、ゆっくりと沈んでいった。たった一本の指でも窮屈で、指のカタチをナカで感じ取る。

あっという間に奥まで差し込まれた指の先が、肉壁をとんとんと叩いた。

「んんっ、ぅう──」

私の肌を擽《くすぐ》っていた指が、今は私の中にあるというのが、なんとも不思議な心地だ。内側からお腹を持ち上げられるような感覚に、はらりと生理的な涙が零れる。少し指を動かされるだけで、簡単に自分の身体が解されていくのがわかった。

彼が指を抜き差しする。彼の指の腹が内壁を擦り、気持ちいいところを執拗に擦り続け、蜜壺がうねって悦んだ。

「ん、くぅ、ぅああ……」

「由奈、ちょっとイった……？　ああ、そうだ、ね、約束。俺の指で、自分でして見せて？」

ずる、と指が引き抜かれる。紘人さんが指摘するように、私は指の刺激で達してしまっていた。

ぽわぽわする頭の中、そんな恥ずかしいことはできない、と思う理性はすみっこで居心地が悪そうにしている。

クリトリスに指が添えられて、ぴくりとも動かしてもらえない。もう気持ちよくなくていいと思う気持ちと、もっともっとダメになってしまいたい気持ちの板挟みで、自然と腰が揺れだした。

「ん……上手、もっと強く押したほうがいい……？」

「っは、ぁあ……！　あぁ、ぅうう、ひろと、さん……！」

恥ずかしくて頭の奥がじんじんする。目から涙が溢れ出すのに、紘人さんの指にクリトリスを押し付けて腰を振るのをやめられない。かくかくと腰を揺らして、クリが上下に擦られるたびに喘ぎ声を出して、私、こんなにはしたないこと、したことないのに。

「はぁっ、んんん――――！」

「逃げないで。由奈、自分のイイところとちょっとずらしてるの、バレてるよ」

「え、ぁあッ、そこ、だ、め……！」

「ほら、由奈はねぇ、先っぽのところを撫でまわされるのと、側面を擦られるのが気持ちいいんだよ？」

彼の言う通り、紘人さんの人差し指の腹に、クリの頂点を押し付けながら腰を前後に揺らす。少し皮の向けたてっぺんからびりびりとした刺激が背中を駆け上って、腰が汗でじっとりと濡れていた。

「……そう、それ。腰引かないで、ちゃんと擦りつけると、すっごく気持ちいいでしょ？　もっとダメになっていいよ。もっと、見せて」

「ぁ、ぅうう～～や、ぁあっ、見ない、で……！　っ――――っ!!」

無意識に快感から逃げようとしていたことを指摘され、言われるがままに快感を得ようとする。やらしい子だと思われたくないのに、私のいやらしい姿を見て興奮している彼に、私も興奮してしまう。彼の目が私の顔をじっと見つめていて、思わず目を逸らす。

「夢中になって腰動かしてる由奈の顔、ちゃんとこっちに向けて」

「や、ぁあ、やだぁああ……！」

髪を撫でながら首の向きを変えられて、紘人さんと目が合う。紘人さんの指を使ってはしたないことをして、見ないでほしいのに、見たいと言われると全部見せたくなる。自分の変化に戸惑うが、気持ちいいことをやめられない。

「いやじゃないよ、由奈。気持ちいいね、そのまま腰ゆらゆらして、もっともっとクリが大きくなったら、もっともっと気持ちよくなれるよ。ん、上手。由奈のクリ熱い。ふるふるして、可愛い……っ、はぁ……指動かさないで待ってるだけなの、結構きついな……」

「じゃあ、触って、よぉ……！」

「……そんな可愛いおねだり、たまんないな、ほんと……でも、だめ。ひとりでもう少し頑張ったら、いっぱい気持ちよくしてあげる」

「ぅうううう、ぁあ、ひど、い……！」

紘人さんに与えられる快感のほうがずっと大きくて、彼に好き勝手されるのが一番気持ちいいのに、と叫びたくなるのを堪《こら》える。先週末の激しい営みを思い出して、ぞくりと背中が震えた。

「頑張って、由奈。俺に触られてたときのこと思い出して……ぷっくり大きく膨らんで、どこ触っても気持ちよくなってるね。クリのまわり、ゆっくり撫でられて、ぞくぞくして、ずーーっと同じ動きされるとすぐイきそうになるんだよね」

自分のそこが大きくなってるかなんてわからないけれど、彼が言うんだから、きっと充血してしまっているのだと思う。それを指摘されて、ますますそこに与えられる快感に意識が向いたまま、はしたないとわかっているのに夢中になって腰を振ってしまった。

「そう、腰回してみて……そうしたら、俺に撫でまわされるときと同じになれるよ。そのまま、もうちょっと腰突き出して、俺の指に押し当ててごらん。おっきくなってるの、ぐにぐに潰されるのも気持ちいいもんね……ああ、また零れてきた。とろとろ。ぐにぐにくるくる気持ちいいね。気持ちよくて泣いちゃうところも可愛いよ。大好き」

膨らみ切ったクリを紘人さんの指に押し付けて、彼の声に誘導された通りに腰を動かす。気持ちいいいね、と囁かれるたびに頭の中が気持ちいいでいっぱいになって、イってしまいそうになるのに、自分では決定打から逃げてしまって、中々イくことができない。

「っはぁ……ッ！　ひろ、と、さん……！　たすけてぇ……！」

「あー……俺に助け求めちゃうの、ずるいなぁ……イけないの？」

可愛いから特別、と囁いて、紘人さんが指を動かし始めた。私にやらせたのと同じ動きのはずなのに、彼から与えられる快感は格別で、あっという間に絶頂が近づく。彼の指に擦られて、ちりちりと敏感な神経が悲鳴を上げる。

「だ、ダメッ、きもちい、きもちいい……！　ひろとさ、ひろとさぁん……！」

ぱちんと弾けるような快感に、何度も瞬きしながら、紘人さんの目を見つめる。彼はそんな私を見て、落ち着くまで震える太ももを摩《さす》って待っていてくれた。

彼の昂りがどれほど熱く硬いのか、散々お腹に当たって示されていた。もうこれ以上、彼を待たせたくない。彼にも気持ちよくなってほしい。そっとソレに手を伸ばし、触れてみた。熱くて、少し震えていて、硬くて、これが私の中に入るのかと思うと、信じられない。

「由奈、いいの？」

紘人さんのソレを軽く握り、手を上下に動かしてみると、彼の先端に小さなしずくが浮かぶ。彼の呼吸が荒くなり、手の中で雄がぴくぴくと震えだす。気持ちよくなってくれていることが嬉しくて、同じように手を動かし続けた。

「……由奈の手、ちっちゃくて、すべすべで、気持ちいい……」

次第に彼の内ももが震え始めた。呼吸が苦しそうで、眉間に皺を寄せた表情に胸がときめく。雄が硬さと熱さを増して、一度大きくびくんと震えた。

ぱく、と口に咥えてみる。先端のしずくがしょっぱい。亀頭を口の中に入れきってしまうと、カリがぶわっと膨らんで、硬さが増した。

「ひもちいい？」

「っ、ぁ、そこで喋らないで……！」

紘人さんが気持ちよさそうにしていることに嬉しくなって、裏筋に舌を這わせながら頭を上下させせて、彼の全体を口内でしゃぶる。じゅぼじゅぼと唾液の音が聞こえてしまうのは恥ずかしいが、お腹を震わせながらぎらついた視線を向けてくる紘人さんの無言の要求に応えたかった。

「……ごめん、もうダメ。気持ちよかった。ありがとう」

「私のことは何回も、……何回もするのに、自分は逃げるんですか？」

「女の子とは違うの。それに……これで、ナカ、されたいでしょ？」

張り詰めた雄で、太ももをぺちんと叩かれる。恥ずかしさに顔を両手で覆って、「したい、です」と呟いた。

すぐに、スキンを纏った紘人さんがナカに入ってきた。顔を隠し続けることは許されず、両手首を掴んで頭上に固定されてしまう。

動きを制限されただけで、どくんと身体が熱くなって、思わず中がきゅうっと締まるのがわかった。抵抗すればほどけるであろう力加減なのに、紘人さんに動きを封じられている状況に自分でも呆れるほど興奮してしまう。

「今、締まったでしょ……こうして、動けなくされるのがよかったの？　……図星、かな。ナカ、またきゅってした。由奈、結構Mだよね……ほら、由奈のナカ、俺がここからここまで入ってる……狭くて、奥まで届いちゃうね……はぁ、あっつい……」

「ぁ、やぁッ、ふぁっ　あぁあああっ……！」

ぱたり、と彼の汗が私の胸元に落ちた。

ぎりぎりまで引き抜いたあとは、その長さを私に教え込むように再び奥まで戻される。その一番奥をとん、と優しく押され、そのままぎゅうっと押し込まれる。そのまま背骨に抜けていくような、堪《たま》らない快感が身体を走り抜けた。

何度も何度も、ゆっくり引き抜いて、奥まで押し込むのを繰り返される。その途中、彼の膨らんだ部分が私の肉壁を引っ掻いて、止まらない蜜を掻き出していた。

「ふぁああ……！」

私の声に応じるように、紘人さんが私の耳に噛みつく。ぬるりと耳朶を、そのまま首筋を、そして鎖骨を舐められて、快感が上から下から、身体中を駆け巡る。

「逃げないの……！」

「や、ぅ、おく、へん、んぁあ、ふぁ」

「ふふ、変、じゃなくて、気持ちいい、でしょ……！」

手首を押さえつけられているせいで、腰を動かすことでしか快感を逃せないのに、それを逃げるなと咎められる。紘人さんに、彼に与えられる快感に囚われてどうにかなってしまいそう。もう、どうにかなっているのかもしれない。

ぽたりと彼の汗が私の頬に落ちた。苦しそうに快感に耐える紘人さんが、私の顔を真剣な表情で見つめていた。気持ちいいね、と掠れた声。小さく頷いて、太ももで彼の腰を挟んでみた。

「や、ぁああ、っく、ぁあああっ！」

彼は、先端を最奥に擦りつけるように腰をぐりぐりと押し付けて、私が腰すら動かせないように身体中で私を押さえつけてくる。そのまま気持ちいいところだけを狙い撃ちにするような律動に、我慢の限界を超える快感が与えられた。

「っくあぁ、ぁあっ、ぁあああッ！」

「ここぐりぐりすると中すごい締まる……！」

好きな人が、自分に夢中になって自分を貪るように求めてくれる。その悦びが、快感を増長させる。中をどちゅどちゅと掻きまわされ、弱いところをひたすらに擦り続けられる。中のひくつきも、全身の震えも止められない。

「ぁんッ、ぁ、ひぁああっ、きもち、い!!」

ぎゅっと中が締まると、紘人さんのモノがちょうど気持ちいいところに当たってしまってまた身体が震える。きゅんきゅんと中が蠢いて、彼のモノに襞《ひだ》が纏わりつくたび、それを振りほどいて抜き差しするソレから与えられる快感が強くなった。

「ぁあ、ふッ、んぅッ……！」

彼の身体に押し潰された肉芽も悲鳴を上げた。紘人さんの呼吸も荒い。言葉を交わす余裕はもうどちらにもなく、耳に吹きかかる吐息に身体が震える。彼の腰の動きに合わせて自然と腰が揺らめき、二人ではしたなく快感を与え合う。

「まだ、ぁ、だめ……ひぁ、イっ、くぅ………」

「っ、締まる……！　ぐ、ぅ……！」

「あ、あぁあっ、ぁあっ！」

中からも外からも「気持ちいい」が襲いかかり、快感と羞恥に涙を零すはしたない顔を紘人さんに曝して達した。目を逸らしてほしいのに、彼はそんな私を目に焼き付けるように見つめ、そして間もなく律動を再開した。

「っひ、ぁあああッ」

「もう少し、させて……！」

肉壁をまたごりごりと刺激される。達したばかりの身体への過ぎた快感から逃れたくても、彼の両手が私の腰をがっつりと掴んで激しく揺さぶられる。ぱちゅぱちゅといやらしい水音が聞こえた。

ひくひく、はくはくと痙攣する肉襞をかき分けて、紘人さんが最奥まで届く。

「かっこ、いい……ぅ、ぁ、好きッ、……ひろと、さんッ！　ぁああッ、またきちゃうっ!!」

中が思い切り窄まって、紘人さんのそれを絞るように動く。私の意識した動きではないけれど、紘人さんが気持ちよくなってくれて嬉しい。好き、好き、大好きとうわごとのように繰り返す私の頬に紘人さんがキスを落としてくれた。

「ぁあああッ！　あぁあああっッ、イっ、ぁッ」

肉襞をごりごり削られて、奥をぐずぐずに押し込まれ、全部全部気持ちいい。紘人さんにもっともっとめちゃくちゃにしてほしい。

「つく……！」

紘人さんが苦しそうに呻きながら、大きく腰を振った。絶頂寸前の私の身体が跳ねるのを押さえつけて、逃げられないようにしてひくつく私の中で雄を激しく扱《しご》く。

「つは、ぁあああッイく、イくぅ……!!」

彼がどくんと脈打った。

「んぅ……」

紘人さんの眉間の皺が一層深くなる。二人で肩を震わせながら達した余韻に浸って、お互いの身体を労わるように摩《さす》り合う。紘人さんの身体に押し潰された胸が、少しだけ苦しい。そんなことがどうでもいいくらいの多幸感に包まれる。

「由奈……可愛かった……」

「やだ、恥ずかしい……」

「自分で頑張ってるところも可愛かったし、上手にイけなくて助けてって言っちゃうところも可愛かった……イけなくて苦しかったんでしょ？　俺にイかされたら苦しくなるってわかってるのに、それでも助けてって言っちゃうのさぁ……ずるいよ」

「ばか、ばかぁ……」

「ああ、そっぽ向かない。ごめんってば」

彼が汗で濡れた身体を起こし、自身を引き抜いて、片づけを始める。乱れたシーツや脱ぎ捨てられた二人分の衣服が生々しく目に入ってくる。食べられることなくローテーブルに置かれたままのコンビニのご飯が寂しそうだ。

私も身体を起こし、体育座りをする。紘人さんが額の汗を拭い、私を見た。

「ご飯より先にシャワー浴びますよね」

「うん、貸してもらえるとありがたいな」

甘ったるい空気から気持ちが切り替えきれない。会話をしているのに、二人とも頭がぽわぽわとしていて、へにゃりと笑い合ってベッドに並んで座り、手を握り合った。

「由奈と一緒にシャワー浴びたい」

「いたずらしませんか?」

「しない。しないし、転びそうになったら支えるから」

汗ばんだ身体同士がぴっとりとくっつく。紘人さんの肩に頭を乗せて、楽をさせてもらう。

「シャワー浴びて、ご飯食べながらビール飲むの楽しみだな。明日、だらだらする? だらだらしてもいいし、外に出かけるのも魅力的だなって思ってるんだけど、どうかな。買い物でも、ご飯でも、遊ぶのでも、なんでもよくって、まだノープランなんだけど」

「いいですね、全部、やりたいです。でも朝はちょっとだらだらしたいかも……」

「うん、そうだね。土曜の朝は気が済むまで寝るのが一番だよ。平日の疲れをゆっくり癒やして、お腹が空いたらどこかに出かけよう。夜ご飯食べながら、いくつか候補を挙げようか」

率先して予定を立ててくれる姿は、仕事をバリバリとこなす今までのイメージ通りの柚木さんと、私を溺愛して甘やかしてくれる紘人さんのちょうど中間の印象で、どちらの彼も大好きな私の心がぽかぽかと温まる。

「仕事もですけど、いろいろこうやって進めてくれるの、嬉しくてつい甘えちゃいます」

「いいんだよ、それで。俺は由奈に甘えてもらえるの嬉しいんだから。好きな子は甘やかしたいって言ったでしょ？　だからたくさん甘えて？」

肩を抱かれて、二の腕に彼の指が食い込む。

「それに、こうやってたくさんくっつけて……俺も、いっぱい由奈に甘やかしてもらってる。本当に幸せで、人生どん底、仕事が恋人ですって生活を何年もしていたのが信じられないくらい、今、満たされてる。だから、たくさん由奈のことも幸せにしたいんだ……ダメだね、俺、由奈と話し始めるといろいろ喋っちゃって。早くシャワー浴びよう」

先に立ち上がり、私の手を引いて立ち上がらせてくれた紘人さんを浴室へ案内する。私が普段使っているシャンプーの香りを纏う紘人さんはなんだかとてもセクシーだった。

「ひゃ、あ！」

「ごめん、怒らないで？」

「もう……紘人さん、意外と子供っぽい……」

「由奈の前でだけだよ」

シャワーを浴びながら、紘人さんはちょくちょく私にちょっかいをかけてきて——けれど私が足を滑らせることがないように手加減もしてくれて、歯が浮いてしまうほど甘いひとときだった。

お昼も近くなった十一時、目を覚ますと紘人さんはまだ寝ていた。長い睫毛がかすかに揺れて、すやすやと寝息を立てている姿をまじまじと見つめる。付き合っているんだなぁ、と今更ながら、何度目かにこみあげてくる実感に自然と頬が緩んだ。

今日は、お昼ご飯をどこかで食べてから秋服を探しに行くことになった。時間も場所も決めておらず、紘人さんが起きるのをゆっくり待つことにする。

「ぁ……ゆ、な……」

太陽の光に眩しそうに一度を瞑った紘人さんが、ベッドの中で私を思い切り抱きしめてくる。大型犬に甘えられているような心地で、セットされていない柔らかい髪を撫でてあげた。

「やばい、これ幸せ……」

「そんなに噛みしめなくても、これからいくらでもできますよ」

「う……ん……手、すき……」

いちいち大げさな紘人さんの背中を摩《さす》る。少し寝ぼけているのだろうか。言葉が途切れることが多く、中々会話が続かない。

紘人さんがしっかりと目を覚ましたのは、それから三十分後だった。紘人さんが好きだというから、ずっと彼の頭を撫でていた。彼はそれに気が付き、ばつの悪そうな顔をして「おはよう」と言った。

「なんか、恥ずかしいな」

「この間は紘人さんが私の寝顔ずっと見ていましたよね。同じですよ」

「うん。こんなふうに寝かしつけてもらうの、子供のとき以来だよ」

のんびりと外に出る支度をしていると、徐々にお腹が空いてきた。二人で家を出て、手を繋いで歩きだす。まだ日の明るいうちに、こうして出かけるのは初めてだ。初めてのデートに胸が高鳴る。

「なんかわくわくするね。それに由奈のワンピース、すごく似合ってる。きれいだよ」

「紘人さんの私服もかっこいいです。紘人さん、スタイルいいから何を着ても似合うんでしょうね」

「そんなことないよ。服見るの、楽しみ」

栄えている街の中心部に電車で出て、適当なカフェを見つけて入る。紘人さんはすぐにメニューを決めた様子で、マフィンのセットとハンバーガーのセットで悩む私を楽しそうに眺めていた。

「おいしかったらまた来よう。それと、俺こっちのハンバーガー頼むから一口交換しよう」

「じゃあ、マフィンで」

お互いに一口ずつ交換する約束をする。定番の展開に、少女漫画を読んでいるような気恥ずかしさがこみあげる。

料理が届いてすぐに、紘人さんはハンバーガーを一口分、切って渡してくれた。私がおいしそうにご飯を食べるところが見たい、それが見られるならいくらでも交換しようよ、と微笑んでいる。

「おいしいし、お値段もありがたい設定だし、いいお店だね。由奈は新しい店をどんどん開拓したいタイプ？　それとも気に入ったところをリピートするタイプ？」

「私はリピートが多いですね。たまには冒険したいと思いつつも、前に食べたアレをまた食べたいなって思っちゃって」

「わかる。俺もそっち派。じゃあ、ここはきっとまたすぐ来られるかな」

これからの未来のことを話せるのはとても幸せなことだった。紘人さんが大きく口を開けてハンバーガーを食べるのを眺めながら、小さく切ったマフィンを口に運ぶ。あっという間に彼のお皿が空になりそうで、少しスピードを上げた。

「急がなくていいよ。ゆっくり食べな」

「甘やかしすぎですって……さっきから……また好きになっちゃいます」

「なんだよそれ、何も問題ないよ？　いくらでも好きになって？」

そう言ってセットのコーヒーを飲んでペースを落としてくれる。どこまでもできた彼氏とあまあまな会話を交わす。まわりに人がいなくてよかった。

お会計を終えてお店を出ると、二時を過ぎていた。近場のショッピングモールへ向かい、彼がよく服を買うというショップを訪れる。少しかっちりとした服のテイストは紘人さんによく似合いそうで、今着ているものもこのショップのものらしい。

「紘人さん、これどうですか？」

「うーん、好きだけど、好きだからこそ似たような服をもう持っているんだよね……」

「なるほど、あるあるですね」

「そもそも秋って短くて、気に入った服を長く着られないのが悔しいよね」

紘人さんはトップスとアウターを探して、店内をあちこち移動した。目につく服は、どれもこれも彼に似合いそうで、一緒に服を選ぶのはとても楽しい。

「この芥子《からし》色のセーターはダメですか？　秋冬どっちも行けそうな気がします」

「ああ、いいね。この色は持ってないし、会社にも着ていけそうだし」

「会社に着ていったら、かっこよさに皆が気づいちゃう……」

「ないない、由奈だけだって、そんなこと言ってくれるの」

「私のこと可愛いって言うのも、紘人さんだけですよ」

「おかしいって、こんなに可愛いのに」

「じゃあ紘人さんだってかっこいいって言わせてくださいよ」

バカップルもいいところだ。一生終わらない可愛いとかっこいいの押し付け合いをしぶしぶと、しかしその裏にあるにやにやを隠しきれない表情で中断し、紘人さんがセーターと一緒に適当なシャツを手に取って、店員さんに声をかけて試着室に入る。

「由奈、そこにいる？」

「いますよー」

「これ、もうひとつ下のサイズでもいいかも。ちょっと見てもらってもいい？」

試着室のカーテンを開けると、落ち着いた芥子《からし》色のセーターを着た紘人さんがお目見えする。肌の色によく似合っていて印象がぱっと華やかになった。

しかし、彼が言う通り少しサイズが大きいかもしれない。店員さんにお願いして、ひとつ下のサイズのものを持ってきてもらう。

「ちょっと待っててね……」

すぐに着替えを終えた紘人さんがもう一度カーテンを開けた。

「こっちがいいですね！　ぴったりしすぎない、ちょうどよいサイズに見えます」

「俺も、着ていてこっちのほうがしっくりくるかな。選んでくれてありがとうね。これは買おうかな」

キラキラした紘人さんの笑顔が眩しい。ピンとくるアウターはなく、セーターだけを購入し、次のお店に向かう。

「なんか、普通のデート、なんでもない普通な感じがすごくいいな」

どちらからともなく、手を繋ぐ。二人で横に並んで歩くときの距離感を確かめるように、少し近づいたり、離れたり。気になるお店に入って店内をぐるっと回る。店の中を歩く、その間だけ手が離れて、お店を出ると自然に繋ぎ直す。お互いがお互いの存在を確かめるような、穏やかな手のひらの熱が心地よかった。

「でも、私はちょっと緊張しています」

「うん、俺も。何かやらかさないかなって、心配で」

「嘘。こんなにかっこよくて、リードしてくれて、余裕たっぷりに見えるのに」

「そう？　俺なりに頑張ってるつもりだから、そう見えているならよかった」

「なんか、余裕があってずるいなぁ……」

「ん、ちゃんとドキドキしてるよ。今日の由奈も格別に素敵だし、かっこ悪いところ見せたくなって張り切ってる。頑張って隠してるんだから、ね？」

そうやってフォローしてくれるところに余裕を感じてときめいてしまう。

「アウターはまた今度かな。次は由奈の買い物しよう。それとも疲れちゃった？　踵が高めだし、足が疲れるでしょ？」

「どうしようかな……全然疲れてはいないんです。でも、紘人さんとデートできて、なんだか胸がいっぱいで……物欲が失せちゃいました。今見ても、着たい服が見つからない気がするので、もう少しデートに慣れてからにしてもいいですか？」

「はは、そっか。なんだか嬉しいな、そんなふうに言ってもらえて。じゃあ、帰ろうか。今晩も由奈のところに泊まっていいんでしょ？」

「もちろんです。二泊三日のつもりでお荷物持ってきていますよね……？　足りないものがあれば、買っていきましょう。あと、晩ご飯の材料も」

来た道を折り返し、近所のスーパーで買い物をするころには六時近かった。紘人さんが試してみたいと言ったおつまみレシピの材料を手際よくカゴに入れていくのを後ろから見つめる。なんだか、本当に同棲しているみたい。

「おいしくできるといいね。ビール、少し多めに買っていい？　明日か、次来たときにも飲むと思うから」

私の家に戻るとすぐに紘人さんはキッチンで作業を始めた。家主である私より、ずっとキッチンに立っている姿が自然だった。手際よくたんたんと野菜を切って、ぱっぱと料理を進めていく姿にまた胸が高鳴る。自分も料理を頑張らなくちゃ、と思うと同時に、お料理をする紘人さんがかっこよくて、ずっとその姿を見ていたくもある。

「紘人さん、かっこいい……」

「急にどうしたの。あんまり可愛いこと言ってると、料理できなくなっちゃうよ？」

「料理する姿が、かっこいいなぁって……」

「かっこいい以外言えなくなっちゃうくらい？」

おいしいしか言えなくなってしまう私のことをからかうような口調で、どこか満足げに高くなった声で聞き返される。

「……そうです」

「嬉しいなぁ。大好きな子にかっこいいって言われるの、幸せ」

「紘人さんだって可愛いしか言えないくせに、ずるい」

「そうだね、言葉を尽くしたいと思っていても、不意に出てくる言葉ってシンプルなものになるよね。ごめん」

包丁をまな板に置いた紘人さんが「おいで」と手を広げる。腕の中におずおずと収まりに行くと、力強く抱きしめられた。耳が熱くなる。

「すぐ照れちゃうね。可愛い。ああもう、このままずっとこうしていたいけど、おいしいもの作って食べさせてもあげたいし、困っちゃうよ、ほんと。そんなに物欲しそうな目で見ないで？　それともご飯が待ち遠しいだけ？」

「……どっちも、かな」

「うあ……堪《たま》らないわ、ほんと。とりあえず頑張ってご飯作るから、食卓の準備、お願い」

紘人さんが作ってくれたおつまみはとてもおいしく、多めに買っておいたはずのビールが思ったよりも残らなかった。お酒に上気した顔、少し上擦った声、紘人さんが全身で今日のデートが楽しかったことを表現してくれる。

「由奈と買い物するの、楽しかった。俺に何が似合うかなって真剣に考えてくれる顔、いつも仕事しているときと同じなのに、頭の中は仕事じゃなくて俺でいっぱいなんだなって思って、外じゃなかったら抱きしめたいくらいだったよ」

「じゃあ今ぎゅってしたらいいじゃないですか」

「うん、いっぱいする……はい、ぎゅー」

「わぁ、苦しいですよぅ」

「ぎゅってしていいって言ったのは由奈でしょ？　まだ足りないからもっと、ほら」

紘人さんは相当酔っぱらっていて、素面《しらふ》なら恥ずかしくなるような言葉がぽんぽん出てくる。その顔はアルコールでとろんとしていて、いつものきりっとした面影はどこかに消えていた。

「また行こうね。カフェも、買い物も。映画観たり、本屋さん行ったり、美術館もいいな。旅行にも行きたい。温泉とか。由奈と広いお風呂であったまりたい」

「はいはい」

「ゆな、適当にあしらわないで……だめ、俺、今日結構酔ってる……」

「お水飲みましょうね」

由奈ともっと一緒にいたい、大好き、愛してる……だだ漏れの気持ちに、私の顔が赤くなる。

素面《しらふ》のときにも同じことを言われるが、理性のない状態でも同じことを言われると、本当に心からそう思ってくれているのだと実感が深まる。

私をホールドして放さないまま、紘人さんが寝息を立て始めた。身体に寄りかかる紘人さんの重みに、なぜか安心する。

「紘人さん、大好きですよ」

ショッパーに入ったままの芥子《からし》色のセーターが目に入る。この服を着ている紘人さんのことを見るたび、今日の出来事を思い出すのだろう。いつかくたびれてヨレヨレになったとしても、このセーターを取っておいてほしいな、と思った。

第五章　すれ違いを乗り越えて

紘人さんとの甘い週末の半同棲生活とは裏腹に、仕事はどんどんと忙しくなっていった。育休に入る人、転職してしまう人……元々足りていないチームのメンバーが減っていき、しかし増員は行われないものだから、必然的に残っているメンバーの仕事量が増えていく。紘人さんのチームと私のチームでお互いに人を融通し合うように課長が調整しているが、繁忙期と重なってしまい、業務全体のボリュームに皆てんてこまいであった。

どんなに丁寧に仕事をしようとしても、疲労からくる集中力の低下が原因か、ポロポロとミスをする頻度が上がってしまい、上司からのお小言も増えていた。

「またお前か。こういう細かいミス、最近多いぞ。早く修正して」

「はい、申し訳ありません……」

「あー、この間まで調子がよかったのは、柚木のおかげか？　先輩に手直ししてもらった資料の出来はよかったのにな……」

「っ！」

紘人さんに手直しをしてもらった仕事なんてない。修正の方向性のアドバイスをもらうだけで、頭を使って直していったのは私だ。そう言い返したかったのに、上司はふらりと喫煙室に消えていってしまった。

喉がきゅっと締まって、悔しさに涙がこみあげてくる。目の端から涙が零れそうで、どうにかそれを堪《こら》えて自席に戻ると、会話を聞いていた同僚たちから慰めのチャットが飛んできた。

『課長、私の仕事を引き取っててちょっと機嫌悪かったのかも……とばっちり、ごめんね』

『気にしないで！　この仕事量でミスをしないのは無理だよ。フォローできなくてごめん』

気遣いに溢れる言葉が並んで、また泣きそうになる。自分の実力を見られていないことが悔しいだけではない。こんなに仕事が増えてもなお、紘人さんはミスをすることなく大量の仕事を捌ききっている。彼との差に、改めて自分の至らなさを感じていた。

『ありがとうございます！　私の至らなさなので、ミス、減らします！』

いただいたチャットに同じ文言を返していく。今はひとつひとつのメッセージに個別に返事をする心の余裕はなかった。

大好きな彼に置いていかれるのが怖い。仕事に真面目に取り組むところを見て気にかけてもらったことがきっかけというのもあるかもしれない。彼の中での仕事面での評価を落としたくない、という焦りが胸の中に渦巻く。あまりにも不出来な自分であったなら、夜食を買いに行こうと声をかけてもらうこともなかったのではないか。そんな自分になりたくない。

上司に業務量を調整してもらうのはまず無理であるし、同僚たちも手いっぱいで、「引き取って」と言える状況でもない。今与えられているものを、しっかりやりきらなければ、と口を引き結ぶ。

「藤井さん、帰らないの？」

「あ……柚木さん。すみません、まだ終わらなくて、もう少しやってから帰ります」

「もう終電なくなるよ？」

「……でも、もう少し」

「……俺は、帰ったほうがいいと思うよ」

まだまばらに人が残るオフィスで紘人さんに声をかけられた。今彼の顔を見たら泣いてしまいそうで、目をパソコンに向けたまま返事をする。今日作った資料の確認は終えてから帰りたい。明日は明日中に片づけなくてはいけない仕事が山ほどあるのだ。

「……無理しちゃ、ダメだよ。体壊したら、嫌だよ」

ほんの少し、プライベートの優しさを覗かせた彼の声に、目を見開く。急いで彼の顔に視線を向けたが、目が合うことはなく、紘人さんは小さくため息をついて「お先に」と言って執務室を出ていった。

一粒涙が零れる。自分で努力や工夫をしたものを疑われた悔しさが今になって溢れてきた。今日、上司に怒られていた間、紘人さんは会議に出ていて会話を聞いていなかった。あんな情けないところは見られたくなかったから、その場にいなくてよかったと思っていたのに、いざ何も知らないままでいられると、こんなにも心細いのか。

眦《まなじり》から零れた涙を指先で拭う。泣いたって仕事は終わらない。目の前の仕事に取り組んで、彼にがっかりされない自分でいられるように成長したい。

眠気で曇る意識をコーヒーで誤魔化しながら、なんとか終えたかった仕事を終えて家に帰ると、日付が変わっていた。ふらふらとシャワーを浴びて、ベッドに入る。「頑張り屋さんの由奈は可愛くて大好きだけど、身体を壊すのは絶対に嫌だから」と紘人さんから連絡が来ていたが、返事をする余裕もなく眠りに落ちてしまった。

「おはようございます」

始業時間ギリギリに出社すると、私が教育係をしていた例の後輩くん――立山《たてやま》くんが近づいてくる。

「藤井さん、隈《くま》すごいです。昨日も遅かったんですか？　家でメールチェックしていたら、藤井さんずっとオンラインになっていて……何も手伝えなくてごめんなさい」

「え！　ありがとう。ごめんね、気を遣わせて。私の要領が悪いだけだから、気にしないで？　もっとうまく力を入れるところと抜くところの分別が付けられたらいいんだけど……細かいところまで見ちゃうんだよね。それで本当に気を付けなくちゃいけないところが疎かになってるんだから、よくない。立山くんも退職者の引継ぎで大変でしょ？　身体、気を付けてね」

「はい、ありがとうございます。でも……藤井さんのすごいところは、何事にも手を抜かないところだと思うんで、無理に直さなくても、なんて……俺が言うの、差し出がましいですよね。すみません。手が空いたら、きっとお手伝いしますんで！」

後輩にフォローされることにもちくりと胸が痛む。紘人さんは、いつだってまわりに頼られていて、後輩の面倒見もよくって、自分の仕事を誰かに引き取ってもらうこともせず、全ての成果物のクオリティが高い。どうやったら、あんなふうになれるのだろう。

昨晩仕上げた資料を眺めると、ぽつぽつと誤字脱字や体裁が整っていない部分が残っているのを見つけた。はぁ、とため息を零しつつ、提出前に見つけられたことがせめてもの救いと見直しをする。何度か目を通し、これで大丈夫だろうと課長にメールで送り、次の作業に取り掛かった。

それから数十分後、「藤井！」と課長の席に呼びつけられる。昨日の今日だから、フロアの空気もひりついて、お説教タイムを耳に入れたくない、という雰囲気が漂う。気は重いが、まわりのことも考えれば早くお説教を終えてもらうのが一番だ。幸いなことに、紘人さんは今日も席を外していた。

「はい、お待たせしました」

「これ、分析甘くないか？」

「え……」

私が作成した新しい研修の企画書を指さしながら、仏頂面の課長がため息を零す。

「考察が物足りない。視点が低いし視野が狭いんだよ。この研修をやる意義とか、得られる効果がわかりにくい。これじゃ予算は下りないよ。仕事が多いからって言い訳にならないからな。柚木はできている」

頭を殴られたような衝撃に、息が詰まって苦しくなる。返事もできずに立ち尽くす私に、「戻ってやり直してこい」と課長が告げた。

俯いて小走りに自席に戻る。会話を聞いていたメンバーは私には触れず、少し無理やり明るい雑談をして、空気を変えようとしてくれていた。

視点が低くて視野が狭い。どの部分を掘り下げたら、こう思われないアウトプットができるのだろう……ひとりでは答えが出せない問題で頭の中がぐるぐると渦巻く。それに「柚木はできている」という言葉が、私の胸に深く突き刺さっていた。

(紘人さんに会いたい……いや、会いたくない、かも……)

紘人さんのアドバイスが欲しい。けれど、情けない姿は見せたくないし、この厳しい状況も乗り切って、彼に頑張ったねと言ってほしい。

忙しいから・きっとこんな細かいところまで見る人はいないから——どんな理由でも手抜き作業をすることはせず、私にできる限りのことを徹底してやろうと決めていた。そんな姿勢を紘人さんに褒められたことが嬉しかったのだ。ワーカーホリックとまではいかないが、それなりにプライドを持って仕事をしている。最近も変わらずに彼の横に並んでも恥ずかしくないようにと精一杯のことはしてきたはずなのに。

(無意識に、浮かれていたのかなぁ)

パソコンに向かう視界の隅で、会議から戻ってきた紘人さんが課長と何かを話している。私に説教をしていたときとは打って変わって朗らかな空気に自分の至らなさを感じてしまって、また胸が苦しくなった。

やけに頭がぼうっとする。さすがに深夜に帰宅して九時に出社するのは厳しい。今日はできるだけ早く帰って、明日でいいものは明日に回そうと決意し、優先度の高いものから手を付ける。課長に手直しを指示されたものは、帰宅後にすっきりした頭で考えよう、と脇に置いた。

「藤井さん、申し訳ないのだけど、明日、社外者との打ち合わせとかないよね。隣駅で開催のセミナーに出てきてほしくって……」

「え、明日ですか？」

「そう、急でごめんね、でも誰か行かなきゃいけなくて……元々退職した人が行く想定だったんだけど、辞めちゃったから……明日打ち合わせがないの、藤井さんだけなの！　お願い！」

　事情を聞けば、断るという選択肢が与えられていないことは明らかだった。この人は悪くない。自分にそう言い聞かせ、できる限りの笑顔を作って「わかりました」と答えた。

「ごめんね、ほんとありがとう！」

　これで「明日でいいや」とできる仕事が大きく減ってしまった。ため息を零さないでいるのは難しい。今日も終電コースだ。

「藤井さん、今日も遅いの？　身体も心配だし、生産性も落ちちゃうよ」

「柚木、さん……」

「何か引き取れるもの、ある？　多分、藤井さんよりは落ち着いてると思うんだけど」

　いつまでも帰らないでいる私を見かねて、紘人さんが声をかけてくれる。フロアには人がほとんど残っていない。優しい声色に泣き出したくなった。けれど、紘人さんに仕事を引き取ってもらえるわけもなくて、首を横に振ってしまう。

「……何か、あったの？　昨日も言ったかもしれないけど、帰ったほうがいいと思うよ。俺もたくさん先輩に助けてもらってきたしさ、何か手伝えるなら教えてよ」

「……ありがとうございます」

きっと私でも、立場が逆なら同じことを言ったと思う。しかし、「柚木のおかげか？」と疑われたことを思うと、どう頼ったらいいのかわからない。それに、彼に自分の至らないところを見せるのはやっぱり嫌だった。

「今は、自分で頑張りたいんです」

「……そっか。でも、気を付けてね。お疲れ様」

紘人さんはどこか諦めたような、悲しそうな顔をして去っていく。彼がフロアから出てすぐ、スマホに彼からのメッセージが届いた。

『顔色、よくないよ。無理してもいい仕事はきっとできないから、どこかで切り上げてね。頑張りたいのはわかったけど、無理をしないとできないことっていうのは、今ひとりで頑張るべきことではないと思うから』

ぽこんぽこんと届くメッセージ。そういえば、昨日の夜から何も返事をしていなかった。大好きな紘人さんへのメッセージを返すことすら、頭から抜けてしまうほど余裕がなくなっていたのかと愕然《がくぜん》とする。

彼からのメッセージを何度も読む。「無理をしてもいい仕事はできない」「今ひとりで頑張るべきことではない」どうしても、自分の力不足を指摘されているような心地で、しかも、最も力不足だと思ってほしくない人からのコメントで、どうしようもなく心が萎れてしまった。

しょんぼりとした心のままでも、時間は刻々と過ぎていく。明日メンバーに確認をお願いしたい資料をなんとか仕上げて帰宅したのは、昨日とほとんど同じ時間であった。


翌朝、寝不足のままセミナーに参加した。残念ながら既知の情報ばかりで新たな学びは少なく、しかもパソコンの持ち込みは禁止だったために内職もできず、家に帰って火曜の続きをとパソコンを開いた。

火曜に出した資料にはチームメンバーからのコメントが返ってきており、誤字脱字から検討の物足りないところまで、みっちり指摘がついていた。少し前の自分なら、こんなミスしなかった、こんなクオリティで人にチェックを依頼するなんてしなかった、と反省する。

コメントをもらった点をひとつずつ反映・修正していくと、あっという間に日付が変わりそうだった。うっかり夕飯を食べ損ねていたが、今からでは健康に悪いと諦めてシャワーを浴びる。髪の毛を乾かしながらスマートフォンを見ると、紘人さんからメッセージが届いていた。

『由奈、セミナーどうだった？　得るものがあったならよかったね。なくても、飛び入り参加したセミナーだから気にしなくていいと思うけど。明日また会社で会えるの楽しみ。身体、気を付けてね。大好き』

紘人さんの優しさが、愛情が、今は苦しい。『仕事が多すぎて、大変なの。課長に直せって言われたものの、どう直したらいいか悩んでる。寝不足でしんどいから早く寝たい』そう素直に返せたらよかったのだろうか。紘人さんにがっかりされたくないという小さなプライドと、彼に手伝ってもらったのではと疑いの目を向けられたことがそれを邪魔していた。

(会社で、紘人さんにどう接したらいいんだろう……)

このままでは、可愛げもなくて出来も悪くて、見捨てられてしまったり疎遠になってしまったりするかも。たった数日前の週末のお泊りの幸せな記憶が遠く感じる。不安な気持ちが膨らみ、明日も会社だというのに中々寝付けなかった。


木曜、ぐったりとしながらも会社に向かう。自席でパソコンを開くと、昨晩からたった数時間のうちに大量のメールを受信していた。ひとつひとつ片づけ、定例の打ち合わせに出ているうちにあっという間に定時を過ぎ、今日も帰宅は遅い時間になってしまった。紘人さんはこちらをちらりと見てもの言いたげな表情を浮かべ、そのまま私に声をかけることなく帰宅していく。

今晩は『お疲れ様』のメッセージもなく、とうとう要領の悪さに呆れられてしまったかもしれない。仕事もプライベートもどうしたらこの負の連鎖を断ち切れるのかわからない。しかし、どうにか乗り越えて上司にかけられた疑いを晴らし、自信を持って紘人さんの横に並べる私になりたかった。

「おはようございます。これ、休日出勤の申請です。家でのリモートワークとしたく、よろしくお願いいたします」

到底金曜だけでは終わらない仕事量を見て、週末の残業申請を課長に手渡す。課長はそれを見て表情を曇らせた。

「昨日柚木と少し立ち話したんだが、少し手が空いているって言ってたぞ。残業規制も厳しいし、例の企画書は柚木に代わってもらったらどうだ？」

紘人さんならきっと非の打ち所がない企画書を作るのだろう。上司もそれを望んでいるのはわかっていた。しかし、紘人さんにだけは頼らず、自分で上司を納得させるものを完成させたかった。

「いいえ、改定版も途中まで手を付けていますし、このままやりきりたいです」

しぶしぶという表情ではあるが、申請書に承認印が捺《お》された。紘人さんにも週末の予定を伝えるべく、スマートフォンからメッセージを送る。

『紘人さん、今週末のお泊りはスキップでお願いします。どうしてもやりきりたい仕事があって、ごめんなさい』

『課長との会話、聞こえちゃったけど……週末も働くの？　そろそろ休まないと。疲れ切った状態でやっても、きっと納得いくものはできあがらないと思うよ』

『ごめんなさい』

『謝らないでよ……別に謝ってほしいわけじゃない。どうしても俺に手伝わせてはもらえない？二人でやったら明日中には全部終わるんじゃないかな。そうしたら日曜はゆっくり休めるよ。ひとりでゆっくりしてもいいし、お泊りでもいいし、ここは由奈の体調次第と思ってる』

ただ私を心配してくれているのだとわかっていても、「俺が手伝ったら明日中には終わる」と言われているようで、今の私にはきつい言葉だった。自分が彼には及ばない存在だと突きつけられたような気分で、悔しさと焦る気持ちが駆り立てられる。

『自分で頑張りたい気持ちは痛いほどわかるけど、体調は明らかに大丈夫じゃなさそうだよ。身体が一番大事だし、資料が間に合わないのも大変だし、ちゃんと人を頼らないと。他の人に頼れなくても、俺のこと頼ってよ』

紘人さんだからこそ頼りたくないのに。伝えていないから当然だと言われればそれまでだが、私の気持ちが彼に伝えられないもどかしさと悲しさもこみあげてくる。

『ひとりで抱え込んじゃって、由奈も俺も苦しくなるのは嫌だよ』

『途中まで手を付けているものも多いので、自分でやります。お気遣いありがとうございます。予定、ごめんなさい』

会話を続けるのが苦しくて、そう送り付けてスマートフォンをカバンに仕舞った。

彼と付き合い始めてから、フロアでのすれ違いざま、たびたび紘人さんがこちらを見ている気配を感じていた。昨日までその気配を感じていたのに、今日は一度も感じない。紘人さんの心が私から離れていっているような気がして、ぞわぞわと心が落ち着きを失った。

先週までは、金曜夜の仕事は早々に切り上げて二人でご飯を食べ、二泊三日のお泊りの始まりを楽しんでいたのに……執務室に掛けられた時計を見て深呼吸をする。紘人さんの姿は何時間か前に消えていた。

疲労で目がしょぼしょぼするのを堪《こら》えながら、パソコンに向かう。紘人さんに見捨てられない自分に成長しなくては、と心を奮い立たせ、動かない頭をフル回転させて仕事に集中した。

平日の睡眠不足を補おうと、土曜は昼近くまで寝てしまった。鏡を見ると肌の調子が過去一、二を争うほど悪く、紘人さんに会えるような顔ではない。半日ぶりくらいにスマートフォンを確認すると、プライベートのメッセージアプリと社用のメールアドレス宛にそれぞれ受信があった。

『どうしてそんなに自分ひとりでやりたがるの？　俺、そんなに頼りがいない？』

『由奈、少し様子がおかしいよ。俺とのこと、何か悩んでるの？　嫌な思いをさせたことがあるなら、ちゃんと聞かせてほしい』

昨日私がカバンにスマートフォンを仕舞ってからも、何時間かおきにメッセージが飛んできていた。紘人さんの口調が鋭くなったことなど今までに一度もなく、心臓がばくばくして手が震える。スクロールしていくと、いつも通りの優しいメッセージも来ていた。

『ごめん、きつい言い方した。大変なときにいろいろぶつけてごめん。身体にだけは気を付けてね。お願い』

まだ彼の気持ちが私に向いていることに少し安堵する。彼のメッセージは今より数時間前のメッセージで締めくくられていた。

『おはよう。少しは眠れた？　俺、今日も明日も用事なんてないから、気が変わったら、いつでも声かけてね。仕事の相談でも、息抜きの雑談でも、なんでもいいから。メールで参考になりそうな資料送っておくね。どんな形でも力になれたら嬉しい』

『ありがとうございます。よき週末を』

紘人さんからのメッセージに辛うじて返事を送った。「俺、由奈と付き合う前の週末に何をして過ごしていたかもう思い出せない。多分無駄に時間潰していたんだろうなぁ。本当にありがとう」と言って幸せそうに微笑んでいたことを思い出す。私のいない週末なんて味気ないと言うような人だということもわかっている。全て自分の実力不足が招いたことと、自分を責めるのをやめられない。

(紘人さんが昔作った資料……？)

社用のメールを確認すると、数年前に紘人さんが作成したらしい資料が添付されていた。読めば読むほど、彼の優秀さが感じられる。文章は明快でそれだけでも十分わかりやすいというのに、お手製の図や表も挿入されていた。これを見れば、誰だって彼の企画した研修を導入したくなるはずだ。

(すごいなぁ……)

自分の作りかけの資料と見比べると歴然の差で、力が抜けて肩が垂れ下がる。こんなもの、彼に見せてアドバイスをもらえるような土俵にも立っていない。今の自分は彼にふさわしい彼女になんてほど遠く、彼の資料を見るほどに不釣り合いと感じてしまう。

(せめて、この資料から学んで、何か活かさなきゃ)

忠告に従わず、意地を張ってひとりで抱え込んでいることなんて彼の目にも明らかだろうに、それでも私のことを大事に想って参考資料を送ってくれる紘人さんの懐の深さにも勝てない。何ひとつ敵わない。

唇を噛みしめながら、彼の文章や図表の作り方を学ぶ。紘人さんの資料と自分のものを見比べて「考察が甘い」と言われた検討資料と戦った。

「なんか、マシになった、かも……？」

週末を全部潰してしまったが、自分では確信を持てないものの少しは課長の溜飲《りゅういん》も下がるであろうと思われる資料が完成する。文章の構成や図を入れる箇所などは全て彼の資料の真似っこだ。彼から見ればまだまだなのだろうが、今の自分に出せる最大限だった。

持ち帰ってきた仕事はこれだけではない。残りの作業もできるだけ進めてから月曜を迎えたいと思い、眠い目を擦りながら眩しいパソコンのモニターとにらめっこを続けた。


目覚ましの音で目が覚める。いつ寝たのか記憶にないが、スマートフォンの画面は間違いなく今が月曜の朝であることを示していた。彼にひとつ仕事が終わったこととお礼を伝えなければと思いスマートフォンを手に取ったが、眠気が限界でそのまま寝落ちてしまったようだった。

急いで身支度をし、なんとか始業時間に間に合った。昨晩完成した資料を課長に送り、残った作業に手を付ける。

「藤井さん、これちょっと教えてー」

「あ、はい！」

少し遠くから先輩に声をかけられた。立ち上がり、彼女のところへ向かおうと数歩足を動かしたところで、視界がくらりと揺らめく。

「藤井さん……？」

先輩が叫ぶ声が遠くで聞こえた。足が縺《もつ》れて、その場にくたりと座り込む。

「藤井さん、大丈夫⁉」

「あ、大丈夫、です……」

「酷い顔色……とりあえず、医務室、行こ？　立てる？」

軽い立ち眩《くら》みだと思うから、大丈夫です、と言いたかったのに、目が回ってうまく話せない。先輩に背中を支えられ、めまいが落ち着くのを待つ。

「藤井さん！」

紘人さんの声が聞こえた。ああ、こんなところ、見られたくなかったな。

「彼女、どこかぶつけたんですか？」

「ううん、ふらついて、座り込んじゃっただけ。頭ぶつけたりはしていないけど……医務室に連れていかなくちゃと思って」

「わかりました。俺、連れていきます」

紘人さんは先輩に摩《さす》られていた背中と膝の裏に手を差し入れて、そのまま私を横抱きにして持ち上げた。わぁ、とギャラリーがどよめく声がする。

「藤井さん、動かされて、気持ち悪かったりする？」

「だいじょうぶ、です……」

「じゃあこのまま医務室連れていくよ」

紘人さんは少しもふらつくことなく私を医務室へ運んでいく。今のところ周囲には隠している関係がバレたらどうしようということと、心配してくれていた紘人さんになんと謝ったらいいのか、という焦りで心がいっぱいだった。

「由奈、大丈夫……じゃないよね。もう、どうしてこんなに無理したの。俺、何度も言ったのに、どうして聞く耳を持ってくれないの」

二人きりのエレベーターの中、私の顔を覗き込む紘人さんの瞳には、心配と怒りがどちらも滲んでいた。

「……」

「ごめん、今言うことじゃなかった。とりあえず、ゆっくり寝ようか」

医務室に運ばれ、常駐の先生に紘人さんが状況と症状を伝えてくれる。

「なるほど、寝不足が原因なら、落ち着くまで寝てもらって、起きたところで早退してもらうのがいいかな。しかし、課長さん、ときには仕事を取り上げるのも管理職の仕事のうちだよ。増員の優先度が高いチームだってことは、自分からも人事部長に言っておくよ」

「ありがとうございます。よろしくお願いいたします」

「自分、今から打ち合わせがあるから、急ぎの仕事の引継ぎがあるならここでやっていいよ。柚木くんが出ていくときに鍵だけかけておいてね。一階の守衛さんに預けてくれればいいから。藤井さんはひと眠りして、起きたとしても自分が戻ってくるまでは休んだままで。念のため、早退するにしても様子を見てからにしてほしいので」

「わかりました」

ベッドに横になった私の横に紘人さんがいる。二人だけの空間で、自分が原因でたくさんの人に心配かけて、紘人さんにも迷惑をかけて、そういう全部に申し訳なさがこみあげて、ぽろぽろ涙が零れた。

「俺、無理せず帰ったほうがいいよって、言ったよね。どうして？」

返す言葉もなくて、口が開かない。紘人さんにダメなところを見せたくない。ふさわしいと思ってもらえる人でありたいしそうなりたいと思っていたのに、今の状態はその真逆だ。

「由奈、俺のこと嫌になった？」

紘人さんの悲しそうな顔に、はっと目を見開く。大粒の涙が零れた。急いで首を何度も横に振る。

「違う、違うの……！　私が紘人さんに嫌われたり、がっかりされたくなかったの……」

「どうして嫌われるなんて思ったの？　俺、何か不安にさせた？」

彼の瞳も潤んでいた。紘人さんはひとつも悪くないのに、私がひとりで抱え込んだせいで辛い顔をさせていることに胸が痛む。無力感と罪悪感に苛まれ、シーツをぎゅっと握りしめた。私が何も説明をしてこなかったから、彼はただただ不安な気持ちになっていたのだと思う。

「仕事が多くて……」

「うん」

「ミスが増えて、前の仕事は柚木に手を入れてもらったのかって言われて……気を付けなくちゃいけないのに、集中力が続かなくて全然ミスが減らなくて……」

「忙しすぎたもんね」

自分も泣きそうな顔をしているのに、顔をぐしゃぐしゃにして泣く私の手を握り、髪を撫でながら優しく話を聞いてくれている紘人さんのことを想うと胸が苦しくなって、下唇を噛みしめる。

「唇、噛んじゃダメだよ」

「……どんなに忙しくても柚木ならできるのに、検討が甘いって……少し前までの私の資料は柚木に手伝ってもらってたのかって言われて……」

「そんなこと……」

眉間に皺を寄せて苛立ちを露わにする紘人さんに改めて首を振って否定する。

「クオリティが下がっているのは事実で、無意識に浮かれてたんだと思ったの」

「絶対違うよ。俺が由奈のことをつい目で追っちゃうときも、由奈は真面目に仕事に集中し続けてた。俺のほうがよっぽど浮ついていたよ」

紘人さんの声はどこまでも優しくて、私が落ち着くように涙に濡れた頬に指を滑らせてくる。

「紘人さんは忙しくてもミスなんてしないって言われて、ああ、私、ダメダメだなぁって」

「そんなことない。由奈はダメダメなんかじゃない」

紘人さんは語気を強めたが、すぐに「ごめん」と眉を下げる。

「忙しくてもミスをしない紘人さんみたいになりたかった。紘人さんみたいにもっと仕事できるようになりたかったの。紘人さんに手伝ってもらったんだろなんて言わせない私になりたくて、紘人さんに頼れなくなっちゃった」

「……そっか、そんなこと言われていたなら、由奈はきっとひとりで頑張ろうとしちゃう子だよね。気づけなくてごめんね。もっと早くにちゃんと声をかければよかった」

「ううん、紘人さんはたくさん声をかけてくれていたのに……紘人さんにダメなところ見せたくなくて……きっと、何度声をかけてもらっても、ひとりでやりますって言ってたと思います。成長して、自分で乗り越えたかったの。私が勝手にやったことだから、紘人さんは何も悪くないの。謝らないでください。メッセージ、全然返事できなくて……ごめんなさい」

「そっか……そういう気持ちになるの、わかるよ。大丈夫、そんな由奈も好きだから。由奈も謝らないで」

何も説明せず、勝手にひとりで抱え込んで自爆して、悪いのは全部私なのに、紘人さんは私の気持ちを慮ってくれる。私のことを大事そうに見つめる彼の視線に、堪《こら》えていたものが全部溢れ出す。

「紘人さんに釣り合う子でいたかったの……！」

彼はしゃくりあげて泣き出してしまった私を起こして、ぎゅっと力強く抱きしめた。紘人さんの体温が温かくて、心地よくて、余計に涙が止まらない。

「紘人さんに仕事を褒めてもらえて嬉しかったの。だから……これからも一緒に仕事したい、って思ってもらえる自分でいたかった。ダメダメな私だったら、残業中にきっと声なんてかけてもらえなかった。いつかお付き合いしていることをオープンにしたときに、ふさわしくないって思われたくなくて」

「そんなの、俺が釣り合うって、由奈しかいないって思ってるんだから、誰に何言われたって、言わせておけばいいんだよ」

「紘人さんみたいに、なりたかったの」

「わかった、わかったよ。由奈が俺のことをとっても好きでいてくれていることも、憧れていてくれていることも、ちゃんとわかったから」

「……でも、こんなことになって、悲しい気持ちにさせて……がっかりさせたと思うし、自分のこと、嫌いになる……」

泣きじゃくり同じ内容しか伝えられなくなってしまう。

私の背中を摩《さす》る紘人さんの手が止まる。今までで一番悲しそうな、今にも泣きだしそうな顔をした彼は、ゆっくりと紡ぐ言葉に悩んでいるようだった。

「俺ね、仕事ができるから由奈のこと好きになったんじゃないよ。俺の愛はそんな軽いもんじゃない。由奈は将来自分が作った資料を見た人が困らないようにって、人のために丁寧な仕事をしていたよね。中々手こずる後輩の育成を頼まれても、真摯に忍耐強く向き合っていたよね。俺はそういう由奈の姿勢に惹かれたんだよ」

繰り返し鼻を啜る私に紘人さんはハンカチを差し出してくれる。それは紘人さんのおうちの洗剤の匂いがした。

「たとえその資料の中身がぼろぼろだったとしても、新人と二人で仕事が回らなくなっててんやわんやになったとしても、やっぱり俺は由奈のことをいい子だなぁ、息抜きにご飯連れていきたいなぁって思ったよ」

拭っても拭っても零れて止まらない涙のせいであっという間にハンカチが色を変えていた。

「もう一回言うよ。仕事ができるから好きになったんじゃない。由奈の誠実で責任感が強くて頑張れちゃうところが大好きだよ……ごめんね。もしかしたら少し辛い気持になるかもしれないんだけど、もう少し聞いてもらえる？」

紘人さんの想いに触れて、ますます自分が何も返せていないのではないかと不安が膨らむ。最後の申し出に、もしかして一度距離を置こうと言われてしまうのかなと身体が震えそうになるのを堪《こら》え、覚悟を決めて頷く。

「頑張れる由奈のことは大好きだけど、もう少し自分のこと大事にして。由奈は自分が思っているよりもずっとずっと魅力的だから、自分に自信も持ってほしい。頑張りすぎるのは無理って言うんだよ。真面目なところも頑張れるところも大好きだけど、無理はしてほしくない」

これで一件落着というように触れるだけのキスをされた。とびきり優しいキスにまた涙が溢れてしまう。

「ひとりで抱え込まないで？　俺の大事な由奈のことをいじめるのは、たとえ由奈でも許せないの。わかって、ね？」

私の背中を摩《さす》ってくれる紘人さんの手のひらが温かくて、これからもまだ私と一緒にいてほしいと言ってくれることに安心して、改めて身体が震えだす。

「いっぱい泣いていいよ。それくらい頑張ったんだもんね。倒れるまで頑張りたくなるくらい俺のこと真剣に考えてくれてありがとう。そこだけはとっても嬉しい。でも、俺は由奈が健康を損なうのはとても悲しいから、俺のために無理をするのはもう禁止、ね？」

言葉を変えて何度も何度も、私のことが好きで大事で、だから無理をしないでほしいと伝えてくれる。紘人さんは付き合う前からずっと仕事の出来ではなく私の人となりを見てくれていたのに、私が独りよがりなプライドで「仕事ができなくては」と自分に枷をはめようとしていたのだ。

「……ごめんなさい。約束、します」

「ん、ありがとう」

「でも、私、私のずっとずっと先を進んでいる紘人さんに追いついて、こんなこともできるんだねって言ってもらいたい」

「もう、あんまり言われると恥ずかしいよ。みるみるうちに成長した由奈に、こんなこともできないの？　なんて思われる日もきっと近いよ。俺、立ち直れるかな……なんか、俺も焦ってきた。好きな人の前ではかっこいい自分でいたいよなぁ」

「ふふ、そんな日、来るのかなぁ……大好きな紘人さんがあまりにも優秀で素敵だから、焦っちゃったんです」

「よかった。やっと笑ってくれた。大好きな人にがっかりされたくなくて、いっぱいいっぱいになっちゃう気持ち、よくわかる。俺だって由奈に対して同じような気持ち……ってことは、俺が由奈のこと好きなのと同じくらい、めちゃくちゃ俺のこと好きってことで、いい？」

きっと重くなった空気を変えようとしてくれているのだと思う。少しおどけたような口調で得意げに確認してくる紘人さんに思わず笑ってしまった。

「それは、そうです。紘人さんのことすっごく好きで、ずっとずっと一緒がよくて、そうしたら今の自分のままじゃダメだって思っちゃったんです」

「うん、わかった。ありがとう。俺も由奈のことがとびきり大好きだから、今度は由奈が成長するの、手伝わせて？　今できないことは、全部由奈の伸びしろだよ。足りないわけじゃない。教えるのはあんまり上手じゃないかもしれないけど、一緒に頑張るほうがきっと楽しいよ。もうひとりで背負い込むのナシね。約束」

「私が幼かったんです。心配かけて、ごめんなさい」

「もういいよ。大丈夫。指切りしておこうか」

小指を絡めて、お決まりのフレーズを歌う。こんな子どもみたいなこと、子どものころにもしたことがあっただろうか。泣き腫らして化粧も崩れぐちゃぐちゃになった私の顔を見て、紘人さんは「可愛い」と微笑んでくれた。

「俺、由奈とはなんでも言い合える関係でありたいって言ったでしょ？　由奈の気持ちがわからないのも悲しいし、俺の気持ちを想像して勘違いされたままになっちゃうのも寂しいな。すれ違うことなく、思うことは言い合える関係でいたい。こういうことするなら、俺も由奈に何か内緒にしちゃうよ？」

紘人さんに何か内緒にされる……それを想像しただけで苦しくなって、口が勝手にへの字に曲がる。止まりかけていた涙がまた戻ってきそう。

「ああ、ごめん。そんな顔しないでよ。嘘。絶対内緒にしない。だから由奈も抱え込まないの、わかったね？　想像だけでそんな顔されたら俺一生由奈に隠し事できないから。安心して、ね？」

腫れて熱を持つ瞼に何度もキスをしてくれる。紘人さんの愛を浴びていると、次第に肩から力がくたりと抜けた。自分でも意識していないところで、ずっと身体が強張っていたようだ。自分のこともまわりのことも見る余裕がなくなっていたのだと改めて思い知らされる。紘人さんの器の大きさに救われてばっかりだ。

「ずっと頑張って我慢してたから、身体に力が入ってたんだね。もうリラックスして、ゆっくりするんだよ」

紘人さんの言葉がまるで子守歌のように頭の中に響く。急に襲ってきた眠気に、一気に瞼が落ちかける。

「おやすみ。眠たいのにお話しさせてくれてありがとう。由奈の仕事、分担させてほしいけど、どれを引き取らせてもらうかは起きたら相談させてね。勝手にやったりしないから、安心してゆっくり寝るんだよ」

私の寝ている間に仕事を終わらせてしまったら私がまた凹んでしまうと考えてくれたのだろう。その気遣いがとてつもなく嬉しい。紘人さんは私をベッドに寝かせ、掛け布団をかけて髪を撫でる。

自覚以上に身体は疲労に悲鳴を上げていたようで、あっという間に意識が遠のく。頭に触れている温かい手の感触は、意識を手放す最後までずっとそこにあり、きっと私が寝入るまで見守ってくれていたのだろう。

「藤井さん……ちょっと、一回起きて体温計れる？」

産業医の声かけで目が覚める。時計を見ると、たっぷり三時間も寝ていたようだ。受け取った体温計で熱を計るが、熱もなく頭もすっきりしていた。

「寝る前よりだいぶ顔色がいいね」

「はい、ありがとうございました」

デスクに戻ると、聞きたいことがあると私を呼びつけた先輩が血相を変えて近寄ってきた。自分が声をかけるタイミングが悪かったかも、ほんとにごめんねと平謝りする先輩に謝らないでくださいと慌てていると、紘人さんが近寄ってくる。

「やっぱり自分が声をかけたタイミングで倒れられたら、たまたまであっても責任を感じちゃいますよね。顔色が戻って自分も安心しました。だからちゃんと体調管理はするように……皆、心配したんだから」

私と先輩、どちらもフォローしながら爽やかに微笑む。

「課長が、例の件の進捗次第ではやっぱり俺に手伝わせたほうがいいかもって言ってたんだ。他の抱えている仕事も含めて状況確認させてもらっていい？　誰でもできるものは皆で分担したいから、その分担も考えたくて。でも、もしまだ体調が優れないなら、明日でも大丈夫」

今からの打ち合わせで問題ないことを伝えると、無理はしないようにとすぐに釘を刺された。前科持ちかもしれないが、約束もしたばかりであり、少しは信じてほしい。

「なんだ、全然クオリティ低くないじゃん。課長の機嫌が悪くて八つ当たりされた……？　俺の資料を見てブラッシュアップしたバージョンなんて、すごく完成度高いよ、これ。俺が藤井さんと同じ年次だったとき、こんな資料作れなかったと思う」

「それは、柚木さんのお手本があったから……」

「いや、お手本があっても上手に活かすのにもまた力が必要だからね。本当にお疲れ様。これなら課長も文句言わないだろうし、もし文句言われたら教えて？　いちゃもんかどうか俺が判断して、必要だったらパワハラだって怒りに行くよ。今残っている作業だって、こんなに締切を早く設定する必要なんてないはず」

　この一週間でこなした作業といまだ手元に残っている作業をひとつずつ確認してもらうと、紘人さんは驚きと怒りを露わにし始めた。ネガティブな感情を抱かせていることは申し訳ないが、私のために怒ってくれるのはなんだか心が守られているような心地だ。私の脆いくせに強がろうとしていた心が温かいコートに包まれたように感じる。

「締切を数日延ばしてもらうよ。藤井さんへの差し戻しを前提に締切を設定したのであれば課長の前に俺がチェックするから、課長としてはチェックする必要もなくお手間は減りますとか適当なこと言っておく。そうしたら藤井さんひとりでもやりきれるんじゃない？」

「やりきっていいんですか？」

「体調次第かな。やりきりたいってモチベーションがある若手から仕事を奪いたくはないからね。その代わり、次に具合が悪そうだったら、何を言おうと引き取らせてもらうからね。俺のチェックのスケジュールとしては……うん、この資料を早めに出してくれるとありがたい。あとは好きな順番でいいよ」

私の気持ちを最大限に汲んでくれる。先輩としても彼氏としても私の心を最優先にしてくれる紘人さんに胸がじんわりと温かくなった。彼の言う通り、ひとりで悩まずもっと早くに相談していればよかったのだ。

「大好きな人が追いかけたい存在でもいてくれるのって、幸せなことですね」

「そうだね。紘人さんみたいになりたいって言われると俺も気合が入るし、由奈のいいところを俺も見習いたいと思っているし、こういう関係性っていいね」

仕事の目途が立ち、私の体調も問題なさそうだからと久しぶり……と言っても十日ぶりくらいであるが、ご飯を食べに行くことにした。以前に来たことのある、私の家に近いイタリアン。この一週間、ロクなものを食べていなかったからか、出来立ての温かいご飯が格別においしく感じる。

「おいしい……」

「そのへにゃへにゃで蕩けた顔、本当に幸せそうでよかった。おいしい！　ってにこにこしてる顔が見られて俺も幸せ。俺、やっぱりその顔が大好きなんだよね。週末に会えない可能性なんて、仕事以外にもいくらでもあるはずなのにさ、一週逃しただけで会社で仕事を頑張るエネルギーが枯渇しちゃって困ってた」

「好きなの、おいしいって言ってるときの顔だけですか？」

「あんなに自分に自信がなさそうにしていたのに、今は随分強気だね。俺に愛されている自覚がちゃんと持てたってこと？」

今朝までの私からは到底出てこなかったであろう確認に、紘人さんがけらけらと笑いながら手に持ったワイングラスをくるくると回す。私も一杯くらい飲みたかったのだが、今日はダメとソフトドリンクしか許されなかった。それも彼の優しさであり愛だと思うと、ソフトドリンクでもいいかな、と思える。

「全部好きに決まってる。俺の顔見て、紘人さん好きー、って顔をしてるときなんて堪《たま》らないよね。ほんとに可愛いよ」

「や、恥ずかしいからもういいです！」

「え、聞き始めたのは由奈でしょ？　最後まで聞いてよ。昼寝から目が覚めたばかりのぽやぽやしている顔も、寝ているときの穏やかな顔も全部好き。あーあ、先週末見られなかった分早く見せてくれないと仕事のパフォーマンス落ちちゃいそう」

由奈のせいだと言いながら私の手を握ってくる。仕事でもプライベートでもあんなに頼れる人なのに、その彼がこうして私を溺愛して甘えてくるギャップに頭がくらくらしそうだ。ついさっきまでどこもかしこもかっこいいと思っていたのに、急に彼のことが可愛く思えてくる。

「紘人さん、可愛い……」

「可愛いよりかっこいいのほうが嬉しいけど、由奈に好きって言ってもらえるならそれでもいいよ。でも由奈のほうが可愛いから」

私がアヒージョやチーズを口に運ぶたびに「今の顔も可愛い」「あ、今の顔もよかった」「そんなにおいしいなら俺の分もあげる」とせわしなく私を甘やかす。

「紘人さん、ちょっと甘やかしすぎです」

「甘やかすのに『すぎる』なんてないよ。だって甘やかしたいんだから」

私を家まで送るからと大してお酒も飲んでいないのにこの様子。これが彼の本質なのだと身に沁《し》みて理解できる。私は心地よいような、擽《くすぐ》ったいような甘やかしを存分に味わって帰宅することになった。

『おやすみ、早く寝るんだよ』

『はい、おやすみなさい。送ってくださって、ありがとうございます。紘人さんがお家に帰るのが遅くなっちゃってごめんなさい』

『ううん、大丈夫。全然苦じゃないから。明日も無理しないでね。また会社で』

メッセージのやり取りを読むと脳内で彼の声が聞こえるようだった。一日を振り返り、自分の至らなさを反省する。私のことをこんなにも大事にしてくれる紘人さんを心配させるようなことはもうやめなくてはいけない。優秀な私でなくたって、彼は私のことを愛してくれる。無理をしないで、二人で一緒に幸せになることを考えよう。

ベッドに入ると、急に紘人さんがいないことが寂しく感じた。さっきまで一緒にいたことと週末にお泊りできなかったことが原因なのは明らかだ。

『ベッド、ひとりなのちょっと寂しいです。紘人さんの腕枕が恋しい』

『なんだよもう、そんな可愛いことを今言うのはずるすぎるよ。今から由奈の家に戻りたいくらい。

週末まで我慢するのきっついなぁ』

『ごめんなさい、余計なこと言って』

『ううん。俺のこと考えてくれて嬉しい。俺も由奈のことぎゅってしながら寝たいよ』

紘人さんのメッセージに耳がぼっと熱くなる。思い付きで大胆なことを言ってしまったかもしれないと遅すぎる後悔の念を抱いた。

『おやすみなさい。大好きです』

『はいはい、おやすみ。俺も大好き』

紘人さんの夢を見られるような気がして、『大好き』の文字を目に焼き付けてスマートフォンを枕元に置いた。


「藤井！」

翌朝、会社に到着して早々に課長に呼ばれる。昨日紘人さんに見てもらってから提出した例の企画書のことだろう。また怒られるだろうかという不安な気持ちで頭が真っ白になりそうであったが、紘人さんが「全然クオリティ低くない」と言ってくれたことを思い出して少し落ち着いた。

「お疲れ。これ、このままでいいから上に回しておく」

「え……？」

指摘が全くないなんて想像をしておらず驚きに立ち尽くす私を見て、課長はばつが悪そうな顔をした。

「昨日お前が医務室に行ったあと、立山が俺のところに来て、あんな言い方で藤井さんのこと追い詰めるならパワハラで内部通報してやります！　とも言われてな。もうあんな働き方は勘弁してくれ」

ぼそぼそと居心地悪そうに、私の顔色を窺いながら呟く。心なしか周囲も静かで、私たちの会話に耳をそばだてている気がする。きっと立山くんはすごい剣幕で怒ってくれたのだろう。彼の勇気にただただ感心と感謝するしかない。

「柚木さんはアドバイスをくれても絶対直接の修正はしてくれないスパルタで、藤井さんの資料を柚木さんが直してクオリティを上げてくれるわけはないってさ」

「あ……それはそうですね」

立山くんの立ち回りの下手さが滲み出ていて思わず笑いそうになった。これを聞いていた人たちは、きっと立山くんが紘人さんのことをしれっと批判しているのでは……？　と思ったことだろう。そわそわとこちらの様子を気にしていそうな立山くんが視界の端に映る。今度お礼を言いに行こう。

「まあ、そういうことだから。人員補充も上に打診しておく。あと、他の作業も柚木が提案した締切の通りに進めてくれればいいから。申し訳なかった」

パワハラでの内部通報は免れたいと思った課長なりの謝罪なのか、普段なら絶対に頭を下げることはないのに、会釈より少し深めに首を傾けて、ふいと私から目を逸らした。

『参考資料をいただいたやつ、あのままでいいって言われました。他の締切も、柚木さんが言った通りでいいって』

『よかった。じゃあ昨日の打ち合わせの通りお願い。立山くんのことも聞いたよ。上司に喧嘩売るなんて中々だ。それだけ藤井先輩が慕われてるってことだろうね。育成頑張った賜物だ。俺も先輩にたくさん助けてもらったよ。最近になってようやく独り立ちしつつあるだけだから。頑張って追いつこうとしてくれるのは嬉しいけど、無理はしないで、頼れるときには俺でも他の人でも頼ってね』

紘人さんのメッセージを噛みしめる。「頑張るけれど無理はしない」と心の中で数回呟いて仕事に戻った。

第六章　後輩からのアプローチ

過労事件から数週間、私の生活は大変落ち着いていた。仕事の量そのものはあまり減る気配を見せなかったが、締切の長いものや優先度の低いものをメンバーにお願いしたり、効率的な進め方についてナ紘人さんにアドバイスをもらったりしていたら、意外とこなせてしまった。紘人さんは人を頼れるようになりつつある私を見て、どこか誇らしげに笑っていたし、週末の二人の時間も確保できて満足そうだった。

私自身が変化したこともあるが、立山くんも大きく成長してくれた。私が倒れたところを見て、自分ももっとしっかりしなくてはいけない、と思ったらしい。積極的に私のところにやってきては、「何かできることありませんか」と聞いてくるようになった。

「ええ、でも立山くんも結構仕事抱えているでしょ？」

「大丈夫です！　体力には自信がありますし、藤井さんにおいしい仕事が溜まってる今の状況だと俺が成長できないんで、育成だと思ってください！」

こちらが断りにくい理由を並べるのもうまくなったものだ。彼の新人時代を知っているチームメンバーたちが、ふざけて目頭を押さえるフリをする。

「いやぁ、あの立山がこんなに育つとは……大型新人の入社に頭抱えていたころが懐かしい……」

「昔のこと言うのはやめてくださいよ！　もう新人のときほどへっぽこじゃないので、今の俺を見てください！　だからほら、皆さんに見てもらうためにも仕事ください！」

お調子者寄りの立山くんもそのノリに乗っかって、とうとう断れる空気ではなくなった。手ごろな仕事を選り分けて彼にお願いすると、「ありがとうございます！」と到底仕事を分担されたとは思えない喜び様で自席に戻っていく。

「頼れる後輩に育ったね。藤井さん、育成頑張ってよかったね」

「いやいや、それは彼がこの仕事をやりきってからにしましょう。口だけではなく実力も伴っているところを見せてもらわないと」

メンバーたちにとってはこのやり取りがエンタメ性を帯びているのか、和気藹々《わきあいあい》と彼の出来栄え予想を始めていた。調子に乗ってぼろぼろの資料を出してくるか、気を引き締めて高いクオリティのものを出してくるかはまちまちでムラがあるタイプだから、予想のしがいもあるだろう。

「確かに。彼は波があるからなぁ。しかし懐かしいですよね。二人ともよく成長しましたよ」

「そういう話は……今晩、一杯行っちゃいます？」

久々にチームで飲みに行くか！　という空気に流れていく。

『そっちのチーム、楽しそうでいいね。俺も混ざりたい』

『うるさいですよね、ごめんなさい』

『ううん、それくらい活気があるほうがいいよ。由奈がその中心にいる感じもなんだか嬉しいな。飲み会、楽しんで』

飲み会はほぼ立山くんの新人時代の「今となっては笑えるやらかした話」で盛り上がっていた。大事な書類をうっかりシュレッダーにかけたこと、部全体のデータが保存されているフォルダを誤って削除したこと、社用のスマートフォンを失くしたこと……当時は泡を吹いて倒れそうだった。

「いや、結局スマホは失くしてなかったじゃないですか！」

「ズボンのポケットに入れたまま洗濯して壊したんだから一緒だろ」

「失くしたら情報漏洩ですが、これはなんの情報も漏れてないです！」

「だからいいってもんじゃないだろ！」

立山くんの必死の弁明もメンバーに一蹴されて、彼はお酒で真っ赤になった顔を机に伏せる。あのころは紘人さんとほとんど話したこともなくて、アドバイスを求められるような関係でもなかったが、もしあのころに話ができていたら、彼はどんな言葉を掛けてくれたのだろうと、今ここにいない紘人さんのことが頭を掠めた。

「あ、そういえば最近さぁ、藤井さんと柚木くんって仲よくない？　藤井さんが倒れたときのお姫様抱っこ、柚木くんが全然躊躇わずに行くからびっくりしちゃった。もしかしてもしかして……？」

急に話題が私に切り替わる。全員の視線がこちらに向いて、顔を伏せていたはずの立山くんも姿勢を直してこちらを見てきていた。焦って目が泳ぎそうになるのを堪《こら》えられたはずだ。紘人さんと事前に相談していた内容で返事をする。

「え！　やだ、なんもないです！　仕事ですごいお世話になっているだけなので、仲がいいなんて、柚木さんに申し訳ないというか……ほんとに、お世話していただいている感じです」

「嘘だぁ。だって前はそんなに話していなかったじゃん！」

「そうなんですよ、前に残業中に一回夜食を買いに連れ出してもらってからちょっと会話が増えて。柚木さんって本当に面倒見がいいですよね」

ゴシップ好きのお局さんが引き下がらずに掘り下げてこようとするが、これも紘人さんとのすり合わせで事前に対策済みの質問だ。心臓がばくばくして、お酒の入った頭は少しふわふわするが、焦らずに答えれば大丈夫のはず。

「私ももっと後輩の様子に気を配らなきゃって思ってるんですけど、まだまだです。見習いたくって最近よくアドバイスをいただきに行くんですが、お時間いただいてしまって申し訳ないから控えなきゃとも思っていて」

仕事人間な私らしく、彼の先輩としての素敵なところは素直に褒めつつ、会社人としてもっともっと見習いたいという路線での回答だ。その内容には嘘はなく、自然に受け入れてもらえる、はず。不安な気持ちで皆の顔を見ると、苦笑いを浮かべていた。

「つまんないなぁ……！　もっと藤井さんの浮ついた話が聞きたかったのに」

「この間倒れたときも、人を頼るのが下手って強めにご指導いただいちゃいましたし、そのあたりのバランス感覚も見習いたいんです」

「藤井は本当に仕事一筋だなぁ。婚期を逃すなんて時代遅れのセクハラをするつもりはないが、プライベートを蔑ろにしすぎなくていいんだからな。仕事は家庭に居場所のなくなった俺みたいなオッサンにもう少し押し付けて、合コンとかに行ってくれても構わないって、藤井や立山を見ていて最近思うようになってきた……」

「マジすか？　じゃあ俺来週から合コンの予定詰めまくります」

「立山くん、それよりもご家庭の不穏な空気の話でしょ！　……ご家庭うまくいっていないんですか？」

話題が逸れてほっとする。真面目な仕事人間キャラに救われた。もうこの話題には戻ってこないだろうと安心し、早く紘人さんに報告をしたい気持ちで少し頬が緩む。緊張からくる喉の渇きをビールで潤した。

「仕事一筋で、確かに家事をあまり手伝ってはこなかったけどなぁ……あなたはお金だけ稼いでくれればいいからって言われちゃったんだよ……だから藤井、仕事に精一杯なことは何も悪いことではないが、プライベートも大事にしろよ……」

おいおいと泣き出しそうな先輩を皆で介抱しながらお開きとなる。

先輩の忠告はありがたいが、紘人さんはきっと仕事人間の私も丸ごと愛してくれて、二人にとって苦しくない家事の分担を提案してくれると思った。自然と彼との結婚生活を想像していたことに気が付く。締まりのない顔をしていては誰かに何かを突っ込まれるかもしれない、と急いで口角の緩みを正す。

帰り道、私と立山くんだけが同じ方面の電車に乗っていた。今まで伝える機会を逃し続けていた「パワハラで内部通報してやる」と課長に訴えてくれたことのお礼を伝えると、当たり前のことだからお礼なんていらないと殊勝なことを言いつつも、新人時代以来久しく飲みに行っていないから連れていってほしいとせがまれた。

「おれ、ふじーさんのことほんと尊敬してて」

「ありがとありがと」

「流さないでくださいよー。まじでぽんこつだったのに、絶対見捨てないでくれたじゃないですか。ほんと、教育係に恵まれたって同期にも散々言われて」

「そっかそっか」

「だから、藤井さんが課長にあんなふうに言われて我慢できなくて……」

立山くんはお酒がすっかり回りきった様子で、活舌は怪しいがお世辞でそう言っているのではないことはよくわかった。慕ってもらえることは素直に嬉しい。

「でも、勇気あるよね。本当にありがとう」

「恩返し、ずっとしたかったんです」

お酒に潤んだ瞳で真剣に見つめられて、思わず息を呑む。見たことのないような真剣な眼差しで、どう返事をしたらよいのか迷ってしまう。言葉に詰まって私が視線を泳がせている一瞬の間に、彼はいつも通りのへらへら顔に戻っていた。

「だから、別に大丈夫なんです。あれから課長にいびられることもないし、むしろ部での俺の株が上がった感もあって。だからあんま気にしないでください！　メシだけ連れていってくれたらいいんで！」

先に自宅の最寄り駅に着いた立山くんは、私が乗り続ける電車に向かってずっと手を振っていた。

後輩に慕ってもらえるのは、憧れの紘人さんに少しずつ近づいているような気がして自分に自信が持てそうだ。

『飲み会終わりました！　紘人さんと付き合ってるの？　って聞かれたんですが、上手に隠せたと思います。事前に対策してくれてありがとうございました』

『お疲れ。おお、ドキドキだったでしょ。想定問答集覚えてたんだね、えらい』

『あとね、立山くんがめちゃくちゃ慕ってくれてるみたいで、柚木さんに近づいてる気がしてちょっと嬉しかったんです。人に頼るのはまだまだ練習中ですが、こうやって後輩が育ってくれると、後輩にいろいろ任せてみようかなって思えそうな気がします』

『うんうん、よかったね。由奈が自覚していないだけでちゃんと慕われているよ。人の力を借りようとするところもえらい。でも、柚木さんじゃなくて紘人さんね。由奈、だいぶ酔ってるでしょ。会社モードが抜けてない。お水たくさん飲んでから寝るんだよ。飲み会の話、週末にまた聞かせてね』

「藤井さん、これ、頼まれてた仕事、一旦提出です！」

数日後、立山くんから想定より少し早く完了の報告を受けた。成長の著しさに拍手をしながら早かったねと声をかけると、彼は心から嬉しそうな表情を浮かべる。付き合う前の紘人さんに仕事を褒められたときの気持ちを思い出し、勝手に共感してしまった。

「ぱっと見だけど、いい感じな気がする。ありがとうね。確認します」

自分の作業の合間に彼の資料を確認すると、細かなミスはあれど目を瞑れる範囲内で驚きが隠せない。自分のチェックが甘いのかと疑いたくなるくらいの精度で、周囲の人に思わず「ちゃんとできてるんです！」と伝えてしまった。

「立山ぁ！　ちゃんとできてるってよ！　お前のせいで賭けに負けたわ！」

「マジすか、よかったです！　賭けに勝った人、コーヒーくらい奢ってください！」

お金は賭けていないから奢れないよと窘《たしな》められてがっかりしたフリをする立山くんに皆が笑う。

本当に驚いた。少し調子がいいと気が緩んでミスが増える癖はもう直ったのだろうか。ここで褒めるとまた気が緩んでしまうかもしれないが、出来たことはしっかり褒めてあげたい。

「すごいね、ありがとう」

「頑張ったんで、よかったです。ご褒美のメシ、いつ行けます？」

「あ、そうだね。いつでもいいよ。立山くんの都合のいいところで」

「じゃあ今週の金曜で！」

私に褒められたことが本当に嬉しいのか、早速ご飯の予定を取り付けに来る。本当は紘人さんとご飯を食べるはずの金曜日だが、いつでもいいと言ってしまった手前、ここでやっぱり予定がと言うのは難しく、彼の勢いに気圧《けお》された。それに、予定があると言ったら先日の飲み会の流れを引っ張ってどんな予定かと追求されそうで、それも避けたかった。

『ごめんなさい、金曜予定が入っちゃった……』

『大丈夫、聞こえてたから。ここで断って、当日俺と同じくらいの時間に退勤していたらまた疑いが深まりそうだしね。今週は由奈の家でお泊りだよね。由奈の家の最寄り駅まで迎えに行くから、終わったらメッセージ頂戴。由奈とご飯を食べられるチャンスが一回減るのは寂しいけど、我慢できるよ』

プライベートのメッセージアプリなのをいいことに、会社にいるにもかかわらず甘ったるい言葉をくれる紘人さんににやけてしまいそう。目をぎゅっと瞑って気分を入れ替えた。

「お疲れ様でしたー！」

「お疲れ様。仕事引き取ってくれてありがとうね」

会社近くの居酒屋で、ビールで乾杯する。立山くんは始終ご機嫌で、焼き鳥や枝豆をぱくぱく口に運んでいた。おいしそうに食べる姿に微笑ましくなる。しかし、頼みたいものを好きなだけ頼んでいいよと言ったからか、揚げ物中心のガッツリ系のメニューばかりが運ばれてくるのには笑ってしまう。

「若いねぇ、よく食べるね」

「藤井さんだって俺と大して変わらないじゃないですか」

「そうだけど、私もうそんなに脂っぽいものたくさんは食べられなくなっちゃったかも」

山盛りのから揚げとチキン南蛮を頬張る彼を見ているだけで胃もたれしそうだ。紘人さんが頼むメニューはどれも私の好みのドンピシャで、好みが違うだなんて思ったことはなかったなぁ、と心がひとりでに紘人さんのほうを向きかける。

「藤井さんだったら何頼むんですか？」

「え、そうだなぁ……お刺身とかかなぁ」

本当は鴨のローストに魅かれていたが、別の店のものとはいえ紘人さんとの思い出があるメニューは二人だけの秘密にしておきたくなって、誰でも選びそうな当たり障りのないものを指さした。後輩とご飯を食べに来ているのに頭の中が紘人さんでいっぱいで、重症だなぁと鼻の頭を掻く。

「藤井さんって、本当に柚木さんと付き合ってるんじゃないですか？」

仕事の話をしていたはずなのに、いきなりこの間の話をぶり返されて思わず目を見開いた。

「あ、図星ですか？　動揺してます？」

「いや、いきなり流れ変わったからびっくりして。やめてよ、違うって言ったじゃん」

「あのときは大人数だったから、ごちゃごちゃ言われたり話が広まったりするのが嫌だったのかなって。俺、口堅いですよ」

好奇心を覗かせた顔色に苦笑いで応える。学生時代の友達は結婚や子育てで忙しく、親に惚気話を聞かせるような年齢でもないから、誰かに紘人さんのことを話したいという気持ちは確かにあるが、会社の人には話せない。ほんの一瞬心が揺らぐが、紘人さんとの想定問答を思い返して首を横に振る。

「ないない。ほんと、なんにもない」

「彼氏は？」

「いないよ」

「そうっすか……めっちゃ可愛いし、真面目だし、狙ってる人多いんじゃないですかね。声かけられたりしません？」

「ないない、やめてよ。そんなに持ち上げなくても今日はちゃんと私の奢りだよ？」

「藤井さんに彼氏いないのほんとおかしいですって」

可愛いと言われることなんて今までの人生でほとんどなく、紘人さんに散々言われてやっと「彼にとっては可愛い」と受け入れられるようになったばかりなのに。少し熱くなった頬を冷ますように冷たいビールを口にする。彼氏がいないと言ったから、気を遣ってくれたのかもしれない。

「立山くんは？　モテそう。明るいし、いつも集団の中心にいるイメージ」

「え、聞いてくれるんすか？　俺、もうずっと彼女いなくて、いい加減彼女欲しくて絶賛募集中です」

ビールを四杯も飲んだのがいけないのか、半分据わりかけた目で彼女が欲しいと繰り返していた。水原さんのように優秀すぎて気後れさせるタイプでもないし、紘人さんのようにプライベートが謎に包まれていてとっつきにくいわけでもないのに、立山くんに彼女がいないのは本当に意外だった。

「意外。彼女途切れたことなさそうなのに」

「まぁ、正直ずっと途切れてなかったんですけど……学生時代から付き合ってた彼女と社会人になって別れてから、中々新しい出会いってなくって」

「あー、社会人になると、そうだよね。どんな人がいいの？　全然、答えにくかったらいいんだけど」

マッチングアプリだといい人と出会えないと天を仰ぐ彼に、何かサポートできるあてがあるわけでもないが、話を振ってみる。なんとなく、同い年や年下の彼女を作っているイメージがある。彼はビールをあおってジョッキをどんと机に戻した。

「まじで引かないでほしいんですけど、年上の包容力のあるお姉さんに甘やかされたいです」

予想外かつ生々しい回答に手を叩いて笑ってしまった。

「なんすか、引きました？」

「いや、そんなに具体的な好みが出てくると思っていなかったから。同い年とか年下の彼女をリードしたいタイプかと思ってた。甘やかされたいんだね。それだけだったら結構いそうだけど」

「いやぁ、全然いないんですよ。女性だって年上の男性にリードされたい人のほうが多いじゃないですか。需要が少ないんです」

確かに、年上の紘人さんにリードされるたびにドキドキして、かっこいいなぁと彼への好きという気持ちが膨らんでいく。そんな彼に甘えられるギャップにはきゅんきゅんとときめいてしまうが、最初からずっと甘えられるのは少し違うかもしれない。

「ほら、甘やかされたいタイプは私の好みじゃないかも、みたいな顔しないでくださいよ」

「いやそんなこと思ってないって」

ずばりと言い当てられて、慌てて否定する。せっかく打ち明けてくれた人の好みを蔑ろにしてしまうのはよくない。そういうのがタイプの子もいるよ、友達も年下と結婚した人いるし、と取ってつけたようなフォローをする。

「でも、そのお友達さんももう既婚者じゃないですか。マーケットに残ってるそういう人と出会いたいんですよ、俺は。どうしたらいいですかね」

難しいことを聞くものだ。それこそマッチングアプリを使うのがよさそうだが。あれはターゲットになる年齢層を登録することもできるアプリがあるはずだ。

「マッチングアプリで年上がいいって登録したり、友達に会社の先輩を紹介してもらったりとか、できないの？」

「新しく知り合った人とゼロから関係性を築くのって、申し訳ないけど疲れるじゃないですか。それに、日頃の俺を見てくれていて、ダメなところも知っている人がいいなって思っちゃうんすよね」

「それはわかるかも」

「だから今までに知り合っている人と付き合いたいんですよね」

新たに関係を築くことに億劫になる気持ちはよくわかる。その点、私は紘人さんに見つけてもらえて本当に幸せ者だ。

「例えば、同い年とか年下で包容力のある人じゃだめなの？　きっと立山くんもずっと甘えっぱなしじゃないだろうし、甘えたいと言いつつも普段は頼れる彼氏やってるんじゃないのかな」

アドバイスなんて大したものはできないが、彼のストライクゾーンが広がっていい出会いがあればと視点を変えるようなアイデアを出してみる。

「そうしたら甘やかしつつ自分も甘えてどっちもハッピーにならない？　普段リードしてくれる彼

氏が甘えてきたらきゅんとしちゃうんじゃないのかな」

「藤井さん的には、そういうギャップってクるものあります？　やっぱり頼れる人がいいですか？」

「え、ええ、あ、そう、かな……普段頼れる人が甘えてくるのって、特別感がある気がして……いや、私は置いておいて、一般的にやっぱりギャップっていいんじゃないかと思うよ」

突然私の趣味を聞かれて思わず声が上擦る。頭の中に紘人さんが甘えてきたシーンが甦っていたのを見透かされたみたいだった。うまく会話を繋げられず、落ち着かずに手元のおしぼりを意味もなく握る数秒間の沈黙が生まれる。静寂を破ったのは立山くんだった。

「社内恋愛ってどう思います？」

紘人さんとのことをまだ疑っているのかと、心臓が跳ねる。早く帰って紘人さんに頭を撫でてもらいたいと叫びたくなるのを堪《こら》え、立山くんの探るような視線を正面から受け止めた。目を逸らしたら、疑いがきっと深まってしまう。

「付き合って別れたことが広まっちゃうと面倒だろうなって思う。別れちゃうと、前あの人と付き合ってた子って思われちゃって、まわりに気を遣わせてしまいそうだし」

まさしく今伝えた内容が、紘人さんと相談して「しばらくは付き合っていることを内緒にしよう」と約束した理由だった。社内チャットでこっそり連絡を取り合えるのも、帰る時間を合わせて長い時間一緒にいられるのも社内恋愛のメリットだが、その関係性をオープンにするリスクはやはり大きい。お互いの将来を想い合うからこそ慎重にと話していた。

「……そうですよね……」

「もしかして社内に好きな人いたの？　ごめん、全然、いいと思うよ！　オープンになると大変なことも多いかなって思っただけで」

　立山くんは露骨に寂しそうな顔をした。余計なことを言ったかもしれない。言い訳めいた補足をしているうちに、少しずつ立山くんの表情も和らいでいった。やはり、社内に気になっている人がいるのだろう。

「誰だかわかんないけど、応援するね！」

「……社内だとして、やっぱ仕事はできたほうが好感度高いですよね」

「仕事ができないって甘えたいってこと？　……そういうのが好きな人もいるだろうけど、社内恋愛なら仕事ができるに越したことはないと思うかな……」

「そうですよね！　俺、頼れるのに甘えると可愛い系のギャップ男子目指します！　藤井さんも人に頼る練習中なんですよね？　お互い練習相手にちょうどいいじゃないですか。仕事めっちゃ頑張るんで、これからもよろしくお願いします！」

　社内にいる想い人のために頑張りたくなる気持ちは痛いほどわかる。成長したいと願うなら、できる限り力になってあげたいとも思った。彼には少し難しいと思って分担を控えていた仕事を任せてみようか。

「立山くん、不器用なだけで不真面目じゃないからね。頑張ったら絶対伸びるよ！」

「藤井さんにそう言われると頑張れます。嬉しいなぁ」

　あんなに頼んだはずのご飯は全て彼のお腹の中に難なく吸い込まれていく。カバンの中のスマートフォンが何度か震えているのに気づいていた。きっと、帰りが遅い私を心配する紘人さんだと思う。立山くんには申し訳ないが、そろそろお開きにしたい。

「そろそろ眠くなってきちゃったかも」

「あ、そうですよね。もう十時過ぎていました……すみません、好き勝手なこと喋っちゃって」

「ううん、いろいろ話せて楽しかった。早く年上の甘やかしてくれる彼女ができるといいね」

お手洗いに立ったついでにメッセージアプリを確認する。やはりたくさんのメッセージが来ていたが、遅いことを咎めるものはひとつもなく、体調が悪くなっていないかを心配してくれているものだった。安心させなくてはと紘人さんにメッセージを送ると、すぐに既読が付く。最寄り駅に着くころを見計らって迎えに来てくれるらしい。

先日の飲み会と同じように、二人で同じ電車に乗って帰ることになる。駅までの道中、危なっかしい運転をする自転車に私が気づかず危うく接触しそうだったところを立山くんが腰を引き寄せて助けてくれた。立山くんは最後まで楽しかったですと繰り返して、にこにこと上機嫌なお顔で電車を降りていく。ひとり電車に乗り続けていると、紘人さんからメッセージが届いた。

『早く由奈に会いたいな。改札のところで待ってるね。コンビニとかおつかいがあれば買っておくから連絡ちょうだい』

『私も早く会いたいです！　おつかいはないです。あと五分くらいなので、もうすぐです』

会うのが待ちきれなくて始まるメッセージやスタンプのやり取りに心がほわほわする。飲み会終わりのややぼんやりとする頭の中が紘人さんへの「好き」でいっぱいになった。五分の間に「早く会いたい」と何度伝えたかわからない。しつこいはずなのに「俺も」「会いたいって言ってくれて嬉しい」と毎回返してくれる紘人さんのことが大好き。

「紘人さん！」

「ん、お帰り。いっぱい飲んだの？　顔、赤いよ」

改札を出たところで待ってくれている紘人さんに駆け足で寄っていくと、大きく手を広げて迎え入れてくれる。おつかいはないと言ったのに、お水を買っておいてくれたらしい。蓋を外して手渡してくれる。何口か飲んだところで、今日の話を共有した。

「あのね、立山くんにね、やっぱり紘人さんと付き合ってるんじゃないの？　って聞かれたんだけど、紘人さんと確認した内容で説明したから、多分大丈夫だと思う」

「そっか。やっぱり急に仲よくなっちゃったから目立つのかもね。俺としては付き合うことにならなかったとしてもいずれ由奈とは仲がいい先輩・後輩の関係になっただろうなって思ってるけど、まわりはそんなこと考えないだろうからなぁ」

紘人さんと手を繋いでお家に帰る。ひとりで帰るときには長く感じる道も、紘人さんと一緒だとあっという間に家に着く。彼は晩ご飯をチェーンのレストランで済ませたらしい。

「由奈と一緒にご飯食べたかった。後輩と飲み会に行って息抜きさせてあげるのは大事だからいいんだけどさ、由奈とご飯食べる機会が一回でも減っちゃうのは嫌なんだよなぁ。心が狭くてごめん」

「ううん、私も紘人さんとご飯食べるの大好きだから、チャンス減らしちゃってごめんなさい」

ラグの上でぎゅむぎゅむと私を抱きしめて紘人さんが顔を私の首筋に擦りつけてくる。寂しかったと甘えてくる姿が可愛らしくて意識せずに「可愛い」と気持ちが声になって零れた。

「由奈のほうが可愛いってば」

「嬉しい。好き。大好き。……あのね、可愛いで思い出したんだけどね、立山くんは包容力のある年上の頼れるお姉さんに甘えたいんだって」

「へえ、そんな話してたんだ。立山、年下の人が好きそうな印象だけど」

「私もそう思ってたの。だけど、そういう彼女が欲しいーってずっと言ってたの。それでね、社内に好きな人がいるんだって。まずはお仕事頑張るって。社内に好きな人がいるとお仕事頑張りたくなる気持ち、すごく共感しちゃった。これからは頼れるのに甘えると可愛い男子目指すって宣言してたよ」

「……ふうん、そういう感じか」

ほろ酔いで恋愛の話を伝えると、紘人さんは興味なさそうに適当な相槌を打ってすっと立ち上がった。何か嫌な話をしてしまったのかと思い、焦って彼を追いかける。

「紘人さん、ごめんなさい。どうしたんですか」

「ううん、由奈が結構酔ってそうだから、お水飲んでもらおうと思って。あと、もう結構遅いから歯磨きして早く寝よ?」

確かにもうすぐ日付が変わりそうだった。飲み会で帰宅が遅くなって、紘人さんが眠たいことにも気づかなかったことに反省する。ごめんなさいと告げると、頭をよしよしと撫でられた。怒っているわけではなさそうで安心する。紘人さんが両手を私の頬に添えて、むぎゅっと両側から挟んできた。

「んぅ？」

「ん、ほっぺたもちもち。ごめん、ちょっと隠し事した。本当は立山と話したこと、すごく楽しそうに話すから、寂しくなっただけ。由奈は俺だけの由奈なのに。俺、由奈が帰ってくるの待ってたのにって。ごめんね。明日は俺ともたくさん話そう？」

紘人さんは嫉妬をしていたのか、と気づいた。飲み会で後輩とお話しすることにすら嫉妬してくれるのかと半ば感激して、私も紘人さんの頬を両手で挟む。ちょっと不細工になったお顔も愛おしい。

「ごめんなさい。でも、立山くんがギャップがある人ってどう思う？　とか聞いてくるたび、紘人さんのかっこいいところと可愛いところのギャップって本当に好きだなぁ、とか、すぐ紘人さんのこと考えちゃって……紘人さんと付き合ってるか疑われてるのに、思わず顔が緩んじゃいそうで、紘人さんしか考えられなかったんです」

そう伝えると、彼は安心したような顔をして私の頬から手を離して、もう一度髪を撫でてくれた。

顔を見合わせて数秒、紘人さんの唇が私の唇に触れた。お酒も残って火照った唇に、何度も自分の唇を重ねて、押し付けて、食《は》んで、吸ってを繰り返される。紘人さんの唇が柔らかくて、ふにふにと応えるように甘噛みすると、嬉しそうに目尻を下げた。

今日一緒にいられたはずの時間を埋めるように、手を繋いだまま歯を磨いて、ぴったりとくっついたままベッドに入る。もう少し広々と使えるはずなのに、触れていない部分が少しでも減るようにと身体を摺り寄せ合った。


飲み会以降、立山くんは一層やる気を出して仕事に取り組んでくれた。少しチャレンジングかと思いながら任せた仕事にも必死に喰らいついてくる。そんな彼のお言葉に甘えて、自分の持っている仕事をどんどんと手分けしてもらうようになった。

「藤井さんの人に頼る練習の進捗もよさそうですね！」

「うん、おかげさまで。ありがとうね」

この調子だと、私が教えてあげられることなんて意外とすぐになくなってしまうのではないかと思うくらいだ。

「藤井さん、これ、週末遠出したときのお土産です。最近お世話になってるし。あと、ちょっと相談したいことがあるんですが、よかったらランチご一緒させてもらえませんか？」

「え、わざわざありがとう。おいしそう。ランチも了解。今からお昼まで会議が続くから、時間と場所指定してくれると助かる」

会議を終えて会社の玄関まで出ると、立山くんはすでにそこで私のことを待っていた。

「それで、相談って？」

「いやー、実はもう解決しちゃって。でも先輩とご飯行きたかったんで」

「そっか、解決したならよかったね」

「それにしても、この店結構よくないですか？　同期の女子がおすすめって言ってたんですが、どれもおいしそうで全制覇したいくらいです」

「確かに、今日のパスタもおいしいし、あっちのオムライスもおいしそう」

昼休憩中の会社員向けのランチセットは選択肢が多く、今日食べていないメニューが気になっていたのは私も同じだった。

「またタイミング合わせてここに来ましょう。この間全部出してもらっちゃったんで、今回は俺が出します。奢られたり割り勘にしたりばっかりだと、声掛けしにくくなるんで」

そういう彼のお言葉に甘えて、今日のご飯代は彼に持ってもらうことにする。同じことを紘人さんに言ったことがあるのを思い出す。瞬く間に頭の中が紘人さんでいっぱいになり、このおいしいお店に今度は彼を誘ってみたいと考え始めていた。きっと彼も気に入るだろう。

それからというもの、立山くんはことあるごとに、途中からは用がなくても私をランチに誘うようになった。仕事の話をすることもあるが、大抵は仕事とは無関係の彼の趣味の話が多い。

『ずるい……やっぱり由奈のこと狙ってるよ。そんな気、しない？』

『寂しくさせてごめんなさい。紘人さんともランチ行きたいです。狙われてる感じは全然ないです』

『そう？　俺が心配性なだけならいいんだけど、気を付けてね。お願い』

寂しがり屋を爆発させて萎れてしまいそうな紘人さんに元気になってほしくて、「大好き」と書かれたハートマーク付きのキャラクターのスタンプを送ると、「俺も」と即レス。紘人さんを悲しくさせるのは不本意であるし、楽しそうに話す立山くんには申し訳ないが、これからは少しずつ断ろう。

「藤井さん、今日もどうですか。仕事の進め方の相談も一緒に」

「ごめん、今日は社外者との打ち合わせが昼に入ってて……メールくれたら合間で返せると思う」

「そうですか……じゃあ、夜はどうですか？」

仕事の話もあるのならと一瞬心が痛むが、今日は金曜日で、紘人さんと晩ご飯を食べに行く約束をしていた。「由奈と一緒にいる時間が減るのが悔しい」と言っていた彼が喜んでくれるかと思い、今週は絶対一緒にご飯食べたいと誘ってみたところ、食い気味に「絶対行く」と返事があったのだ。

埋め合わせデートをリスケすることは難しい。

「今日、俺と飲みに行く約束してるんだ」

「柚木さん……そうだったんですね」

少し離れたところで話を聞いていたらしい紘人さんが会話に入ってきた。私とご飯を食べに行く予定があることを執務室の中で公言したことに驚く。あえて公開することで、これ以上付き合っているという憶測が深まらないようにしたかったのだろうか。

「藤井さん、仕事の予定に変わりなければ定時にエントランスで」

紘人さんは私に念押しをするようにして去っていった。ふと横を見ると、立山くんの顔が少し強張っている。

「ごめん、もしかして重めの相談事だった？」

「いや、そういうんじゃないです」

立山くんは硬い表情の理由を説明せずに会議に行きますと言ってその場を離れた。

◇　◇　◇

由奈が会議で席を外している間に、立山くんと廊下ですれ違う。いつもなら愛想よく会釈していくのに、今日は不満そうな顔と睨みつけるような視線を寄こしてそのまま立ち去ろうとした。その様子を見て、今までの予感が確信に変わる。

「立山くん、最近随分藤井さんと仲よしだね」

「そうなんですよ。可愛いですよね、藤井さん」

体温が上がり、頭の神経がちりちりと灼けるように熱くなるのを感じる。立山くんはこちらの反応を窺っているように見えた。由奈は俺の彼女と叫びたくなるのを我慢し、できるだけ余裕があるように振る舞おうとする。

「ああ、可愛いね。仕事がうまくいきました！　って報告に来られると、もっとサポートしたくなるよ」

「ですよね。頼れるし優しくて可愛くて、放っておけないというか。この間同期に勧められたカフェに連れていったんですけど、すごく喜んでくれたみたいで。可愛いって言うと照れるところなんかも目が離せませんね。仕事で相談があるって誘えば絶対に断らないところも真面目でそそられます」

俺の知らないところで由奈に可愛いと言ったのか。照れた由奈を見たことにも腹が立つ。後輩のためになるならと快く送り出した俺が馬鹿だった。会社に想い人がいるから仕事を頑張りたくなるということに共感を示し、できるだけ力になってあげたいなと無邪気に話していた由奈の笑顔を思い出し、その善意を利用していた目の前の男への怒りが強まる。

「何を話していても楽しそうに笑ってくれるし、プライベートでももっとメシ行きたいんすよね。そういえば飲み会行く道中、危ない自転車がいて。藤井さんとぶつかりそうだったから腰引き寄せたんですけど、細くって……抱きしめたくなっちゃいました」

瞼がピクリと反応してしまう。表情を繕うことが徐々に難しくなり、呼吸も浅くなって心臓がばくばくと跳ねている。由奈を抱きしめていいのは俺だけで、他の男がそれを想像することなんて耐えられない。

「かなり攻め気味にアピールしても鈍感で何も気づかないところも純粋でいいですよね。ああいう純粋そうな人が夜にどう乱れるのか気になりません？　……なんか、めっちゃ怖い顔してますけど、大丈夫です？　別に付き合ってるわけじゃないんですよね？　もしかして柚木さんも狙ってました？」

下世話なセリフに頭が怒りに沸きそうだった。彼は俺の余裕なさげな様子を見て勝ったとでも言いたげな表情を浮かべてそう言い放つ。あからさまな宣戦布告を受けて逆に頭が冴えてきた。胸倉を掴んでやりたいほどの気持ちに蓋をして、他の誰が横を通ろうといつも通りの俺に見えるであろう笑みを浮かべる。

「会社の後輩から異性として見ていることを露骨にされたら女性は嫌がるんじゃないかな？　こんなところで話していたら誰に聞かれるかもわからないし」

正論に苦虫を噛み潰したような顔の立山は、口をもごもごさせてまだ何かを言おうとしている。彼が言い訳を始めたり俺と由奈の関係を問い質《ただ》してくる前に、今度は嫌悪感が露わになるような表情を作って畳みかけた。

「もし彼女の耳に立山くんが抱きしめたいとかそれ以上のことも狙ってるって思ってることが入ったら……きっと、会社に来たくなくなると思うよ。課長に対して自分を庇ってくれた後輩に感謝して、成長をサポートしたいってまっすぐに思っている彼女の気持ちが踏みにじられるのは……あまり感心しないな」

「……柚木さんって、つまんない男ですね。失礼します」

下品な欲を由奈に抱いている立山への憤りが収まらない。握りしめた拳をぶつけなかったことを褒めてほしい。手を開くと汗で濡れ、爪痕が手のひらに残っていた。

立山に可愛いと言われたことも、腰に触れられたことも聞いていない。「自分と話しているときはいつも楽しそう」という彼女の様子を聞かされたことも相まって、彼女への焦りと苛立ちが募る。下心丸出しで近づいてくる男に気づかない由奈の鈍感さも恨めしい。

顔を真っ赤にした彼が捨て台詞を残して去っていく。陽気で常に人の輪の真ん中にいる彼からの「つまらない男」という評価には少し心がひりついた。自分は由奈にとって「つまらない男」になっていないだろうか。

席に戻っても仕事に集中できない。俺が見たことのない表情を彼に見せたことはあるのかと由奈に確認をしなければやっていられない気持ちと、醜い嫉妬をぶつけて嫌われたくないという気持ちの板挟みで気が狂いそうだった。

◇　◇　◇

会議が終わり自席に戻ると、紘人さんの空気がどことなくピリピリしていて、日頃の優しくて甘い彼の姿に慣れている私は少し心がざわざわした。スマートフォンで紘人さんにメッセージを送る。

『紘人さん、何かあったんですか？　気分が悪いなら、ご飯は今度にして早く帰りましょ？』

仕事に集中していたのか、終業時刻まで返事はこなかった。いつもなら「そろそろ出る？」などとチャットに連絡があって、十数分間隔を空けて執務室を何食わぬ顔で出ていく時間帯。今日は飲みに行くと宣言してあるのだから、堂々と二人で時間を合わせて退勤できるはずなのに。

『すごくお忙しいですか？　私、もう帰れるんですが、手伝えることありませんか？』

『ごめん、このまま俺の家に直帰でいい？　一番早く帰れる電車に乗りたい』

余裕がなさそうな紘人さんにお返事を打とうとするが、彼が立ち上がりパソコンをカバンに詰めるのが見えた。もう出るのかと焦って彼の後ろを追う。

「紘人さん、体調大丈夫ですか」

「うん」

冷たい空気を身に纏い、私と目を合わせることもしてくれない。彼にどんな嫌な思いをさせてしまったのだろうかと記憶をたどるが、何も心当たりがなくて途方に暮れる。彼の家に移動するまでの間はほとんど無言で、耐えがたい沈黙に涙が出そうだった。

「由奈……」

彼の部屋に入ってすぐ、紘人さんが背後から抱きしめてきた。大きな身体に包み込まれて不安だった気持ちが少し和らぐが、彼の腕の力がいつもよりずっとずっと強くて苦しくなる。力を緩めてほしくて身じろぎすると、余計に強い力で腕の中に閉じ込められた。

「由奈。俺に隠してること、全部話して」

「隠してること……？　そんなの、ないよ？」

「立山に可愛いって言われたの、いつ？　道を歩いていて腰を引き寄せられたのは？　あとはどんなアプローチをかけられたの？」

「そんな、社交辞令と本当に危なかったときのアクシデントで、アプローチなんかじゃ……」

聞いたことのない低い声で私を問い詰める。アプローチをされたなんてひとつも思っていない。紘人さんに飲み会での話を伝えるときも、一から十まで全てを伝えるわけではなく面白かったエピソードだけをかいつまんで説明していたから、わざわざ社交辞令で言われた「可愛い」を伝えるなんて発想はなかった。むしろ、今の今まで言われたことを忘れていたくらいなのに、どうして紘人さんがそれを知っているのか。

「ッ！」

紘人さんに首筋を噛まれてチクリとした痛みが走る。噛みついたところを熱い舌で舐められて、腰からくたりと力が抜けた。

「こんなふうに首が弱いところも、あいつに見せたの？」

「ちが、そんなことない……！　っく、ぅぅん……！」

私を抱きしめていた手がブラウスの裾をめくって下着に触れる。ブラの上から乳首をかりかり擦られて、足がガクガクと震えた。もどかしくも十分すぎる快感に声が漏れ出すと、紘人さんの熱い吐息が耳に吹きかけられた。

「んっ、ふぁ、っんぁあっ！」

「下着の上からでもこんなに感じていたら、アクシデントで腰を触られても反応しちゃうんじゃない？」

脇腹やお腹を指先でなぞるように撫で回され、前のめりに倒れそうになるが、彼に抱きかかえられていて逃れられない。ぞくぞくするような快感が身体中を渦巻いて、体温が急激に上がる。紘人さんのモノが膨らみ始めているのをお尻で感じてしまって、かつてない性急さで紘人さんのどろどろした感情をぶつけられることに頭が混乱する。

「腰、押し付けてるつもり？」

「ちがう、ぅう……」

ブラの隙間に指が入り込んで、胸の肉を摩《さす》られる。硬く膨らみ始めている乳首がブラを持ち上げてしまって恥ずかしい。紘人さんは人指し指と中指の間で乳輪の外側だけを擦り、腰を揺らしても、決して触れないように指を離したり、遠いところへ指を避難させたりして肝心な部分には触れてくれなかった。

ブラのホックが外されて、思い切りずり上げられた。ようやく触れてもらえるのかと期待してしまうが、紘人さんはやっぱり直接は触ってくれず、薄いブラウスの上から刺激を待ちわびている乳輪を指先で弱く摩《さす》り始める。

「ぁあ、っくぅ、んっ」

「乳首、勃ってる。そんなに触ってほしい？　服の上からかりかりされて、強めにぎゅってされて気持ちよくなりたいの？」

紘人さんの意地悪が加速する。頭の中が彼の発するいやらしい言葉でいっぱいになって、他のことが何も考えられなくなってしまう。

「ほら、指先でなでなでされるの好きだよね。くるくる、くるくる……ね、すごく硬くなってきた。このままずうっと撫でてたら、もっともっと膨らんで気持ちよくなっちゃうね……」

「ぁああっ、んぁ」

「腰揺れてるし、声もだらしなくなっちゃって、可愛いなぁ……まだまだずっとくるくるしてあげる」

ブラウス越しに、二つの頂にずっと同じ刺激を与えられ続けて頭がおかしくなりそうなくらい気持ちいい。下腹部が熱く、下着が徐々に濡れていき、早く紘人さんにどこもかしこも触ってほしいのに、と更なる快感を求めるはしたない自分を自覚していた。

「由奈、体温上がってきたね。ブラウス越しでもおっぱいが熱いよ。乳首もこんなに硬くなって、くるくるだけで焦らされたここ、かりかりされたらどうかなぁ？」

紘人さんの言葉によって彼の爪でしつこくかりかりされたことを思い出し、じくりと下着の染みを広げてしまう。口を閉じて喘ぎ声も返事も我慢しようとしていた私の口の中に彼の人差し指が捻じ込まれた。

「んぅっ、ぁん、んっ」

「指突っ込まれて口の中で感じてるくせに、かりかりされてどうなるかも答えられないの？　べろ気持ちいい？　俺の指しゃぶって、すごい気持ちよさそう」

無意識に紘人さんの指を舐め始めてしまっていたことを指摘され、羞恥に身体が震える。指から舌を離そうとしても、どこまでも指で追いかけられて、はしたなく口の端から涎を垂らしてしまった。

「答えて。指でべろをぐちゃぐちゃにされながら乳首摩《さす》られて気持ちいい？」

「ぁあっ、うぁ、ぅ、ぁ、きもち、い」

「気持ちよくしてるのは誰？」

「ぁああっ、んぁっ、ん、ぁ、ひ、ろとさん……」

「これだけじゃ足りないよね。かりかりしていい？」

舌の自由を奪われて上手に呼吸ができない。酸欠の頭の中は快感と紘人さんの言葉でいっぱいで、彼に問われるままに答えが零れていく。焦らされて我慢のできなくなっている乳首に早く強い刺激が欲しくて、夢中でこくこくと何度も頷いた。

「あ、あ、ぁああっ！」

「両方の乳首後ろからかりかりされるのも気持ちいいねぇ。こんなに大きくなっちゃってるから、爪で弾くたびにピンって元の場所に戻ろうとして、由奈は乳首まで健気だね。可愛い」

「ふぁっ……ぁああっ！」

「腰、がくがくしてる。立っていられないなら寄りかかっていいのに。はい、かりかり、かりかり……気持ちいいね、もっと声出して甘えていいんだよ……」

いつまでも終わらない指の動きに、自分で太ももを擦り合わせてしまう。紘人さんはそれを咎めるように私の脚の間に自分の脚を入れて、自分が与える乳首への刺激だけに私が集中するように仕向けてきた。

「ぁ、あっ……んんっ、ら、めぇっ」

「何がダメなの……ああ、くるくるとかりかりだと上手にイけないから、もっと強い刺激がほしいってこと？　自分で脚を擦り合わせちゃうくらい気持ちよくなりたいんだもんね。いいよ。由奈が上手におねだりできたらイかせてあげる」

羞恥に涙が零れた。それなのに私の身体は浅ましく快感を求めて、紘人さんの手を掴んで自分の胸に強く押し付けてしまう。

「由奈がこんなに蕩けてるの、誰のせい？」

「紘人さん……」

「じゃあ、言えるよね？」

ぽわぽわする頭ではまともな思考なんてできないのに、彼が求めている言葉が浮かんできては、口にする恥ずかしさを確認する間もなく口から言葉になって溢れていった。

「…くるくるとかりかりで焦らされた乳首……思いっきりぎゅってして、イかせてください……！」

「……よくできました。っはぁ、可愛い……」

紘人さんの生暖かい吐息が耳を掠めて身震いすると同時に、堅くしこった乳首を強く摘まれて引っ張られる。

「あ、ああっ、イっ、くぅ！」

今までとは桁違いの快感に背を仰け反《の》らせて達した私を支えながら、紘人さんは敏感な乳首の側面を執拗に撫でまわしてくる。

「っふ、っふ――――ッ！」

「あんなに初心だったのに、乳首でイけるようになっちゃったね。イかせてっておねだりも上手だったよ。ほら、こっち見て？　由奈のイきたての蕩けちゃった顔見せて」

虚ろな表情を隠す余力もなく、紘人さんに身体の向きを変えられて視線がぶつかる。これが始まったときの低くて少し怖い声はどこかに行って、私のことをどろどろに蕩けさせてしまう悪い人の声色をしていた。

「由奈のこのお顔を見たことがあるのは俺だけ？」

こんなに気持ちよくなったのは紘人さんが初めてだって何度も伝えたのに、当たり前のことを聞かないでほしい。力なく頷くと、彼は満足そうに微笑んだ。

「ベッド、行こう」

力の入らない身体を懸命に動かして靴を脱ぐ。紘人さんに腕を引かれるままに寝室に連れられ、乱れきった服を全て脱がされた。下着一枚の姿で小さく丸まっていると、まだスーツを脱いでいない紘人さんが私の目を覗き込む。

「立山が、由奈のこと狙ってるって俺に言ってきたんだよ。抱きしめたいとか……さ。俺よりもずっと由奈のことわかってる感を出されて頭に血が上った。アプローチしても気づかないって言ってた。俺、今日は我慢できないし、するつもりもない。もっと、めちゃくちゃにして、抱き潰して、まだ誰も見たことのない由奈が見たい」

理性がなくなるほどの嫉妬にぎらついた瞳を見てお腹が苦しくなる。私のいない間に立山くんと何かを話したことがわかる。会話の詳細は語られず、彼の想い人が私だなんて今でも信じられないが、紘人さんを疑う余地はない。私が鈍感なばかりに不安にさせたことがただただ申し訳なく、気が済むまで紘人さんの感情の全部をぶつけてほしい。

「紘人さん……紘人さんの、好きにしてください」

「……言ったね」

ぬるりとした舌に唇をつつかれ、彼の舌が口に捻じ込まれる。舌が熱く、唾液がどこか甘く感じる。跳ねて奥へ引っ込んでしまいそうになる舌はどこまでも追いかけられて絡めとられ、貪るように舐められ吸われた。舌が擦れ合う気持ちよさに、嬌声と合わせて口の隙間からくちゅりくちゅりという水音がする。

「ぁんっ、ぁ、んぅっ」

紘人さんの両手で耳を塞がれて、厭らしい水音が頭の中に木霊《こだま》した。息苦しいほどの深いキスの快感に溺れてしまいそう。腰が重く、下着が湿っていくのを止められない。

「下着、汚れちゃってる。こんなになるまで濡らして、えっちだね」

「っふっ、ぅ」

彼の指先が濡れた下着の上からぷっくりと腫れた肉芽を掠めた。充血して膨れているのに、刺激を与えられるまで少し柔らかいままでいたそこは、数度撫でられただけであっという間に硬くなり、下着越しにもその場所や形がわかるほどの存在感を示してしまう。

「あ、ぁ、ふっ、ぅ……」

ぴりぴりと痺れるような快感に背中が跳ねて、奥から蜜が溢れ出す。彼の背中に爪を立てても彼は何も言わず、繰り返しそこをゆっくりと上下に撫でていた。とろ火で甘く煮詰められるような優しい快感に徐々に追い詰められていくが、決定打は与えられずもどかしさに腰を捩る。

「ちょっと触っただけで大きくなっちゃったね。これで満足できる由奈じゃないよね。直接がいい？　どう触られたい？　ああ、耳まで真っ赤。可愛い」

「――――っ、直接が、いいです……」

「どう触られたいのかは言えないの？　全部されたくて、ひとつを選ぶなんてできないってことか」

下着を脱がされて、太ももを大きな手で撫でまわされる。脚の付け根の際どいところとお尻のほうを行ったり来たりしながら、徐々に秘裂に指が掠っていく。

「ああっ、ぁあっ！」

お尻まで伝う愛液を掬った指の腹が、秘裂を蜜口から肉芽まで一気に撫でた。とろとろの蜜をまぶされて、ぐにゅりぐにゅりと擦られるたびにクリが悲鳴を上げる。背筋を駆け抜ける快感に頭が追いつかない。ただただ声を上げて彼にしがみついた。

「乳首と一緒だよね。くるくる優しく撫でられて、そのあと先っぽをかりかりされて、最後にぎゅって摘まれたり強く扱《しご》かれたりするのが好きでしょ？　ごめんね、全部好きなのに、どうされたいかなんて言えないか」

「ひ、ぁっ、待ってッ……！」

たくさん焦らされたからか、先に乳首で絶頂してしまったせいか、今日の快感は苦しいくらいに強い。イっているときくらいの「気持ちいい」が休む間もなく与えられるのにイくことはできなくてシーツをぎゅっと握りしめる。

「くるくる気持ちいいね。いっぱい気持ちよくなれてえらいよ。こんなに大きくなっても皮が剥けてこないの、恥ずかしがり屋の由奈みたいで可愛い。もっともっと気持ちよくなろうね。由奈はここ、横を撫でられたり擦られたりするのも好きでしょ？」

「……ッ、や、だめっ！　ぁあああッ――――！」

秘肉と肉芽の間を彼の硬い指が上下する。規則正しい一定の速度ですりすりと刺激を与えられると、クリの皮が擦れて頭がバチバチしてしまうほど気持ちいい。

「ここと全体をくるくるするのを一緒にやったらもっと気持ちいいんじゃない？」

「待ってッ、待ってっ……！　とめてぇっ」

「待たない。逃げないで？　まだまだ止めるつもりないよ。もっともっと気持ちよくなって、俺以外の男と話す気すら失せちゃえばいいんだよ。ああ、可愛いなぁ、逃げようとするからいっぱい擦れちゃうね。気持ちいいね。いつでもイっていいよ」

「ぁ、イくっ、あ、あああっ――――！」

二本の指でクリの横と頭を撫でられ、瞬きする間にイかされてしまった。そこがじんじんと熱く、背中にはびっしょりと汗を掻いている。腰が浮いたままがくがくと震えるのに、紘人さんの指はまだクリに添えられていた。

「とろとろすぎて上手に撫でられないね。すぐ指が滑っちゃう。まだまだイっちゃえ」

「ぁあんんッ、んんぅうっ――――！」

イったばかりでぱんぱんに膨らんでいる肉芽を強めに押し潰される。その圧に負けてぷるんと指の下から逸れてしまったそれを紘人さんはしつこく追いかけて、にゅるにゅると何度も押し潰す。

「ひぁっ、だめ、だめなのっ……！」

「ぐりぐりされても気持ちいいね。ここ、ひくひくして早くナカに欲しいって言ってるみたいでいじらしいね。あとでいっぱいしてあげる」

「そこっ、っ、だめ、すぐイっちゃ！」

「何もダメじゃないよ。強く潰されると深く気持ちよくなっちゃうんだよね……イっていいよ」

「……ッ、や、だめっ！　今は、イったばっかぁ、だめ――！」

一切の容赦なく強い力で押し潰され、何度も何度もイかされてしまう。紘人さんが言うように、ナカがひくついて早く繋がりたいと身体が悲鳴を上げている。それでも紘人さんは私の肉芽から指を退けようとはせず、とんとんと優しくそこをつついていた。

「ああっ！　ぁ、イくっ、ぅ、ぅん……！　ぁ、きもち、いいっ……！」

そのまま彼の指がクリの皮をくにゅ、とつまんで持ち上げた。剥き出しになった神経の塊を捏ねくりまわされて絶頂の高みから全く降りられない。

「イっ、たのに……ぁああっ、また、あああああっ――！」

「何回でもイっちゃおうね。イくの我慢しちゃだめ。イっちゃえ。イくとこ見せて」

生理的な涙が止まらなくて、ぶんぶんと頭を振り乱して抵抗しても、イッてもイっても、許してもらえない。二本の指の間に挟まれて皮を扱《しご》くようにしながら、頭を出した先端をぬるぬるの指で優しく撫でられて、あまりの刺激にすぐに達してしまった。

「あっ、これ、も、無理ぃ……！　んううっ……イくぅ……！」

力の入らない震える手で彼の腕を掴む。紘人さんはとぼけたような表情を浮かべ、「わかった」と言って、そこに舌を伸ばした。

「ふぁ、ああっ……ぁ、あ、ああっ、っぁあああっ……！」

紘人さんのぬめる舌が私の敏感なクリトリスを捉えて、れろれろと舐め回した。何度もイって何をされても過ぎた刺激になるのに、舌先でちろちろと頂を小刻みに揺するように舐めたり、ざらざらした舌全体で秘裂を上から下まで擦ったり、頭がおかしくなるくらい気持ちいい。

「ん、じゅる……っふ、んぅ……」

「ぁあああっ！　ぁあッ、ぅああッ、きもち……イッ――――ぁあああッ！」

カリ、と前歯をクリに立てられて身体全体を震わせながら達する。痛いくらいの刺激のすぐ近くで、秘裂もぢゅうっと吸いあげられた。堪《たま》らない快感に頭の奥がちかちかと明滅して、ベッドの上のほうに逃げようとするが、逃げられないようにと腕がお尻に回され、しっかりと腰を押さえつけられてしまう。

「イぁあっ、ひぁあああッ！　ぅあ、やぁ……！っ、イくぅ――――――！」

身悶えて息も絶え絶えの私に手加減することなく、紘人さんは舌先で肉芽をこりこりと転がす。指で触られたときと同じように、皮の上からじゅるじゅるとはしたない音を響かせながら、クリのまわりを延々と円を描くように舐められる。

「由奈、可愛い……何回もイって、ここ真っ赤になっちゃってる」

ここ、と言いながら薄い唇の先ではむはむとクリトリスを挟まれた。吐息が大事なところにかかって、大袈裟だと笑われてしまうくらいに身体が跳ねる。

「ぁあああっ、ぁ、ぅう……ああぁっ!!　ごめ、んなさい……ッ！」

「ははっ、ごめんなさいって、由奈は悪くないのに、謝っちゃうの？　愛おしいなぁ」

はくはくと物欲しげにしていた蜜壺に紘人さんの骨ばった指が挿れられた。絶頂にひくつく膣の浅いところをぐちゅぐちゅと掻きまわすのと肉芽を舌で捏ねるのを同時にするのはずるい。

「ッ――――！」

「ナカも気持ちいいね。声出ない？　由奈のここ、きゅうって俺の指締め付けてくる。そんなに欲しかった？　ねえ、こっち見て。由奈のこと気持ちよくしてるの、誰？　ちゃんと俺のこと見てて」

我慢することも、声を上げることもできずにイく私を紘人さんが満足そうに眺めている顔が見えた。ちゅぷちゅぷとクリに吸い付かれ、ナカに入った指は軽く曲げられて愛液を掻き出すように肉壁を擦っている。指で届く一番奥の気持ちいいところをざりざり撫でられて、腰がふわりと宙に浮いたんじゃないかと思うくらいに快感が走った。

「わ、私を、見て……？　ひろとさんに、だめだめにされてるとこ、見てて……」

紘人さんが驚いたように目を見開く。紘人さんが私に執着するのと同じくらい、私だって紘人さんに依存しかけている。紘人さんのいない生活なんてもう考えられないのに、後輩と話している間だってずっと紘人さんのことを考えているのに。どんなアプローチをされても靡かない。嫉妬なんてしなくていいのと伝えたくて、蕩け切った表情もぐちゃぐちゃになった肢体も、全部全部彼に曝け出したくなってしまった。

「ぁあ……ッ！　っ、ひろと、さんッ、っ！」

「もっと……！　もっとダメになって。俺がいないとダメになれ……！」

彼はいきなり私の首元にかぷりと噛み付いてきた。そのまま耳朶を舐められて、熱い吐息に悶える。すぐにそのままぬるりと舌が鎖骨を這って、首筋を擽《くすぐ》った。食べられちゃいそうな感覚と快感に身体が反応して、中がきゅうっと締まり、彼の指を締め付けてその指の形を鮮明に感じ取ってしまう。

「ぁああっ、っ、っは、ぁ、ああっ！」

「ダメだ……挿れたい……」

奥まで差し込まれた彼の指の腹が肉壁をとんとんと叩く。紘人さんのモノが入ったときに、いつもぐりぐり押し付けられて気持ちよくなってしまうところだ。私も早く繋がりたくて、紘人さんの二の腕を摩《さす》ってアピールした。

「やば、可愛い……由奈も欲しいってこと？　……じゃあ、欲しいって、言える？」

こくんと頷く。汗で前髪がぐちゃぐちゃに額に貼りついてしまっていたのを紘人さんが整えてくれた。彼の瞳はさっき以上にぎらついていて、私の身体は彼が欲しくて堪《たま》らない。理性なんてとうに蕩けてしまった私は、ただ紘人さんに喜んでほしい一心で、普段なら絶対に言えないことを口にする。

「紘人さんの……早くナカにください……二人でいっぱい気持ちよくなって、一緒にダメになっちゃお……？」

「……ッ、どこで習ってきたの、そんな誘い方……！」

紘人さんの先端が宛がわれると、濡れて膨らんだ秘裂が勝手に彼のソレに纏わりつき始めた。彼が体勢を前に傾け、少しずつナカが彼で満たされていく感覚に背筋が震える。涙が零れ、視界が少しぼやけるが、眉間に皺を寄せて私の中に入ってくる紘人さんのお顔を眺めていた。

「んぅっ、んんっ、ぁん、んっ、ぅうんッ」

「ッ、そんなに絡みつかせて、これが好き、ッ？」

「つふぁ、ああッ、ぁん、ん、ひろとさんが、好き……ッ！」

彼が大きく腰を打ち付ける。柔らかく解れた膣内の全部の襞《ひだ》が紘人さんに擦られて、彼の律動に合わせて全体がひくひくと痙攣し、彼に甘えるように纏わりついた。締まったところをこじ開けるように力強く腰を振られ、抜かれるのも差し込まれるのも気持ちがよくて、何かにしがみつきたくて必死に手をベッドに這わせる。

「んぁああっ、ぁああっ、待っ、あぁ、ッ！」

「由奈のナカ、気持ちいい……俺だけの、俺の、由奈……！」

亀頭をごりごりと押し付けるような腰の動きにはくはくと一番奥が反応し、彼のモノが奥に来るようにと中がうねる。ぶわっと広がったカリ首が襞《ひだ》を掻き分けて出ていくのも、最奥を押し潰されるようにソレをつきたてられるのも、気持ちよすぎて涙が止まらない。

「ぇ、あ、ぁああっ、ぁあ、っ、ぁ！」

「ここも一緒に触るね。由奈が気持ちよくなること全部したい」

絶頂する癖がついてしまったクリトリスを指先で捏ねまわされる。ぎゅうっとナカが急激に締まって、紘人さんが苦しそうな表情を浮かべた。締まったナカをごりごりと抉るように腰を押し付けられて、背中がぐいっと反る。

「あ、ああっ、イっ、くぅ、イっちゃ、ぁあああっ！」

「いいよ、イって……」

それ以上奥には入れないのに、恥骨をごりごりと擦り合わせるくらい深くまで激しく腰を振られた。ぱんぱんと肉がぶつかり合う音が絶え間なく耳に入ってくる。ぐるっと先端を最奥に押し付けたまま腰を回され、過ぎた快感に目がチカチカして、目の前にいる紘人さんの二の腕に爪を立てた。

「目、開けて……、ねえっ、っは、こっち、見て、由奈」

「あ、ぁ、ひろと、さん、ひろとさんっ、見て……！」

彼の下で喘ぎながら、彼の腰の動きに合わせて腰が動くようになってしまった。腰を両手ががっしりと掴まれていても、彼の律動に合わせて腰がかくかくと動いてしまう。自分で気持ちいいところに当てにいってしまって、中をきゅうきゅうと締め付けながらイきそうな快感に耐える。

「由奈、イきそう、でしょ……、我慢しないで、イって……？」

「ひ、ぁああっ！　あ、あぁああっ！」

私が果てる瞬間まで私の膣内を抉るように深く強く穿《うが》ち、絶頂してからは震えてうねる襞《ひだ》を堪能するように最奥に沈めたまま私の腰を掴んで小さくゆらゆらと揺すっていた。私にはその揺れさえ気持ちよくて、イったまま帰ってこられずに紘人さんの手をぎゅっと握る。

「今度、上に乗ってよ……」

紘人さんに腕を引かれ、いまだ震えている身体を懸命に起こす。寝転がる紘人さんに跨って、そろそろと腰を動かした。紘人さんに促されて何度かしたことがあるだけで、どう動いたら彼が気持ちよくなれるのかまだわからない。

「つふ、ぅ、……んっ、んっ、っふ、ぁ、ぅ……」

「そんなに締めなくたって俺は逃げないよ。上下に動いてごらん」

紘人さんに手を握ってもらい、少し身体を浮かせる。ぬぅーっと紘人さんが抜けていく感覚に腰が震えて膝が笑う。力が抜けてへたり込んでしまった瞬間、彼のものが奥にずぷん！　とハマってしまって、がくがくと全身を震わせた私を見て、紘人さんがくつくつと笑っていた。

「頑張れ、頑張れ」

「っひ、ひど、い……」

「たまには俺も由奈に気持ちよくしてもらいたいなぁ。由奈が頑張って俺の上で腰振ってるとこ、見たいし」

恥ずかしくて死んでしまいそう。それでも、紘人さんに悦んでほしい気持ちが勝って、もう一度重い腰を上げる。自分の身体なのにどう動いたらどこに当たるのかわからず、意味のわからないまま気持ちよくなっては腰が砕けて座り込みそうになった。

「あっ、ぁああ、っ、イっ、ぁああっ！」

「そう……ッ、そこが、由奈の好きなところだよ……！　上手、もっと速く動かしてごらん」

そんなことを言われても、どう動いたらそこに当たるのかわからないし、気持ちよくなっては動き続けられない。体重のせいで正常位よりも奥まできてしまうのに、無茶ぶりをする紘人さんを精一杯睨んでみる。

「その不満そうな顔……可愛い。自分で動くのじゃ刺激が足りない？」

「ぁあああぁッ！　あ、ぁ、ぁああッ」

「ちっちゃくしか腰振れないのも、それでも気持ちよくなって中を締め付けてくるのも堪《たま》らないけど……ちょっと、もどかしい、かな……！」

「あ、ぅぅん！　ぅうううッ！」

紘人さんに腰を掴まれて、上下にゆさゆさと揺らされる。それに合わせて下からどちゅどちゅと激しく突き上げられて、奥をぎゅーっと押し潰される感覚に背中が丸まった。お祈りをするみたいに自分の手を握り合わせて、いつもと違う場所を抉られる気持ちよさに溺れる。

「イきそうでひくひくしてる、ね……ここ、擦られるの好きでしょ？　上下が難しいなら、前後に動いてみる？」

紘人さんに動き方を教わって、イきそびれて熱の籠った身体を前後に揺らす。奥に埋まったまま気持ちいいところにぐいぐいと当たったり、クリが擦れたりして堪《たま》らなく気持ちいい。自分で快感を求めて動いてしまいそうになるのを我慢し、紘人さんが気持ちよくなれそうな動き方を探すが、彼の顔色はちっとも変わらない。

「さっきの、由奈が気持ちいい動きが一番よかったよ」

「え、そう、なの……？」

「うん。由奈が気持ちよくなってるときのナカが一番いいから」

紘人さんに逃げ道を塞がれて、先程の動き方に戻す。前後に腰を揺らしながら、次第に軽く上下にも腰が動くようになった。こうすると少し気持ちよさから逃れられて余裕ができることに気が付く。

「ダメ、逃げないで。さっきみたいに腰ちゃんと落として、奥まで俺の入れて？　由奈が気持ちいいのがいいって言ったでしょ？　前みたいに、自分が気持ちいいように動けばいいんだよ」

前みたいに、と言われて紘人さんの指を使って一人遊びをさせられたのを思い出す。恥ずかしさに顔を背ける。

「あ、ぁあ、あ、ぁ、んぅ、あっ」

「あのときの由奈も可愛かったなぁ。クリに俺の指擦りつけて、一生懸命気持ちよくなろうとしてたの……あれと、同じだよ。あ、思い出して感じてる？　中がきゅんってしたよ。こっち見て。恥ずかしがってる顔、他の誰でもなくて俺に見せるべきでしょ？」

紘人さんの言葉は媚薬のように私の頭をどろどろに溶かして、彼に言われるがままに首の向きを戻してしまう。ぎらぎらした捕食者の目をした彼と目が合って、またナカが反応してしまった。

「動いて、由奈」

腰に手が添えられ、上下に動いて逃げることはできなくなった。紘人さんのお腹に手をついて、くちくちと小さな水音を立てながら前後に身体を動かす。快感のコントロールができるのだから、どうにかしてイかずに済む動き方をするべきなのに、気が付くと気持ちよさを追いかけてぐりぐりと腰を擦りつけてしまっていた。

「んっ、んぅ、んっ、っふぅ」

「はぁっ……可愛い、俺のを使って気持ちよくなってる由奈、可愛い……そこも気持ちいいところなんだね、あとでいっぱい突いてあげる……そのまま、続けて……」

「ん、ふぁああっ、ぁんっ！　だめ、っ、だめぇ、っ！」

腰を掴む手の力が強まって、そのまま前後に大きく動かされた。自分の動きが生ぬるかったと思い知らされるような激しい動きに、一瞬で達してしまう寸前の高いところまで押し上げられる。

「そう、っふ、自分でもちゃんと動き続けて……！　っは、あ、イきそ……！　搾り取られる……！」

「ッ！　ぁ、まっ、やだぁ、イくぅ――！」

中の彼のモノをぎゅうぎゅうに締め付けて達した。力が抜けて、弱点である最奥に食い込むそれから逃れることもできず、イった余韻でひくついているナカが彼のものを撫でまわすたびにまた気持ちよくなって、快感の渦に捕らわれたままどうにもできない。

「上手に動けたね……ありがとう。誰も見たことのない由奈の一面が見られて幸せ」

ごろんとベッドに転がされて、ずるんと彼が引き抜かれる。一度一緒に達したはずなのに、全然萎えていないソレにスキンを付け直していた。

「後ろ、向いて……」

涙でぐちゃぐちゃになった顔を近くにあったタオルで拭いてくれる。四つん這いにさせられるが、腕に力が入らなくて猫が伸びをするように下半身だけを上げたポーズになってしまう。

「もう、そのままでいいよ」

紘人さんが後ろから勢いよく入ってくる。反り返った雄が擦れる部分がさっきまでと全然違う。背中側の気持ちいいところを張り出したエラで、お腹側のいいところをかちかちの裏筋でそれぞれ刺激される。

「あぁ、ぁあっ、ぁあっ！」

「こっちからするのも気持ちいいね……っはあ、背中、びくびくして可愛い……」

行き止まりであるはずの最奥をこれでもかと押し潰され、背中が思い切り仰《の》け反って、とうとうお尻もぺたんとベッドに落ちてしまった。少しも身体を持ち上げることができない私に、紘人さんが自身をぐりぐりと奥まで捻じ込んでくる。

「ぁ、またきちゃ、ぁあああッ！」

たんたん、と一定のリズムで奥に雄を叩きつけながら、身体全体を揺さぶられる。身を捩る体力は残っておらず、枕に顔を埋《うず》めてただ「ああ」と声が漏れていく。すぐにイく癖がついてしまって、ちょっとイイところを掠められるだけで身体が大きく跳ねて、そのたびに紘人さんが私の身体を押さえつけた。

「由奈、そんなに締めないで……すぐイっちゃいそ……」

「ッ、ひろと、さん、好き……！　かっこ、いい、です……ぅ、ぁ、イく、イくぅ……！」

「っふ、おれも、好き……！　大好き、愛してる……！」

大好きと言われて頭がぽわぽわする。私を後ろから押し潰す紘人さんが一層体重をかけてきて、私の中にソレを押し込んでくる。もう十分すぎるほど律動が激しかったのに、今までよりずっと速く重いストロークに半泣きで喘ぐことしかできない。

「ひ、ぁああッ！　ああっぁあ、ぁあああッ、んぁあッ！」

思い切りナカが締まって、脚がピンと先まで伸びきって、つま先だけがくるんと丸まる。脚もお腹もぷるぷると痙攣して、今までで一番深い絶頂に息が詰まる。はくはくと情けなく口を開けて、少しずつ酸素を取り入れる。

「由奈、嫉妬して、酷くして、ごめん……」

まだ私の中に入ったままの紘人さんが申し訳なさそうに呟いた。背中に彼の熱い体温と汗を感じる。

「いいんです。嫉妬するほど好きでいてくれるの、嬉しいから……私こそ、紘人さんに嫉妬させてしまうようなことして、ごめんなさい」

「……あいつに可愛いって言われて、照れたの？」

「……だって、そんなこと言われるって思ってなくて……社交辞令でも驚いちゃって……」

「誰が見ても可愛いよ。だから、可愛いって言われてもお礼だけ言って照れないようにして……由奈の照れたお顔を他の男が見るの、許せないの」

紘人さんが私の上から離れていって、片づけをしていた。シーツがこのまま寝るのが憚《はばか》られるほど二人の汗でびちゃびちゃだ。

替えのシーツを持ってきた彼は、まだ震えて動くことのできない私に額も頬も鼻もぶつかるくらい顔を近づけた。

「他の男と二人でご飯行くの、禁止って言ったら、重い？」

「ううん、全然重くない」

最後、後ろからしている間に見逃していたお互いの顔を目に焼き付けるように見つめ合う。

「由奈のことは全部独り占めしたいの。本当に器が狭くてごめんね。由奈にもっと自分に自信を持ってって言うくせに、きっと俺のほうこそ自分に自信がないんだと思う。束縛きついかな」

「そんなことないです。私だって紘人さんのこと独り占めしたいし、他の女の子の後輩と仲よさそうにご飯食べてたら、泣いちゃうかも……」

「そっか、じゃあ、いいのかな」

「私たちがいいなら、いいんじゃないですか？　世間的に見たら、とかどうでもいいです」

私の発言を受けて、紘人さんが私の腰をするりと一撫でした。先程までの余韻でぴくんと反応してしまい、彼は「ごめん」と笑う。

「嬉しい。大好き……」

たまに、紘人さんが不安でいっぱいになってしまう瞬間がある。多分、今回もそれだったのだろう。

この間私がしてもらったように、いつの日か、彼が心から私に愛されていると安心できる日が来るといい。

いや、来るように、たくさん愛を伝えて努力しなくては。

「お風呂、入ろうか。ご飯は何か出前でいい？」

へにゃへにゃといつも通りの優しい笑顔に戻った紘人さんに笑顔で頷いた。

第七章　展望台で、終わりと始まり

初デートから三ヶ月くらいが経っただろうか。

季節は秋の終わり、すっかり肌寒くなり、芥子《からし》色のセーターは大活躍している。お外に出かけるデートは何度か繰り返したが、旅行はまだ実現していない。二人とも、仕事がそれなりに忙しかったからだ。

何度かデートを重ね、お互いの家に泊まり合っていると、どうしても彼との結婚生活を想像してしまう。まだ付き合い始めたばかりなのは十分にわかっているつもりだが、この居心地のよさや幸せを手放さずに済む方法が結婚ならば、そうなりたいと望んでいたし、紘人さんも同じことを考えている気がする。

「由奈、展望台とか夜景とか興味ある？　ベタだけど、今までそういうところに行ったことなかったなって」

「確かに、もう夜景が綺麗な時期ですよね。行きたいです。本当に一年、あっという間……」

「ね。毎年年末が近づくと、今年も仕事していたら一年終わったなぁって寂しくなるけど、今年は由奈がいてくれて、充実した一年だったたって思えるよ」

とある金曜の晩、紘人さんの部屋でご飯を食べながら週末の予定を相談している中で、今までに一度も案に出てこなかった展望台が出てきた。デートスポットとしてはド定番で、ロマンティックな雰囲気に誰だって一度は憧れたことがあるだろう。

わくわくした気持ちを抱えてベッドに入り、少しでも温まろうと紘人さんにくっついた。紘人さんの体温は高く、朝晩の冷え込みには彼との接触が欠かせない。

展望台に行く前に、初デートのときに行ったカフェでブランチをとることにした。季節限定のメニューか、前回のマフィンかでまた悩む私を見て、紘人さんはあのときと同じように微笑んでいた。

「相変わらずおいしそうに食べるね」

「とてもおいしいです」

今回も、当然のように一口ずつ交換をして、おいしいねと言い合う。同じものを食べて同じように幸せな気持ちになれることの喜びとおいしい以外の語彙が増えなくても好きだよと言ってもらえる幸せは、何度繰り返しても褪せることはなかった。

そのまま買いそびれていた冬のコートを買いに行くことになり、例のセーターを買ったお店に向かった。紘人さんはネットで事前によさげなものを探していたらしく、あっという間に買い物は終わる。

「懐かしいね。前は手を繋ぐタイミングにも迷ってたなぁ、俺」

「私も。今はずーっと繋いでますもんね」

初デートをなぞるようなデートに、二人に初々しい気持ちがぶり返す。あのときはまだ手を繋いだときの距離感にもぎこちなさがあったが、今では手を繋ぎながら一定の間隔を保ち、ちょうどいい歩幅で歩くことにも慣れている。

楽しかったデートも終わりが近づき、日が沈む三十分ほど前に展望台に到着した。そこには当然ながらカップルが多く、どこもかしこも幸せそうなオーラで溢れていた。

時折、初めてのデートと思わしき学生のカップルがいて、ぎこちなく手を繋いでいる様子が微笑ましい。笑顔で今にも走りだしそうな小さなお子さんと一緒の家族連れも多い。彼らから離れたところで、「可愛かった」と笑い合った。他人の幸せに目を向けられる紘人さんのことがますます好きになる。

普段自分たちが生活している街を上から見るのは面白い。会社のオフィスを見つけ、「燃えればいいのに。でも職は失いたくないなぁ」と呟いた紘人さんに噴き出してしまう。仕事のことは忘れましょう？　と彼の手を握った。

「これでも、由奈と付き合うようになってから、仕事が減った気がする」

「それは私もです。私からすると、紘人さんが仕事をサポートしてくれる場面が増えたこともですし、人を頼れるようになったこともですし、紘人さんのおかげです」

「よかった。課長さ、多分俺たちを組ませると仕事が早く終わるって気づいたんだろうね。付き合ってることばれたら気まずいなぁ。今更だけど」

気を抜くとすぐに仕事の話をしてしまう癖は、今も抜けていなかった。仕事の愚痴を言いつつも、なんだかんだで二人ともワーカーホリックなのだろう。紘人さんと手を繋いだまま、眺めのよさそうな場所をキープする。

会社の人にはまだ付き合っていることを伝えていない。立山くんはしばらくの間は私に好意を見せてきていたが、業務以外での関わりをやんわりと断り続けていたところ徐々におとなしくなっていった。紘人さんが私に見えないところで牽制し続けているのだと思う。知らないところで守られていると思うとなんだか心がこそばゆい。

段々と日が沈み、街が静かになっていく。夜と夕暮れの境目である赤紫の空が少しずつ紫を深めていった。

「あれ、紘人？」
「知り合い？」
「うん、元彼」

後ろから、聞いたことのない女性の声と、その連れ合いと思われる男性の声が聞こえた。私の紘人さんのことかと思い、思わず振り返る。繋いでいた彼の手に、一瞬で力が籠められた。

「あ、やっぱり紘人だー。それ、新しい彼女？」
「…………」
「……紘人、さん？」

わずかに紘人さんの顔色が強張り、女性を見て固まっていて、例の婚約中に浮気をした彼女だと確信する。紘人さんが事件のことを苦しそうに話していたことを思い出し、紘人さんの手を引いて私のことを見てもらう。私に意識を向けた彼は、ほんの少し私に微笑んで、動揺なんてなかったかのように会社でお客様に見せる用の笑顔になった。

「久しぶり。元気そうでよかったよ」

「ねえ、紘人の彼女さん？　紘人さぁ、重くない？　一緒にいて疲れるなら早めに別れたほうがいいよぉ。すぐ結婚とか言ってくるし。それともまだ言われてない？　もしかして遊び相手？」

紘人さんの呼びかけを無視し、私に話しかけてくる。今までに紘人さんから聞いていた話と、点と点が繋がってどんどん太い線になった。この女が、紘人さんを傷つけて、苦しめていたのかと、お腹の底から怒りが湧き上がってくる。

「おいおい、もしかしてこいつか？　重くて、別れたって言ってたの」

「そうそう。羽振りがよさそうだったからしばらく付き合うだけで、結婚する気なんてなかったのにさぁ、本気になられて、困ったんだから。欲しいものをなんでも買ってくれてたころはよかったけど、結婚の話が出てからは貯金もしようとか言ってあんまり買ってくれなかったし」

思い思いの話をして楽しそうに過ごすカップルでざわつく展望台の一角で、ここだけ空気が凍り付いたようだった。

「いい暮らしができるなら結婚してもいいかなってちょっとは思ったけど、一回浮気したのを見つけただけで婚約破棄だって言われて、本当に真面目でつまんない男だよね。度量が狭いっていうの？　私がお金目当てで紘人と付き合ってたことに全然気づかないのもウケてたし。払わずに済んだけど、慰謝料とかマジでだるかったぁ」

「……由奈、嫌な話聞かせてごめんね。場所、変えようか」

紘人さんが私の手を引こうとするが、私は動かなかった。心臓が飛び出してしまいそうなくらい緊張していても、紘人さんを傷つけられたままで終わらせたくなかった。

「……紘人さんと、前にお付き合いされていたようですが、私にとっては、紘人さんは重くないですし、今日も楽しくデートしているところなので、邪魔しないでもらえます？　わざわざこんなに人の多いところで、紘人さんに昔のこと思い出させるの、やめてください」

「由奈、いいよ。もう終わったことだから」

大事な紘人さんを傷つけられるのが許せなかった。足も手も震えているのに、言葉が止まらない。彼の元カノを睨みつけた。紘人さんは繋いでいた私の手をより一層強く握る。

「あなたが紘人さんを裏切って、傷つけて……やっと今幸せな気持ちでいられるのに、どうしてわざわざ邪魔をするんですか？　私の、私の大事な紘人さんに二度と関わらないで。私もあなたの顔なんて、二度と見たくない」

「邪魔なんかしてないし。全部事実でしょ？　つまんない男に結婚迫られて、ちょっと息抜きに遊んでいただけで浮気だって騒がれて、親まで出てきて謝罪させられて、最悪だったのはこっちなんだから。重すぎて嫌気がさす前に別れたほうがいいってわざわざ忠告してあげてるのに、上から目線でうざい」

呆れるほどに自分勝手な言い分に腸《はらわた》が煮えくり返る。

「忠告なんていりません。浮気して、紘人さんの心をぐちゃぐちゃにして……それを悪いとも思っていないってこと、今の言葉だけでよくわかりました。そんな人に、紘人さんの時間を一秒だって使ってほしくない。紘人さん、引き留めてごめんなさい。もういいです。夜景は今度見ましょう？」

何を言っても無駄だと気づいた。このままこのやり取りを続けるほうが彼の負担になるかと思い、さっき彼が私にしたように、今度は私が紘人さんの手を引いた。しかし、彼はその場から動こうとしなかった。

「彼女の、言う通りだよ。結婚するのが嫌で浮気して別れた男に声をかける必要もないだろう？人の幸せな気持ちを踏みにじるのが好きなのは今も昔も変わらないんだね。俺の他に、傷つけられる人がいないことを祈るよ。本当に、もう二度と話しかけないでくれ」

繋がれた手はわずかに震えていて、悲しかったことを思い出しているのがわかる。それでも、紘人さんは言葉を選びながら、強い口調できっぱりと言い切った。

「あたしが悪者みたいじゃん。浮気くらいよくない？　一回遊んでただけじゃん。真面目ぶってバカみたい。紘人のことなんて、好きでもなんでもなかったのに。お金以外にいいところないくせに、お金も出してくれなくなるようなら結婚する価値なんてないじゃん。結婚する気もなかったのにプロポーズしてきて……紘人が悪かったことにしてこっちから婚約破棄して慰謝料取ったり指輪売ったりしようと思ってたのに、顔合わせとかどんどん勝手に外堀埋めてきて、親にも怒られて、マジ最悪だったのに」

「最悪なのは、あなたでしょ？　好きでもないのに紘人さんに愛されて、紘人さんのことをお財布扱いして、結婚するつもりがないのに最後まで金づる扱いしてプロポーズを受けるなんて最低……！　紘人さんはあなたのこと大切にしていたのに、あなたは……あなたは、誠意の欠片もなくて、話を聞けば聞くほど許せない。あなたみたいな人と紘人さんが結婚しなくてよかった。紘人さんは私が絶対に幸せにするの」

紘人さんがこちらを向く。驚いたように固まった表情の中で、失くしたと思っていた宝物の石を引き出しの奥で見つけた少年のように瞳が輝きを取り戻す。

「……うざ。全然可愛くないのに、こんなのと付き合って、紘人、女見る目ないね」

「彼女の悪口は止めろ。あなたみたいに人の幸せをめちゃくちゃにする人間とは比べるのも失礼なくらい、素敵な女性だよ……いい加減にしろ」

彼の手はもう震えていなかった。私を庇うように自分の後ろに立たせ、出口へ向かって歩きだそうとする。この場から離れられると思うと安堵して身体から力が抜けてしまいそう。

「うざい。二人とも、まじでうざい。ね、行こ。絡まなきゃよかった」

私たちが動くより先に、元カノが彼氏の手を取って去ろうとする。二人がいなくなってくれるならそれに越したことはないと、二人の手から同時に力が抜けた。けれど、彼氏は元カノの手を振りほどいて拒絶する。驚いてまた固く手を握り合う私たちを前に、彼氏は横に首を振った。

「……いや、さすがにもう別れるわ。今の話、マジなんだろ？　無理だわ。長く付き合って、彼氏が重くて別れたって聞いてたから、まあそんなこともあるよなって思ってたけど……お前、感覚やべぇわ」

「え、行かないでよ。今日このあとバッグ買ってくれるって言ったじゃん！　ディナーも予約してくれたって言ったのに！　ねえ、嘘つき！」

「嘘つきはお前だろ？　プロポーズ受けて、結婚するって言ったのに浮気するとか、ないわ。バッグも売りに行くつもりだったんだろ。お前にこれ以上金使わずに済んで、よかったわ。この人も、俺も、金づる扱いしてたんだろ……はー……ありえねぇ……」

元カノが騒ぎだして、まわりのお客さんたちがどよめきだす。遠くから、トラブルの気配を感じた係員さんが「通してください」と言って近づいてくる足音が聞こえた。

「お客様、どうかされましたか？」

「いえ、大丈夫です。もう帰りますので」

紘人さんが淡々と答える。元カノは顔を真っ赤にして怒りを露わにしていたが、周囲の人の視線やぞろぞろと出てきた警備員さんを見て静かに俯いていた。

「こちらの女性は、お連れ様でしょうか……？」

「今別れたんで、連れじゃないです」

彼氏――彼氏だった人も、ぶっきらぼうに答える。係員さんや警備員は、私たちのトラブルがこれ以上大きくならなそうと判断したのか、踵《きびす》を返して持ち場へと帰っていった。周囲の人たちが日常を取り戻していく中で、元カノは「うっざ」と吐き捨てて、人混みの中に紛れて消えた。彼女が見えなくなると、彼氏だった人が口を開く。

「デート、邪魔してすんません」

「いや、あなたは悪くないと思うんで」

「まあ正直俺も被害者の気分っすわ。お二人には悪いけど、今日別れられてよかったと思って」

「……そう、かもね。ご両親と謝ってくれたから、改心したかもしれないと思っていたけど、全然そうじゃなかったみたいだし。きっと、あの調子だと同じことを繰り返しただろうね」

「……じゃ、俺もこれで」

彼氏だった人も去っていき、私たちはやっと大きく呼吸ができた。どちらからともなく歩きだす。もう夜景を見るどころではなく、人混みを離れ、静かな場所で足を止める。

「由奈、ありがとう、由奈が言いたいことを俺の代わりに全部言ってくれた」

「私はまだまだ言い足りないですけどね」

「はは、由奈は強いなぁ……俺、あのときのこと思い出して、頭真っ白になっちゃった」

「当事者なら仕方ないですよ。むしろ、喧嘩しちゃってごめんなさい」

二人で、手汗が酷いねと笑い合った。少しぎこちない紘人さんの笑みに胸が痛くなる。

「紘人さん、過去のことを忘れましょうなんて、簡単に言えないことはわかってます……あの人に尽くした時間は返ってこないし、忘れられるような記憶でないことは理解しています。でも、これ以上、紘人さんとの幸せな時間を、あの人やあの人の記憶に邪魔されるの、私はすごく嫌です。紘人さんの気持ちが踏みにじられるの、私、我慢できません……」

「うん、大丈夫。もう、スッキリしたから。由奈がね、震えているのにいっぱい言い返してくれたでしょ？　俺のこと、本当に大事に想ってくれていて、俺のために戦ってくれる子なんだなって……それが嬉しくて、今までの辛かったこと、全部どうでもよくなるくらい嬉しかった。由奈と会えてよかった。だから、もういいんだ。喧嘩、怖かったでしょ。ごめんね。守れなくて」

言葉の通り、どこか晴れ晴れとした顔で微笑んだ。もう、どうでもいい。由奈がいてくれるから。繰り返される言葉に、彼の優しい気持ちを守れたのだと、ほっとした。

展望台は仕切り直しましょうと声をかける。紘人さんも同じ気分だったようで、エレベーターで地上階まで一気に降りる。同じように展望台から帰るお客さんでぎゅうぎゅう詰めのエレベーターの中で、こっそりと抱きしめ合った。

「疲れちゃったね。今日はチキンでも買って帰ろうか。ジャンクかな？」

「いいと思います。疲れた日はたんぱく質が大事だって言いますし」

何を話しても、どこか気持ちが落ち着かなくて、帰り道はほとんど無言だった。早く家に帰って抱きしめ合いたかった。当たり障りのない話だけをして、紘人さんの部屋へ戻る。

「あー……疲れた……」

「紘人さん、終電まで残業したときよりしんどそうな顔してますねぇ」

「そりゃ、そうだよ。もう五年分のもやもやというか、しこりが取れたんだよ……ただ、その……取れ方が、ちょっと刺激的で、本当に疲れた……」

ぐったりとした紘人さんが、ラグにごろんと寝転んで、私を手招きした。二人分のアウターをハンガーにかけ、紘人さんの腕の中に飛び込む。彼は私を強く抱きしめて、大きなため息をついた。

「由奈、愛してる。ありがとう。ずっと、嫌な思いをしたことは抱えて生きていくんだと覚悟していたから、こうやって断ち切ってくれる人に出会えて、幸せ者だ」

「断ち切れたんでしょうか……？」

「断ち切れたよ。あのとき一番辛かったのは、一番大事にしていた人が実は俺のことを全然大事に思っていなかったんだっていう事実で……俺が今一番大事に想っている由奈が、俺のことを大事に想ってるって、あの人に向かって言ってくれて、全部報われた気持ち。ありがとう」

私のあちこちに頬ずりしながら、ありがとうを繰り返す。紘人さんの頭を撫でてあげると、気持ちよさそうに目元を緩ませた。

「あのさ、本当は、こんなところで言うつもりなかったんだけど……由奈、俺、由奈と結婚したい」

突然のプロポーズに動きが止まる。驚いて、言葉が出てこない。

目を丸くして硬直する私に、紘人さんが微笑んだ。

「ごめんね、驚かせて。結婚はずっとしたくて、本当は、もう少しあとで……同棲して、毎日一緒に暮らすイメージを付けてから言おうかなって思っていたんだけど、どうしても今日伝えたくなった。俺のこと絶対に幸せにするなんて宣言してくれて、先越されたままでいられないからね。俺、愛されてるなぁって思って、このまま、俺のこと大事にしてくれる由奈のこと、大事にしながら一生過ごしていたいなって、今日言わなきゃダメだって思ったんだ」

紘人さんの目に涙が浮かぶ。それにつられて、私も目の奥がつんとして、はらりと涙が零れた。

紘人さんもずっと私との結婚を想像してくれていたことも、今日の元カノとのやり取りで私の彼への気持ちがしっかり伝わったことも堪《たま》らなく嬉しい。

「泣かないで、由奈。大好きだよ。ずっと一緒にいたい。ずっと、大切にする。由奈が幸せだと俺も幸せで、こうやって想い合える人、由奈しかいないって、思ってる」

「私も、紘人さんと、ずっと一緒がいいです……！　紘人さんのこと、ずっとずっと大事にします。私、紘人さんと一緒に幸せになりたい」

はらはらと涙を流す私を、紘人さんが思い切り抱きしめてくれる。

「よかった。ありがとう。嬉しい……ダメだな、語彙が、死んでる……由奈、愛してるよ」

「わ、わたしも、愛してます……！」

二人とも涙で顔がぐしゃぐしゃのまま、何度もキスを繰り返す。紘人さんが背中を撫でてくれるのが心地よくて、ラグの上で服が乱れるのも気にせずに身体を寄せ合う。気持ちが落ち着くまで、ずっとずっと抱きしめ合っていた。


紘人さんは、展望台での一件以来、ますます私を溺愛するようになったが、その根っこにあった「裏切られたくない」「失いたくない」という不安からくる憑き物が落ちて、ただただ優しい愛で私のことを包んでくれていた。

元カノの話は、お酒を飲みながらぽつぽつと話してくれることもある。その話は必ず「由奈に会えてよかった」で締めくくられて、赤らんだ顔でキスを強請《ねだ》ってくるのだ。

一度、私の元カレの話を聞きたそうに水を向けてきたことがあったが、学生時代に付き合い始め、社会人になってすぐ「由奈の残業が多すぎて、全然会えない。他に好きな人ができた」と言って振られた話をしたら、それ以降何も聞いてくることはなかった。

彼としては、仕事を頑張っている私を振って辛い思いをさせたその男が許せない一方、彼と別れたからこそ今自分と一緒にいるのだと、割り切れない気持ちになったらしい。結局、「由奈の口から他の男の話が出てくるのはあまりいい気分ではない」と気づいたようだった。

それから紘人さんと同棲の話が本格化するまでに、そう時間はかからなかった。二人とも結婚に前向きで、一緒に暮らさない理由がなかったからだ。それに、どちらかの家に週末だけ泊りに行くとなると、日用品を互いの家に置き忘れることもあり、ひやひやしながら会社で受け渡すことも増えていた。

「どっちの駅がいいかなぁ」

「私は紘人さんのおうちの近くのほうがスーパーが充実しているし、通勤時間も短くていいかなって思ってました」

「でも由奈の家のまわりは静かで穏やかだよね。迷うなぁ」

物件サイトに掲載される間取り図を見て、ああでもないこうでもないと言い合う時間に心が躍る。カーテンの色やソファーやテレビ台をどう置くかという話題だけでいつまでも話していられた。

「やばい、にやけそう……」

「ふふ、もうずっとにやけてますよ」

「由奈だって、へらへらしてるじゃん」

物件を決めるまでの過程が楽しすぎて中々話が進展しない。仕事でなら複数案のメリット・デメリットを天秤にかけてすぐにどれを採用するか決められるのに、自分たちのことになるとまるでダメだねと言って笑い合う。

「このギャップが好きなんです」

「ギャップ？」

「来年度には課長になるって内示が出るくらい将来有望で、仕事をバリバリこなす非の打ち所のないエリートなのに、プライベートのことになると私のこと好きすぎてちょっとダメになっちゃうところ」

「もう……しょうがないじゃん。好きなんだから」

開き直った紘人さんが私をラグに押し倒して頭をぐりぐりと撫でまわす。ぼさぼさになった髪はちゃんと整えてくれるアフターサービス付きだ。こうして遠慮なくじゃれつく時間も堪《たま》らなく愛おしい。

「……同棲が遅れると思うと、早く決めなきゃいけない気がしてきた。ぐだぐだ決まらないねって話してるのが楽しすぎて忘れてた……お互い仕事に夢中になりがちだし、マネジメントの勉強もしないといけないし、通勤時間は短いほうがいいか」

パッと飛び起きた紘人さんが真剣な表情でパソコンに向かう。こういうところがまさに「私のこと好きすぎてちょっとダメ」かつ「仕事ができて頼もしいところ」であり、私がついときめいてしまうポイントだ。

候補に上がっていた物件をさらに絞り込み、それぞれのいいところと気になるところを表にしてくれる。仕事のような進め方に笑ってしまいそうになるが、真剣な彼に水を差したくなくて、顔に力を入れて堪《こら》えた。

「こっちは築年数がかなり新しいんだけどちょっと手狭。でもキッチンは広いみたい。こっちは少し古くなるけど広くって、駅から近め。あ、今挙げているところは、全部オートロックだし、由奈がひとりでお留守番しているときでも安心だから」

紘人さんがピックアップした十ほどの物件の間取り図を印刷した紙に、家具の配置案を手で書き足していく。二人の新生活が徐々に現実味を帯びていき、ふとした瞬間に顔を見合わせて緩み切った顔で笑い合う。時折、紘人さんが不意打ちのようにキスをしてきて、そのたびに私の思考が途切れてしまった。

「もう、邪魔しないでください！」

「だって、由奈が可愛い顔で悩んでるから」

悪びれもせずにそう答える紘人さんの脇腹を擽《くすぐ》るが、大して擽《くすぐ》ったくもないようで悔しい。築年数と広さで足切りをして、最後に残った三つの物件を見に行くことに決める。紘人さんは手際よく見学の申し込みをしてくれた。

見学をするとよくも悪くも写真とは違う部分があって、同列だった三つの物件に優劣が付いてくる。

閑静な住宅地という謳《うた》い文句の物件の周辺は想像以上に静かで夜に歩くのが怖そうだし、アクセス良好と宣伝されていた物件は壁が薄くて道路や駅の音がそのまま聞こえてきてしまっていた。不動産屋の話を聞く紘人さんの顔を見ていても、なんとなく私と同じ物件を気に入っているのではないかと思った。

「由奈はどう思った？」

「公園と学校に挟まれているところのがよかったです。紘人さんは？」

「俺も。やっぱりあそこがよかったよね。子どもたちの声が聞こえてくるのも平和だなぁって思えたし、治安もよさそう。間取りも気になるところがなかったし」

同じことを考えていたことが確認できて顔が綻ぶ。不動産屋に契約書一式をもらい、必要な書類と合わせて二週間後に提出し、入居日は一ヶ月後となった。

「同棲前にご両親に挨拶したほうがいいかなと思ってるんだけど、どうかな」

「あ……あんまり気にしないタイプだと思いますが、ちゃんと挨拶したいかな」

「うん、大事なお嬢さんと一緒に住まわせてもらうんだから、してておきます？」

「っふ、ふふ……はーい、連絡しておきますね。物件の契約は先にしちゃっていいですから」

スーパーで晩ご飯の食材をカゴに入れながら真面目な顔で相談される。シチュエーションとの不釣り合いさに笑ってしまうが、彼は何が面白いのかわからないといった表情できょとんとこちらを見ていた。

「紘人さんのご両親は？」

「うちももう放っておかれているというか……婚約破棄の件があってから、好きな人と好きなように生きられたらなんでもいいよって言ってくれてるからなぁ。距離も旅行くらい遠いし。由奈は紹介されたほうが安心する？　それとも義実家との交流は気が重い？」

先に結婚した友人たちからも、いわゆる嫁姑問題が厄介だという愚痴を散々聞かされていたから「義実家」というフレーズに少し身構える。しかし、紘人さんのご家族としても、今度は浮気や婚約破棄をするような人間ではない相手と息子が一緒にいると思ってもらうのがよいのではないかと考えた。

「ご迷惑でなければ、ご挨拶したいです」

「そっか。ありがとう。なんか、そわそわするね。由奈のご両親が好きそうなお菓子、教えて？」

その日の晩にお互いの両親に連絡を取った。私の母からは「律儀な人と付き合ってるのね。ご挨拶なんて結婚前でいいのに、逆に恐縮しちゃう。週末ならお父さんも家にいるから、二人で日付を決めて教えてくれればいいよ。引っ越しで忙しいだろうし、二人の生活優先で。ちなみにお父さんはやけ酒してる」と返事があった。

「紘人さん、うちはこんな感じ」

「どれどれ……由奈、信頼されてるんだろうね……お父さん、これ、大丈夫かなぁ。いや、気持ちはすごくわかるよ。大事にしていた愛娘がどこの馬の骨ともわからない男と同棲でしょ……自分だったら二日酔いまっしぐらだよ……」

遠い目をして空想の世界に走りだす紘人さんの口にサラダのプチトマトを突っ込む。現実に戻ってきた彼は、トマトを飲み込み「だからこそ、ちゃんとした人間だから安心してくださいって示しに行かないと」とカレンダーを開いた。

「さっきこっちの母親からも返事があったんだけど、挨拶なんて気を遣わなくていいって。挨拶するにしてもとりあえず電話かビデオ通話にして、長距離移動は疲れるだろうから直接会うのはまた今度にしようってさ」

「紘人さんのご実家……優しいですね。大事な息子さんだろうに、電話でいいよなんて」

挨拶の日程を決めてお互いの親にそれぞれ予定を連絡し、物件の契約書の確認も終えると、だいぶ物事が前に進んだ気がする。一仕事終えたような心地で、家具や食器類を扱うお店の通販サイトを二人で開く。

「入居日も決まったし、来週に店舗で実物を見てみようか。来週買えたら入居に合わせて配送してもらえるかもしれないし」

「いいですね！　あ、このソファー、大きくて落ち着きそう！」

「いいね。色はどういうのが好み？」

「迷いますね……ここで紘人さんと並んで在宅勤務ができたら楽しそう」

「うわ、それ、めっちゃいい……集中できるかな、俺……」

紘人さんの提案で来週の予定も決まる。実際のお部屋を見てきたばかりだから、どこに何を置きたいかという話が今まで以上に弾む。私との生活を想像して悶える紘人さんの姿は、きっと私以外の誰にも見せない一面なのだろう。そんな一面を曝け出してくれるほどに心を許されていることが誇らしく思えた。

「由奈との生活楽しみだなぁ」

「それ、今日何回目ですか？」

「ずーっと思ってることだから、むしろ口に出した回数はそんなに多くないねって褒めてほしいくらいなんだけど」

家具選びの日、お店に着くまでも着いてからも紘人さんは始終ご機嫌だった。

「カーテンは何色がいい？」

「暖色系がいいです！　なんとなく紘人さんにはあったかい色が似合う気がするんです」

「照れること言わないでよ、もう。ここじゃ抱きしめられないんだから」

色とりどりのカーテンに囲まれて、会話だけでいちゃいちゃする。同棲が始まるのも楽しみだが、この時間がずっと続けばいいのにとも思ってしまう。

「今使っている本棚とか収納は一回そのまま運んでから考えようか。今買っちゃうと入りきらなくて困ったりしそう」

「私ばっかりものが多くてごめんなさい。なるべく断捨離してから引っ越しますね」

「ううん、少しでも悩むような大事なものはそのまま持っておいで。大事なものを捨てなきゃいけないくらい狭いなら、次はもっと広いところに引っ越せばいいんだから」

私を全肯定して甘やかしてくれる紘人さんを肘で小突く。「照れたね」と言って満足そうに微笑む顔が、憎たらしいほど好きだった。

「食器は引っ越してから買いに来ますか？　お揃いのお茶碗とお箸、ずっと憧れてたんです」

「そんな憧れ、今までだってすぐに叶えたのに……もう、これからはそういうの早く教えてね」

「お揃いがいいなんて、幼いかなって思っちゃって」

「由奈は俺がお揃いにしたくないって言うタイプだと思っているの？」

紘人さんが怪訝そうな顔をして私を見つめてくる。言われてみれば私よりずっと紘人さんのほうがお揃いをしたがる人のような気がしてくる。感じたままにそう伝えると、耳の端を少しだけ赤くした紘人さんが「俺もずっとお揃いしたかったよ」と呟いた。

こういう気後れや小さなすれ違いは私たちにはもったいない。これからは恥ずかしくてもしたいことをちゃんと口に出そうねと約束し直す。

「キッチン周辺の収納はこだわりたいなぁ。由奈にもっとおいしいもの作ってあげたいし、お皿も揃えて食卓を華やかにしたい」

「そんなことされたら、私の料理スキルが上がらないままですよ？」

「できないわけじゃないし、十分でしょ。俺が作りたくて作ってるんだから、気にしないで」

紘人さんの家に泊まっても私の家に彼が泊りに来ても、メニューを考えて実際に料理をするのは紘人さんが主体であることが多かった。このままでは家の中での役割がなくなってしまいそうで、これからはもう少し積極的に料理をすると申し出ようと何度目かの決意をする。

「ベッド、セミダブルよりダブルのほうがいいよね。シーツは何枚買えば足りるかなぁ」

「そんなにたくさんいります？　お互い洗濯物を溜め込むタイプじゃないですよね？」

「ほら、前みたいに由奈が汗かいていっぱい濡らしちゃったりしたとき用の、予備」

まわりに人がいないのをいいことに、耳元で悪戯っぽく囁かれて思わず赤面する。あれは紘人さんだって汗をかいていたし、そもそも紘人さんが激しくするから！　と言い返したいが、こんな場所でそんなこと言えないと踏みとどまった。

「……意地悪」

「ごめん。でもふくれっ面も可愛い」

ひとしきり家具を選び、購入と配送の手続きも終える。今住んでいる部屋の退去作業を考えると少し気が重いが、二人の楽しい新生活のためと思えば頑張れそう。

入居の前週、私の実家に挨拶に行くことになった。家族に彼氏を紹介するなんて、と今更少し緊張してくる。自分の親でさえこの落ち着かなさなのだから、相手の親に会うのは相当なものだろうと思い紘人さんを見るが、彼は思いのほか落ち着いていた。

「あんまり緊張しませんか？」

「うーん、しなくはないけど、反対されても認めてもらうまで誠意を見せ続ける覚悟はできてるからなぁ」

男らしい発言に胸が高鳴る。今の言葉を録音して両親に聞かせたいくらいだった。私は本当に素敵な人と一緒にいるのだという実感に心が満たされていく。

実家のインターホンを鳴らし、「ただいま」とドアを開ける。久々に会う両親はいつもよりも少し綺麗めな服を着ていて、どこかそわそわと落ち着かなさそうにしていた。ダイニングに通され、四人でテーブルを囲む。

「初めまして。由奈さんとお付き合いをさせていただいております、柚木と申します。これ、由奈さんにお伺いして選んだもので、お口に合えばよいのですが」

「わ、ぁ……あ、初めまして、由奈の母です。事前に聞いていたけれど、本当にしっかりしてそうで……こっちが畏まっちゃうわ、ねえ、お父さん」

「ん……まあ、そうだな」

一番緊張していて口数の少ない父を置いて、三人で話が盛り上がる。会社での出会いやどうやって仲が深まっていったのかなど、改めて母に聞かれると気恥ずかしいが、紘人さんが上手にかいつまんで話してくれた。

「やだ、うちの娘は真面目かもしれないけれど要領はよくないだろうから、そんなに褒めてもらえると照れちゃうわ」

「いえ、由奈さんは要領が悪いなんてことはなくて……由奈さんの真面目さはまわり皆が見習うべきところですし、私も尊敬しています」

「……柚木くんは、由奈の、どこが好きなんだ」

今まであまり相槌も打ってこなかった父が急に口を挟むが、紘人さんは嫌な顔ひとつせずに花が咲いたような笑顔を見せて口を開く。

「まず誰にでも分け隔てなく優しいところです。たまに不安になるくらい優しくて、悪意を持った人に騙されて悲しい思いをしないようにとつい心配してしまうこともありますが、そのままの優しい由奈さんでいられるような世界であってほしいと思いますし、そんな目に遭わないように理不尽から守りたいと強く思います」

紘人さんが滔々《とうとう》と私の好きなところを述べていく。日頃から言われていることではあるが、両親に説明されると穴があったら入りたい気持ちで、今すぐここから逃げ出したくなる。

「紘人さん！」

「ごめんね、まだ終わってないから。そして仕事に対しても人間関係に対しても誠実で、真面目で、ひたむきで、彼女のようになりたいと思いますし、一緒に成長したいと思わせられる人柄です。見た目も可愛らしいのは言うまでもないことですが、そのような人間性が雰囲気に出ているような気がして……全部が好きです」

少女のように目をきらきらさせて口に手を当てて話を聞く母が、紘人さんの言葉を止めようとする私を手で制止した。母は目線で紘人さんに続きを促し、紘人さんはそれを受けて満足そうな笑みを浮かべて続きを語りだす。

「楽しいことや嬉しいことがあったときに心底幸せそうに笑うのを見ると、ずっとずっと幸せに過ごしていてほしいと思います。自分がそんなことを彼女に言うと、紘人さんも一緒に幸せじゃないと嫌だと言って私のことも慮ってくれる……本当に素敵な人で……全部、全部好きです」

恥ずかしくて俯いてしまう私をちらりとも見ず、父は腕を組みながらうんうんと深く頷いていた。

「なんか、聞いているだけで照れちゃうわぁ……由奈、愛されてるのね。あんまりうちの娘を甘やかしすぎないでくださいね」

「いや、ちゃんと甘やかしてもらわないと困る。うちの娘が蔑ろにされてなんていたらたまったもんじゃない」

「わかります。由奈さんが大事にされないなんて許せませんよね。大丈夫です。全力で、目いっぱい甘やかして、何ひとつ寂しかったり悲しかったりする想いは抱かせません」

「……中々いいこと言うな」

やめてと顔を覆って俯いてしまった私を見て三人が笑っている。打ち解けてくれるのは嬉しいが、これじゃ私が居たたまれない。父は陽気に昔のアルバムを取り出してきて、私が小さいころの写真を自慢げに紘人さんに見せ始めた。

「可愛いですね……こう、自分が見逃している由奈さんの可愛いところがこんなにもあったのかと思うと昔の自分を叱ってやりたくなりますね」

「こっちも家を出てからは中々家にも帰ってこないから、たまには帰るように言ってくれ。紘人くんも一緒でいいから。これ、賄賂な」

幼稚園のお遊戯会の写真を紘人さんに手渡している。紘人さんはそれを恭しく受け取って、大事そうにカバンに仕舞っていた。家にはちゃんと帰るようにするから、賄賂なんて渡さないでほしいし、受け取らないで！　と言うが、二人が結託してしまって太刀打ちできない。

「遅くまで付き合ってくれてありがとうね。新生活で困ったことがあったらいつでも相談して。紘人さんのご実家は遠いんでしょう？　少し気が早いかもしれないけど、第二の実家だと思ってくれていいから」

「はい、ありがとうございます。これからどうぞよろしくお願いします」

「あとね、お父さん、最初は不機嫌そうにしてたけど……本当はすごく楽しみにしていて、昨日一日中片づけと掃除をしていたのよ。アルバムもわざわざ押し入れから探し出してきて……だから、安心して、これからも由奈のことよろしくね」

帰り際、玄関まで見送ってくれた母がこっそりと教えてくれる。紘人さんと父のおかげで恥ずかしい思いもたくさんしたが、家族にも紘人さんにも心から愛されて大事にされていることを思い知らされて、少し泣きそうになっていた。

「愛されて育ってきたんだねぇ。これからも大事にするから安心して」

「私も、紘人さんのこといっぱい大事にする」


同棲がスタートして最初の土日は家具の搬入と荷ほどきでいっぱいいっぱいで、紘人さんが手料理を振る舞う余裕もなく、デリバリーと外食で済ませてしまったことを彼は少し悔しそうにしていた。同棲開始記念の手料理はまた後日、と約束してくれる。

彼は平日も残業で遅くならなければ自炊をしてくれて、週末にしか会えない生活では平日ひとりで食べるご飯の味気なさや人恋しさが一層強く感じられていたから、毎日彼とご飯を食べられる幸福感に包まれていた。

「これからは毎日一緒にご飯が食べられるの、あまりにも幸せで蕩けちゃいそう」

「毎日一緒……いい響きだね。明日何を作ろうかなぁ」

彼は金曜の夜に台所で何かをしていると思ったらチャーシューを仕込んでいて、土日にそれがチャーハンやラーメンになって出てくるなんてことがザラにあるタイプだった。簡単なものを作ると言っても私からすれば十分に手の込んだパスタが出てくるし、今日は頑張ったよと言う日にはアクアパッツァがしれっと出てくるような人だった。

「由奈がおいしそうに食べてくれるから、料理が好きになっちゃった」

何かを手伝おうとしても、料理を出したときのキラキラした私の顔を見るためには作業過程を見せたくないと言って中々手伝わせてはくれなかった。料理を頑張るという決意は必ずしも彼の望むものではないかもしれないと気づき、最近は代わりに掃除やお皿洗いだけはやらせてもらうことで家事のバランスを取っている。

「あのね……来週、宿泊型の研修で出張になっちゃった。一泊二日なんだけど、寂しいな」

紘人さんから仕事の予定を告げられて箸が止まる。この間まで二泊三日のお泊りの生活だったのに、一度週七日一緒にいる生活に慣れてしまうと、一泊二日でもとても寂しく感じた。

「レンチンできるようにご飯作っていくのと、外食するのどっちがいい？　せっかくだから友達とご飯食べに行ってもいいんだよ」

「紘人さんがいなくて寂しいから、紘人さんのご飯が食べたいです」

「わかった。温め直してもおいしいご飯、作っておく」

平日の朝や昼は出かける準備や仕事で忙しく、一泊二日であれば一緒にいられないのは実質一晩だけであるはずなのに、自分でも驚くほどに心細い。しょんぼりと口を尖らせた私に紘人さんがキスをしてくれた。

「大丈夫。すぐ帰ってくるから。ご飯は冷凍しておくから、当日のお楽しみにして」

「うん……ありがとう」


出張の日、玄関を出る前に思い切りハグをする。行ってらっしゃい、気を付けてねと何度伝えたかわからない。たかが国内出張なのに大袈裟だとわかっているのに、どちらも離れようとせず、時間ギリギリまでぎゅむぎゅむと抱きしめ合った。

『やばい、もう由奈不足』

『私も。明日の夜まで会えないなんて、しんどい』

仕事を終えて家に帰り、紘人さんからのメッセージに返事を打つ。紘人さんはこれから懇親会という名の飲み会らしく、しばらく返事ができないし、このまま返事ができないまま寝てしまうかも、と言っていた。

『飲まされすぎないといいな。おやすみなさい』

少し早めのおやすみなさいを送って、紘人さんが用意してくれたご飯を取り出す。メニューはロールキャベツだった。私が前においしいおいしいとはしゃいでいたのを覚えていてくれたのだと思って、彼からの愛情に心がむずむずする。

「いただきます」

手を合わせて食べ始める。彼が言っていた通り、冷凍したとは思えないほどおいしくて、ぱっと顔を上げた。しかし、いつもならそこにいるはずの紘人さんは当然そこにおらず、「おいしい」は伝える相手を失ってロールキャベツと一緒に飲み込まれていく。

「さみしい……」

空になったお皿を片づけて早々にベッドに入る。二人で観かけていた動画ややりかけのゲームなど、二人で過ごしていた時間の証しばかりが目に入るし、ひとりだけの部屋はとても静かに感じられた。

今までずっと一人暮らしをしていたはずなのに、どうしようもないほど泣きたくなってしまう。一晩寝ればすぐに会えるからと自分に言い聞かせ、いつもより何時間も早くベッドに入った。

「ただいまー！」

「お帰りなさい！」

夜遅く、出張を終えた紘人さんが帰ってきて、玄関で何度も何度もキスをした。彼が帰ってきただけで家が賑やかに色を取り戻していくようだ。彼が家にいるのが嬉しくて、ジャケットを脱ぐ余裕すら与えず彼にしがみつき続ける。

「由奈、可愛い。そんなに寂しかった？」

「うん、とっても。本当に寂しくて、昨日は九時に寝ちゃった」

「ロールキャベツ、おいしかった？」

ひとりで食べたロールキャベツを思い出し、そのときの寂しい気持ちが意識の片隅に蘇った。すぐに「おいしかった！」と伝えるも、紘人さんは一瞬の間を見逃さない。

「あれ、いまいちだった？」

「……ううん、すごくおいしかったんだけど……おいしい！　って言おうとしたら紘人さんがいなくって、すごく寂しくなっちゃったの」

「もう、可愛いこと言うなぁ……！」

紘人さんは私を抱き上げてそのままリビングに向かう。これ、温めておいて、と冷凍庫から今日の分のご飯を出してシャワーを浴びに行った。準備のいい彼に驚きつつ、言われた通りにご飯の準備をする。

「今日はハンバーグなんですね！」

「前に作ったとき、すごくおいしそうにしてたから。今日もお口に合いますように」

二人で声を揃えて言う「いただきます」だけで幸せな気持ちになる。ハンバーグを一口食べると、じゅわっと肉汁が口いっぱいに広がって、ソースの甘じょっぱい香りが鼻に抜けていく。

「おいしい！」

「うん、よかった。その顔、大好き。昨日見逃しちゃったのが悔しいから、またすぐにロールキャベツ作ってもいい？」

「何度でも食べたいです！」

おいしいおいしいと繰り返す私のお皿に、紘人さんが彼の分のハンバーグを一切れ寄越してきた。いただけないと返そうとしたが、紘人さんは「おいしそうに食べているところを見るのが一番のご馳走なの。俺は白米食べるからいい」と言って受け取ってくれない。

「すごくおいしいです」

「うんうん、作ってよかった」

出張で疲れているはずなのに、紘人さんは一晩の寂しさを埋めるように私とたくさんお話をしてくれた。彼の腕枕でベッドに横になり、スマートフォンを眺めながらどうでもいい話をする時間はかけがえのないものだ。

「昨日、ひとりだとこのベッドが広すぎてちょっと泣きそうだったの」

「ごめんね。由奈に寂しい思いをさせて、本当に申し訳ない」

「ううん、お仕事だから仕方ないし、私も出張が入るかもしれないから」

紘人さんはそれを聞いて露骨に顔色を変えた。私がいない日を想像したのだろう。ショックを受けたような、迷子になって絶望する子どものような顔をしている。

「それは、きつすぎて……俺も泣きそうになるかも。出張、どうにかして俺を同行させてもらえないか直談判案件だわ」

「公私混同はよくないですよ」

「そういう真面目なとこ、好き」

額や瞼にたくさんキスをされているうちに、布団の中で身体が温まって眠くなってきた。紘人さんも心なしかうとうとしている気がする。

「紘人さん、お帰りなさい」

「うん、ただいま……」

お帰りとただいまを言い合える関係性は何ものにも代えがたい。目を閉じてすうすうと寝息を立て始める紘人さんの首筋にちゅ、と一度キスをして私も目を閉じた。

第八章　温泉旅行でプロポーズ

彼との生活は穏やかなもので、何気ない一言から会話が膨らんだり、笑い合ったり、幸せそのものであった。帰る時間を気にせず夜遅くまでコーヒー片手に映画を観て、平日夜のご飯を週末にまとめて作り置きするのも、何もかもが新鮮で、毎日が色鮮やかに輝いて見える。

今週末も、二人でだらだらとベッドに寝転がりながら、お互いにネットサーフィンやSNS巡りをしつつ、気が向いたときにぽつぽつと会話を交わす、まったりとしたおうちデートを満喫していた。

「ちょっと遠出してさ、前から行きたいって言っていた温泉に行かない？」

仕事が繁忙期を抜けたある日、紘人さんがスマートフォンを片手に私を旅行に誘ってきた。電車で一時間程度の距離の観光地。露天風呂付き客室は魅力的で、すぐに「行きたいです」と返事をする。

「よかった。早速だけど、再来週の金曜に有給取って、金、土、日の二泊三日はどう？　むしろ、そこを過ぎると忙しくなるだろうから」

すでに紘人さんがいくつかの旅館をピックアップしてくれていた。小さいスマートフォンを二人で覗き込み、二人でひとつひとつ旅館の場所やお部屋の設備、アメニティを確認していると、初めての旅行に向けてわくわくと楽しい気持ちが膨らんでいく。すぐ近くにある紘人さんの顔を見ると、目がキラキラと輝いていて、幼い表情にきゅんとした。

「由奈、目がきらきらしてる」

「紘人さんもですよ」

ふふ、と笑い合って、ちゅ、と触れるだけのキスをした。心が擽《くすぐ》ったくなるような甘い時間に、さらに旅行への期待が膨らむ。

紘人さんの大きな手が私の頭を撫でながら、「この旅館どう？　眺めもよさそうだし、お風呂も広いし、口コミもよさそう」と旅館のひとつを指さした。私が頷くのを見て、彼はそのまま手際よく予約をしてくれる。

「一緒にお風呂入るの楽しみだね。晴れるといいなぁ……旅行って、準備も楽しいよね。由奈といっぱい写真撮りたいな」

「お部屋から緑がいっぱい見えるの、とっても癒やされそう。旅行なんて、何年ぶりだろう。紘人さんと遠出するのも初めてだし、すごく楽しみ」

同棲を始めてから少し砕けた口調の分、心の距離も近づいた気がする。

クールに見える紘人さんが、思い切り甘えてくる様子には母性を擽《くすぐ》られるし、この人のこの側面を知っているのは自分だけなのだと思うと、誇らしく満たされた気持ちになった。彼の少し嫉妬深いところも、彼をもっと好きになる要素のひとつでしかない。

彼はお酒が好きでも、べらぼうに強いわけではないということも、同棲してから気づいたことのひとつだった。お酒をあまり飲まない人からすれば十分に「強い」部類の人間だろうが、ザルと言えるほど飲めるわけではない。ある程度酔いが回ると「由奈、好き。もっとくっつこう、大好き」と頬を緩ませ、目元を下げて私に引っ付いてくる。

「二週間、仕事頑張ろう」

今しがた予約したばかりの旅館のウェブサイトを眺め、旅行への気持ちを高めている紘人さんが、ぎゅっと私の手を握って微笑んだ。

旅行が控えていると思うと、二週間の労働はあっという間に終わった。そもそも、家に帰れば紘人さんと一緒にいられるのだと思うと、仕事に向き合う集中力も高まり、以前よりずっと仕事を早く終わらせられるようになって残業そのものが減っていた。

上司からは「早く帰れるならこれも……」という気配を感じることもあるが、声をかけられそうなタイミングで、紘人さんが「ごめん、これもお願い」と大して重たくもない追加の仕事を渡してくれて、「やっぱり忙しいのかも」と上司を誤魔化すことに成功していた。

旅行の当日、スーツケースに二人分の荷物を詰め、忘れ物がないように二人で指さし確認をして、駅へ向かう。実は、彼に黙って仕事で使えそうなシンプルなネクタイピンのプレゼントを用意した。今回の旅行の手配や代金をほとんど負担してもらったことへのお礼もあるし、初めての旅行で何かひとつ彼に予想外の驚きと幸せを持ち帰ってほしかった。

「普段は働いているはずの金曜日にこうして出かけているっていう事実だけでもう満足度が高いよ

ね。ほら、弊社のビル、みんな働いているんだろうなあ」

「社畜っぽいこと言うの、やめましょ？　気持ちは、めちゃくちゃわかりますけど」

彼とおしゃべりしていると、一時間の移動はあっという間だった。目的地に到着して駅を出ると、土産物屋がずらりと並ぶ観光地然とした街並みにまたテンションが上がる。きょろきょろとあちこちを眺める私の手を紘人さんが引いた。

「ほら、前向いて歩かないと危ないよ。チェックインして荷物置いてお風呂に入って、一息ついたらゆっくり見に来られるから」

予約していた旅館は駅からすぐのところで、立派な建物に心が躍る。紘人さんも心なしか声が高く、保護者のような言葉をかけながらも、彼も私と同じように旅行に浮かれているのだと気づいた。

「二泊でご予約の柚木様ですね。お待ちしておりました。お部屋にご案内いたします。奥様でいらっしゃいますか？　お綺麗ですね」

「いえいえ、そんな」

「そうなんです、自慢の妻です」

紘人さんの返事に顔から火が出そうだった。見た目は中の中、いや、中の下くらいの私に、当然中居さんのリップサービスであるのに、彼はにこにこと言葉通り自慢げに言い放つ。

旅館の廊下を奥へ奥へと進むと、段々内装が豪華になっていく。廊下の突き当たりまで進み、一番奥の部屋の前で中居さんが足を止めた。彼女に続いて部屋の中に入り、私は思わず声を上げた。

「わ、すごい……！」

「こちらの旅館で一番のお部屋でございます。どうぞ、ごゆっくりおくつろぎください。お料理はこちらのお部屋にお運びいたしますので、ご希望の時間をお伺いできますか？」

「十九時でお願いします」

「かしこまりました。では、ご不明な点がございましたらいつでもお呼び出しくださいませ」

中居さんが部屋を出ていき、戸が閉まると同時に、紘人さんに抱き着いた。

「紘人さん！　予約するとき、こんなお部屋見てなかったじゃないですか！　それに、妻ですって、嘘ついたらダメじゃないですか！」

「うん。予約するときにこっそり変えた。せっかくの初旅行だし、次いつ旅行に行けるかもわからないし、奮発したいなって。妻も、その予定だし、夫婦に見えるんだなって嬉しくなって調子に乗っちゃった。……嫌だった？　そんな顔には見えないけど」

大きなキングサイズのベッド。豪華なソファーに座れば、一面ガラスの窓の向こうに広い露天風呂と山の景色が見えるだろう。ウェブサイトのトップページにも写真が使われていたスイートルームだった。もちろん、夫婦に間違われて嫌な気持ちになんてなるわけない。

「嬉しいし、嫌じゃないです……びっくりして、恥ずかしかったけど……あと、このお部屋お高いでしょ……？」

「お高いけど、いいの。同棲始めて、家賃も一部屋分で済むようになったし、デートも外出より家にいることが増えたから。せっかくのいいお部屋なんだから、入り口で立ち止まっていないで早く中に入ろう？」

紘人さんが私を部屋の中へと促す。目に入るもの全てに歓迎されているような心地に、口角が上がるのを我慢できない。紘人さんはそんな私を愛おし気に見つめて、ソファーに座らせた。

「紘人さん、ありがとうございます。すごく、嬉しいです」

「うん、よかった。本当に喜んでくれたみたいで、安心した」

「こんなお部屋、喜ばないわけないですよ。ご飯も楽しみ。絶対おいしい。もう、紘人さん、二週間もこれ内緒にしておいたの、ずるい！　内緒にするのは禁止って約束したのに！」

「ごめんね。俺も、何回も言いたくなったけど、由奈が驚くところ見たくて、頑張って我慢したんだよ。嬉しい秘密だったから許してほしいなぁ。さっきの由奈、俺に飛びついてきて、驚いているのと嬉しいので不思議な顔していて、すごく可愛かった……どうする？　早速お風呂、入る？　二人で入ってもゆったりできそう」

ふかふかのソファーに落ち着かない私に、紘人さんが声をかけた。彼は窓の向こうの露天風呂をずっと見ていて、早くお風呂でゆっくりしたいとそわそわしていた。私の返事を聞いて、彼はすぐに立ち上がり、荷物の準備をしてお風呂に向かう。

「早くおいで」

紘人さんを追いかけてお風呂に向かいつつ、その声を聞いて、急に——今更、恥ずかしくなってきた。

今までも何度も一緒にシャワーを浴びたことがあったが、それは決まって事後であり、身体を見られることに慣れて、羞恥心が薄れているタイミングだった。こんな、まだ明るいうちから、一緒にお風呂に入るのはと楽しみを緊張が上回り、足が止まってしまった私を見て紘人さんが笑う。

「今更恥ずかしがってるの？　一緒にお風呂入ろうって言ってたとき、あんなに乗り気だったのに、今からやっぱナシはダメだよ。俺、由奈は恥ずかしがり屋なのに、随分前向きだなぁってちょっと驚いてたんだけど、考えてなかったんだね」

「う……そう、でした……」

「ほら、観念して、こっちおいで。身体洗ってあげる」

すでに服を脱いでいる紘人さんが、私の服に手をかけた。覚悟を決めて彼に身体をゆだねると、あっという間に服を脱がされ、お風呂に向かって背中を押される。秋の終わり、昼間とはいえ冷たい空気に身体が縮こまった。

「寒いから、早くあったまろう？」

彼と身体を洗いっこする。紘人さんの大きな手が泡を纏って私の身体を隅々まで洗ってくれることに身体が強張るが、彼は何ひとつ気にしない様子だった。私だけがドキドキしているのは悔しい。高鳴る鼓動を必死に抑え、私も平然としていられるように努め、彼の身体に手を伸ばし、彼の体を洗った。

「ふぁー、癒やされる……」

「癒やされますねぇ……」

彼に促されるままに紘人さんの脚の間に座らされ、背中を彼に預けた。首をこてんと後ろに倒せば、頬同士がくっついて、そのまま軽くキスをする。

脚を伸ばしてもまだまだスペースに余裕があって、せっかくの広いお風呂がもったいないくらい、ぴったりとくっつきながら、源泉かけ流しのお風呂を堪能した。

紘人さんはわずかに水面から出ている私の肩にお湯をかけながら、「幸せ……」と呟く。澄んだ空気、豪華なお部屋、広くて程よく熱いお風呂。これは確かに幸せだ。私の肩に触れる彼の手を取って、お湯の中でぎゅっと握る。紘人さんにも温まってほしかった。

「由奈さ、さっきすごくドキドキしてたでしょ？　俺に何かされると思った？」

不意に、少し意地悪な笑いを含む声が降ってきた。横を見ると、紘人さんが熱の籠った視線を寄こしている。その視線が向けられるだけで、すっかり身体が熱を帯びるようになってしまっていた。

「……紘人さんの日頃の行いが悪いから……」

「はは、ごめんね。でも、俺のことそうやって意識してくれるのがちょっと嬉しくて、やっぱり日頃の行いは改まらないかも」

そう言いながら、私が握っていたはずの彼の手が、いつの間にか私のお腹を摩《さす》っていた。また私の心臓がうるさくなって、自然と肩に、身体に、力が入る。彼と触れている肌に意識が集中して、何をされてしまうのだろうという、緊張感と少しの期待が顔を覗かせる。

「そんなに硬くなっていたら、リラックスできないよ。ちゃんと肩までつかって、日頃の疲れを取らなくちゃ」

「だ、誰のせいだと……！」

「うん、俺のせいだね。ごめんごめん」

「全然悪いと思ってないくせに……！」

後ろを振り向いて、彼のお顔に手で水をかける。それを目を瞑って避けた紘人さんが、私のことを正面から抱きしめてきた。肌が触れ合い、また体温が上がる。どきどきして目を逸らす私の額に優しいキスが落とされた。

「ちゃんと、悪いと思ってるよ。由奈のすべすべの肌に触れていたらそういう気持ちにもなるけど、せっかくのおやすみに由奈を疲れさせちゃっても悪いし、ちゃんと由奈が休めるように頑張るから、今はゆっくりしよう、ね？　その体勢、可愛いお尻がよく見えちゃって目の毒だなぁ。さっきみたいにおとなしく座っていてくれたほうがありがたいかな」

何か言い返したいけれど、うまい言葉が出てこない。

中途半端に帯びた熱をなかったことにするのは難しい。紘人さんがその気にさせたくせにと今にも言いたくなったが、涼しい顔をして躱される未来が目に浮かぶ。口をきゅっと結び、彼の言う通りに姿勢を戻した。

それからは、何事もなかったかのように何気ない話をして、結局一時間ほどお湯につかっていた。身体の芯から温まり、二人で遠くの緑を眺めるのも、今までに訪れたご飯のおいしいお店の思い出話をするのも、何もかもが心を穏やかにしてくれる。

「そろそろ出ようか。また入りたくなったら入ろうね。いつでもお風呂に入れるの、本当にいい贅沢」

「それもこれも紘人さんがこのお部屋予約してくれたから。ありがとうございます」

「ううん、由奈のその顔が見られて、大満足」

お風呂から上がり、部屋にあった浴衣に着替える。私は初めて見る紘人さんの和服にもときめいて、ぽうっと見惚れていたが、彼は「そんなに見られると照れる」と口元を手で覆ってそっぽを向く。

「……由奈のほうが、よっぽど似合うし、素敵だよ」

「紘人さん、私が何を着てもそれ言うじゃないですか」

「うん、だって本当にそう思っているから」

広いベッドに寝転んだ紘人さんの腕枕に飛び込むと、また彼の甘やかしが始まった。そんなふうに言ってもらえるような容姿ではないのにといたたまれなくなって、彼の腕から抜け出そうとする。

「ダメ。逃げないで？　由奈は自分のこと可愛くないって言うけど、本当に可愛いんだよ？　少なくとも、俺は心からそう思っているのに、そんなことないって否定されたら、悲しいな。由奈は俺とくっついているの、いや？　俺はずっと由奈のこと抱きしめていたいけど」

むず痒いほど甘い言葉をかけられて、おずおずと彼の腕の中に戻る。今度は私が逃げられないように、背中にしっかりと手のひらが当てられていて、足も緩く絡められた。口をへの字に曲げて目を合わせずにいる私の額に、紘人さんの額がこつんとぶつけられる。

「もう、そんな顔していても、可愛いって言われるだけだよ」

「紘人さんも、たまに可愛いですよ」

「反撃しているつもり？　いいよ。由奈が可愛いって思うなら、それでも。かっこいいも可愛いも、つまりは好きってことでしょ？　嬉しいよ」

「……私は、自分の見た目のこと、やっぱり可愛いだなんて思えない……紘人さんにとって可愛いなら、最近は飲み込めるようになりましたけど……紘人さんは、どうしてそんなに自信を持てるんですか？」

「それは……それは、由奈が、俺に何度も好きって言ってくれるからだよ……由奈、こっち、ちゃんと見て？」

紘人さんが私の背中を摩《さす》って、目を逸らし続けていた私に顔を上げるように促した。なんだか目の奥がつんとして、泣きたい気持ちになる。

「前にもこんな話をしたことがある気がするけど、由奈はさ、今でもたまーに、自己肯定感低くなっちゃうときがあるよね。奥ゆかしくて、真面目な由奈も大好きだけど、やっぱりもっと自分に自信を持ってほしいなって思うかな。由奈は可愛いよ。それに、俺が可愛いって感じていることを否定されてしまうのは少し悲しい。由奈が自分のことを可愛いって思えなくても、俺は可愛いって思っている。人は簡単には変われないから、中々自分に自信を持つまでには時間がかかるかもしれないけど、ずっとずっと由奈は素敵だって言い続けるよ。それをわかって、信じてほしい」

「紘人さん……私」

「うん、俺がどうしてこんなに自信持てるかって聞かれたよね。それはね、百パーセント由奈のおかげだよ。大事にしていた人に裏切られて、自分には価値がないって思っていた時期もあるし、だからこそ仕事に打ち込んで、そこに自分の価値があるって思いこもうとしていた。でもね、由奈は展望台で、俺のために戦ってくれたでしょ？　あれでね、俺は、由奈に愛されている自分に自信が持てるようになった。だから、そんな俺に愛されているって、由奈も自信を持ってほしい。愛されている自覚はあるでしょ？」

ぷくり、と涙が私の目の端に浮かぶ。紘人さんがそれを指先でつついて、なかったことにした。

「可愛いって、見た目だけじゃないからね？　ご両親にも伝えたけど……もちろん見た目も可愛いけど、嬉しいとか楽しいとかおいしいとか、ありがとうとか、そういう感想がさらっと出てくる素直さも可愛い。由奈は、自分は仕事ができないって言うけど、由奈は仕事ができない子じゃない。人一倍丁寧で、責任感が強いだけ。仕事に一生懸命になっているところも応援したくなる可愛さがあるよね。俺のことを好きだって言って引っ付いてくれるときは、愛おしくて愛おしくて可愛いって思う。どうかな、うまくまとまらないけど、俺にとってはとびきり可愛くて大切な存在だよ」

「紘人さん、好き……」

「うん、そうやって、たまに語彙力がなくなるところも、気持ちがいっぱいになっているんだなって、可愛く思える。俺、初めてご飯に行ったときから、そういうところ全部好きだった」

紘人さんがぎゅむぎゅむと強く私を抱きしめる。ほかほかと温かい身体をくっつけ合うと、心の内から外から満たされて、花が舞うような幸せな気持ちで包まれた。

自分にはもう恋愛をする機会もないと思っていた数ヶ月前が遠い昔のよう。紘人さんが夜食に誘ってくれたあの瞬間から、私の世界ががらりと変わった。

「由奈は、俺にとってはとっても可愛いの。わかった？」

「……はい」

「よし、いい子」

よしよしと頭を撫でられる。まるで子どもにするような仕草がこそばゆくて、彼の胸をぽかぽかと叩く。紘人さんはびくともせず、そんな私にまた「可愛い」と呟いた。

しばらくベッドでごろごろと抱きしめ合ったあと、部屋のとびきり大きなテレビを点けると、地方局の初めて見るアナウンサーさんが今週の天気予報を読み上げていて、今日も明日も明後日も、私たちがここにいる間は、ずっとよいお天気だと言っていた。

そのまま明日と明後日の予定を考えながらだらだらする。どこかに出かけるのも楽しそうだが、一日中宿でゆっくりするのも魅力的で捨てがたい。そんな話をしているとあっという間にご飯の時間になる。

紘人さんは「期待していて？」とどこか含みのある笑いを浮かべ、頭にはてなマークを浮かべる私を見て、「お楽しみだよ」とはぐらかした。

「こちら、本日のお夕食のお品書きでございます。手前から——」

お部屋に運び込まれたお料理の数々、その豪華さに圧倒されて言葉を失った私を紘人さんが笑いを堪《こら》えながらちらちらと見てくる。

机の中心に置かれたお鍋の横に、脂身が多くいかにも高価に見える牛肉。お刺身のお造りだけでなく、あわびと伊勢海老まで鎮座している。中居さんの説明が頭に入ってこないほど料理に見惚れてしまった。

「ひ、ひろとさん……」

「あー、もう限界。由奈、そんなに嬉しそうな顔しないでよ。笑いそうになったじゃん」

中居さんが退室してすぐ、紘人さんがけらけらと笑いだした。冷める前に早く食べようと箸を取る彼と対照的に、私はまだ現実を受け止めきれず、机の上に並べられたお料理に目を奪われていた。

「いやー、その顔が見たかった……内緒にしていた甲斐があったよ。由奈、これおいしいよ。早く食べな？」

「紘人さん、こんな豪華なご飯、私……」

「今回は、とびきり贅沢しようって思ったから、奮発しちゃった。めいっぱい味わって食べよう」

紘人さんに勧められて、ようやく料理を口に運ぶ。口の中に繊細な味わいが広がって、飲み込むのがもったいないくらいの料理に、目が自然と見開かれる。彼のほうを見ると、そんな私を見てにこにこと微笑んでいた。私がおいしそうにご飯を食べる姿を見るのが、本当に好きなのだとわかる。

お部屋も、料理も、紘人さんに驚かされてばかりだ。私が喜ぶところを見たいと言って、こっそりとたくさんのことを考えていてくれたことが本当に嬉しい。今はありがとうしか言えないが、せめて心からお礼を伝えたい。

最後の一口まで堪能して、二人でお腹がいっぱいと笑い合う。食休みをしたらまたお風呂に入ろうね、と瓶ビールを空けてほろよいの紘人さんがお風呂を指さした。

ソファーに座りテレビを点けて、どうでもいいバラエティーを眺める。非日常的な時間の進み方に夢見心地でいる私を紘人さんは愛おし気に見つめながら、何度も何度も髪を撫でてくれていた。

食後の身体の負担にならないようにと短めに、けれど満足するまで楽しんだお風呂のあと、二人でベッドに潜り込んだ。心ときめくお部屋、おいしいご飯、広いベッド、大好きな紘人さん。幸せに浸り、彼の腕枕の中で一日の思い出を反芻する。

すると、今まで私のことを抱きしめているだけだった彼の手の先が、急に浴衣の隙間から私のお腹を擽《くすぐ》った。首に吹きかかる吐息も心なしか熱っぽく、一度は忘れていた熱が身体の奥で呼び起こされる。

「由奈……」

「ひ、紘人さん」

「今さ、由奈のこと好きって気持ちでいっぱいで……最近、仕事片づけるのに忙しくて、土日も疲れて寝ている時間がなかったから……少し間が空いてるでしょ？　由奈さえよければ……どう、かな？」

彼の言う通り少しご無沙汰であることは事実だし、とろ火で温められて焦らされた身体も、彼の愛を溢れんばかりに受け止めた心も、紘人さんを求めていた。彼の太ももに手を這わせ、何度か上下に左右に摩《さす》ってみる。

「……随分積極的だね。どうなっても知らないよ」

「紘人さんになら、何されてもいい……」

ごろん、と腕枕から解放されて、ふかふかの枕に寝かされた。浴衣の襟が少し乱れていて、彼の綺麗な鎖骨がよく見える。

色気たっぷりの光景から、目を逸らしたくても逸らせない。部屋の電気を少し控え目にしてくれた紘人さんは、身体を低くして私の額に、頬に、鼻に、唇にたくさんのキスを降らせた。その瞳に、重たく沈む情欲の火が灯っている。

「ふぁ、ううん……」

甘ったるい声が漏れる。肩を摩《さす》っていたはずの彼の手が、気が付けば下着ごと胸をやわやわと掴んでいた。何度彼と身体を重ねても、最初に触れられる瞬間にだけは慣れない。

穏やかだった空気が一瞬で淫靡なものに変わり、彼の温かく包み込むような優しさの奥から、私をダメにしてしまうどろりとした甘さが滲んでくる。

「つきゃ、ぁ！」

下着の上から頂をきゅっと摘まれて、身体がぴくんと跳ねた。その反応に気をよくしたのか、何度も何度も同じことを繰り返されて、次第に下着の内側でぴんと硬く尖ってしまう。逃げようと背中を捩っているうちに、どんどんと浴衣が乱れて、ほとんど服としての意味をなさなくなっていた。

紘人さんはそんな浴衣の帯をほどいて、私の肌を暴いた。彼も同じように浴衣を脱いで、まだ湯上りの温かさの残る肌が重なる。肌が触れ合っている安心感と、これからのアレコレへの緊張感で、頭の中がぐちゃぐちゃだ。

「由奈、あったかい」

「紘人さんもあったかいです」

紘人さんが直接私に触れてくる。大きくて少し硬い手のひらに身体中を撫でまわされるだけで、ぞくぞくと熱が身体中に巡り、触られた部分が、身体の奥が熱くなった。大事なところには触れられていないのに、こうも蕩けてしまいそうになるのが怖い。

「――、腰、そんなに揺らして、もう我慢できない？」

「ちが、っ、ちがぁ、ぅ、勝手に、うごいちゃ、ぅ、の」

「だから、それを我慢できていないんじゃないかって、言ってるの……俺も、我慢できなくなりそう。本当は時間をかけて、いっぱい由奈のこと気持ちよくしたかったんだけど……早く、繋がりたい気持ちに負けちゃいそう……あ、震えたね。時間、かけられたくなっちゃった？　それとも、早く繋がりたい？」

どちらに転んでも紘人さんにいいようにされてしまうのがわかりきっている質問に、簡単には答えられない。私が悩んでいる間もずっと、彼の手は私の腰回りを撫で続けていて、それに声を上げないようにするので精一杯なのに。

「返事がないのは、どっちも正解ってことかな。由奈をぐずぐずにするのは明日時間をかけてするから――今日は、もうシよっか」

明日の宿籠りが決まってしまった。近くの美術館に行く話はどこに？　と声を上げるのは無粋だった。いちゃいちゃして、お風呂に入って、ごろごろして……そんな一日、幸せに決まっている。

「うん、もう、こんなに濡れてる……」

「ふぁ、ぁあぁ、ぁあッ！」

ぬかるみに指を沈められ、何度か抜き差しされて中の具合を確かめられる。少し窮屈で、彼のものを受け入れられるか不安に思っていると、紘人さんは私を安心させるように微笑んで、上の尖りを指でぐにゅりと押し潰した。

「ぅうウッんんっ！」

こぷりと蜜を零して、ナカがひくりと蠢く。たったこれだけで準備ができてしまう自分の身体が恨めしい。けれど、自分の手でそれを成した紘人さんは満足そうな顔をしていて、「彼がそれでいいのなら」と思ってしまう自分もいた。

「痛かったら言ってね」

彼が腰を進めてきて、身体の奥で紘人さんとくっつく。

「んぁああ！　ッ！　ん、っ」

最奥で結ばれて、紘人さんは動きを止めた。自分の中に彼がいるという感覚に心も身体も満たされる。私の身体が彼に馴染むのを待つ間も、紘人さんは私にたくさんキスをしてくれた。舌が絡み合う深いキスに、身体の熱がさらに高まってしまう。

「ん、ぁ……ッ、ぅう……ひろ、と、さん」

紘人さんは私の背中に手を回し、私を抱き起こした。胡坐《あぐら》をかいて座る彼の上に座らされ、ぐちゅ、と音を立てながら紘人さんが奥まで埋まる。横になっているときよりも自重の分だけ奥に押し付けられる圧迫感が高まって、背中やつま先を丸めて快感に耐えた。

「声、我慢しないでよ……」

「やだ、恥ずかしい……！」

掠れた低い声が耳に届く。目の端から涙が零れて止まらない。上下に前後に腰を揺らされて、息苦しいほどの気持ちいいに頭が真っ白になった。彼の首に腕を巻き付けて、なんとかしがみついていても、身体を揺さぶられるたびにその腕がほどけてしまいそうになって、そのたびに彼がぎゅっと抱きしめてくれていた。

「ふっ、ぅう、んぅっ……ああっ！」

下からがつがつ、ごりごりと中を穿《うが》つ雄に頭の中に星が煌めく。中が勝手に紘人さんを締め付けて、きゅうきゅうとひくついた。紘人さんの首筋に汗が伝って、触れ合っている私の肌をも濡らす。

「ぅああ、あぁあッ、好き、好き、大好き……！」

「好きならッ、逃げちゃダメでしょ……！」

彼は私のことを思い切り抱きしめて、私の身体が彼の雄から逃れようと上へ上へと浮いてしまうのを留めていた。時折強く下に向かって押さえつけられて、最奥を押し潰されて高い声を上げる。肌がちりちりして、ほんの些細な刺激でも達してしまいそうなほど敏感になっていた。

「んぅう、うぅ、イっちゃ、ぅ……」

「うん、イって……」

私のソコに手を伸ばし、肉芽をぬるりと撫でられた。突然の突起への愛撫に耐えきれず、背を仰《の》け反らせて達した私の身体が後ろに倒れないように、紘人さんがしっかりと抱きしめてくれていた。

「由奈、キスしよ……」

紘人さんが私の後頭部を掴んで、顔を上げさせる。絶頂に蕩けた顔なんて見られたくないのに、け入れた。

彼と目が合ってその羞恥心もどこかに消えた。彼がほしくてほしくて、貪られるがままにキスを受

「紘人さん、も……」

「……うん、……終わっちゃうの、もったいないな……本当は、もっとしていたいのに……」

「明日、また、シよ……？」

そう言いながらも、腰の動きが激しさを増す。ぱちゅぱちゅと皮膚がぶつかり合う音の合間に熱い舌が絡み合う水っぽい音が聞こえてくる。思い出したかのように胸の頂や秘部の尖りにも指で触れられ、背中を指先で擽《くすぐ》られた。

たった二本の腕しかないのに、どうしてこんなにも私を好きにできるのか、意味がわからない。知らないうちに私の身体のどこかしらに不意に触れて、私を翻弄してくる。ますます身体の奥から蜜が溢れて、彼の律動が激しくなる。

「由奈、出る……！」

「ぁ、あぁあああッ――――！」

紘人さんが私の腰を強く掴んで、上下に激しく揺さぶった。快感に跳ねる腰を追いかけるように強く雄を打ち付けられて、呼吸ができないほどの深い絶頂に上り詰める。

二度目か三度目かわからない高まりにくったりする私の背中を紘人さんが優しく撫でながら、私の中でどくどくと雄を震わせていた。

「愛してる……」

耳元で愛を囁かれ、身体が反応した。それに紘人さんは小さく呻き声を漏らして、眉間に皺を寄せる。二人の呼吸が落ち着くまでそうして繋がっていて、汗ばんだ身体を密着させていた。

「まだ二十二時だし、あとでまたお風呂入ろうか……」

疲れ果てた私とは対照的に元気そうな紘人さんが私の身体を拭きながら提案してくる。

このまま寝てしまいたい気持ちと熱いお湯に浸かりたい気持ちとが天秤にかけられて、右に左に揺れていた。

「由奈、こっち見られる？」

そのままうとうとし始めていた私を紘人さんが優しく揺さぶった。彼のほうを見ると、手に小さな箱を持っている。それを私に手渡して、「開けてごらん」と私の髪を梳いた。

「え、え……？　え……！」

「由奈、俺と、結婚してください。婚約指輪。受け取って、もらえますか？」

「え、なんで、こんな……」

「由奈と初めての旅行でしょ？　お部屋と料理と……ちょっとサプライズできたらいいなっていろいろ考えていたら、あとはプレゼントかなって……ということなんだけど……もう、そんなに泣かないでよ。由奈、こっち向いて？」

受け止めきれないほどの愛にぼろぼろと涙を零す私を優しく抱きしめて、頭をぽんぽんと撫でてくれる。震える手のひらの上の小さな箱の中で、大粒の宝石がきらきらと輝いていた。

「わ、私、紘人さんに何も返せていないのに……ッ」

「何言ってるの。由奈からたくさんもらっているよ。俺、毎日本当に幸せで、幸せな気持ちをモノやお金で返すのは少し違うかもとも思ったけど、由奈に喜んでほしい、プレゼントしたいって気持ちは本物だから。でも……服着ているときに渡せばよかったかな。ごめんね。タイミング間違えたかも」

渡したい気持ちが先走っちゃった、と笑っていた。

「あのときは自分の気持ちでいっぱいいっぱいになって、なし崩し的にプロポーズしちゃったから、ちゃんとしたものを渡したかったんだ。少しロマンティックで非日常的な空気で、思い出すだけで一生幸せな気持ちが続くようなところで言いたかったから。……由奈、今更だし、やり直しで少し格好つかないかもしれないけど、俺と一生一緒にいてください。一生幸せにするって、約束する。結婚しよう」

泣きじゃくって返事もできない私が落ち着くように背中をとんとんと撫でられた。震えて窄まる喉を懸命に開いて、返事をする。

「紘人さん、ありがとう……！」

それを聞いた彼の目からも一粒涙が零れた。私は小箱を少し離れたところに置き、彼のお顔に手を伸ばし、彼の頬に両手を添える。紘人さんは何度か瞬きして涙をやり過ごし、私の意図を汲んでお顔を近づけてキスをしてくれた。

「あのとき、残業中の由奈に声をかけてよかった」

「本当に、あれが始まりですもんね。お仕事頑張っててよかったぁ……」

「ひとつ、由奈にはまだ内緒にしていた話があるんだけど、聞いてくれる？」

はにかみながら小さく落とした声で囁く紘人さんに、少し緊張しながら頷く。このタイミングで出てくる内緒の話になんて心当たりがない。

「実はね、何年か前に由奈がひとりで残業しているところを見かけたの。ひとりで残っててかわいそうだなと思って声をかけるか迷ってたんだけど、あまりにも集中していたから邪魔するのも憚《はばか》られて、少し様子を見ていたんだ。そうしたら、急にずっと悩んでいたパズルが解けたみたいにぱって顔が明るくなって、そのときの由奈の笑顔があまりにもきらきらしていて、それを見たときに……多分、一目惚れってああいうことを言うんだろうね。自分の気持ちに気づいたのは、ご飯に誘うようになってからだけど、ずっとあの笑顔が忘れられなかった」

優しいキスに身体が震える。こんなにも愛してくれる人と出会えて、私は本当に幸せだ。心も頭もふわふわして、羽が生えているような、地に足の着かない心地に、紘人さんに思い切り抱き着くことでこれが現実だということを確かめる。いつもの彼ならそのままずっと私を抱きしめていそうなのに、そっと私から手を放した。

「あとね、いろいろ店を回りながら店員さんに話を聞いていたんだけど、婚約指輪って中々日常使いできないでしょ？　これ、ピンクダイヤのペンダント。ダイヤ自体はそんなに大きくないからあんまり高いものじゃないんだけど、由奈に似合いそうって思って、つい」

指輪が入っているのと同じくらいのサイズの小箱が出てくる。薄いピンクの一粒ダイヤが石座に収まったシンプルな、どこにでも着けていけそうな上品なデザインのペンダントだった。

「嬉しい……！」

「これなら毎日着けていられるよね。結婚指輪を着けるまでの間にも、俺が渡したものを身に着けていてほしくて……独占欲剥き出しでごめん。でも、それくらい好きだから」

繊細なチェーンをおそるおそる摘んで首に着けてみると、紘人さんが「似合う」と手を握ってくれた。今しか出せないと思って、私もベッドから下りてカバンの中に仕舞った包を取り出す。

「あのね、実は私も、プレゼント用意してたの。プロポーズのお礼には足りないけど、受け取ってください」

目を見開いた紘人さんの瞳が潤み出す。まだ中身も見ていないうちから泣くのはやめてと笑って指摘するが、堪《こら》えきれなかった雫が頬を伝っている。大切そうに包装紙を開けて出てきた箱を開け、中身とご対面だ。気に入ってもらえるかと不安と期待の入り混じるドキドキ感を胸に、紘人さんの反応を窺う。

「タイピン……！　俺、ずっと欲しかったんだ。いつか買おうと思ってて……！　嬉しい。うわ、これ、すごく嬉しい。一生大事にする。初めての旅行で由奈にたくさん喜んでもらえて、プロポーズも成功して、これ以上幸せなことがあるなんて……！　ありがとう。本当にありがとう」

「喜んでもらえてよかった。本当は私がサプライズするはずだったのに、紘人さんがもっと大きなサプライズしてくれるから、出すタイミング見失うところだった」

「そんなの、いつ出してくれたっていいのに。俺はサプライズって言ってコンビニのチョコが出てきたって泣いて喜ぶと思うよ？」

おどけて笑う紘人さんも、それにつられて笑う私も、お互い涙でぼろぼろの顔だった。紘人さんが満面の笑みでこちらを見ているだけで、多幸感がますます増して、つられてつい微笑んでしまう。明日は到底お外に出られるような顔ではないだろう。二人で幸せを噛みしめながら、ずっとこの特別なお部屋で過ごしたい。

彼は私を支えてお風呂に連れていく。汗を流して温かいお湯の中で、取り留めもなく二人の希望に満ちた将来の話をする。新婚旅行のハードルが上がっちゃったかなぁ、と苦笑いした紘人さんを思わず抱きしめた。

「こんな贅沢、人生に一度で充分ですよ？」

「そう？　俺は欲張りだから、由奈と何度でも贅沢したいなぁ」

「これ以上の幸せなんて、想像もできない」

「二人でお互いのことを想い合って、お互いの幸せを願って生きていたら、きっと今よりもっともっと幸せだよ。想像できないくらいの幸せ、楽しみだ」

紘人さんはお風呂上りに私の髪を乾かしてくれた。今までも何度かしてくれたことがあったが、今日はとびきり満ち足りた気持ちになる。頭皮や髪に彼の指が触れるたび、幸せがこみあげてきて、胸の奥が擽《くすぐ》ったい。

「俺、明日やりたいことが一個ある。言ってもいい？」

「もちろん。なんですか？」

「指輪と、ペンダントと、ネクタイピンを持って一緒に写真を撮って、あとでそれを家に飾りたい」

素敵なお願いに心がときめく。ぎゅっと腕にしがみついて大きく頷くと、「約束」と甘い声が降ってきた。

広くて大きなベッドの真ん中に、二人でくっついて眠りにつく。左右のスペースがもったいないが、今は一ミリでも紘人さんの傍にいたいし、触れていたい。紘人さんの腕枕で寝心地のいい体勢を取り、彼の胸に耳を近づけた。

「俺、まだどきどきしているから、うるさくて眠れないんじゃないかな」

「ううん、私も同じくらいどきどきしているから、落ち着きます……」

「ふふ、由奈、だいぶ眠たいね？　疲れさせちゃってごめん。明日はゆっくり寝ていていいからね。由奈、愛してるよ。おやすみ」

「私も、愛してます……」

枕元の小箱の中、「完全無欠の愛」を象徴する宝石が、私たちの未来を祝福するようにきらりと輝いていた。

愛され乱される、オトナの恋。溺愛主義の恋愛レーベル

BOOKS Eternity

エタニティ

忘れられない彼と二度目の恋を——
エリート社長の一途な求愛から逃れられません

流月《るづき》るる

装丁イラスト／三廼

海外のリゾート企業に勤める美琴《みこと》は、五歳の子どもを持つシングルマザー。学生時代の彼・優斗《ゆうと》の子どもを妊娠したが、別れた後だったので海外で極秘出産したのだ。もう二度と彼と関わらないと思っていたのに、仕事で久々に日本に戻った美琴は、勤め先のホテルで優斗と再会！　変わらず紳士的な態度で接してくる優斗に、美琴は戸惑いつつも忘れていた恋心が揺さぶられて……？

詳しくは公式サイトにてご確認ください。
https://eternity.alphapolis.co.jp/

この作品に対する皆様のご意見・ご感想をお待ちしております。

おハガキ・お手紙は以下の宛先にお送りください。

【宛先】

〒150-6019 東京都渋谷区恵比寿4-20-3 恵比寿ガーデンプレイスタワー 19F
（株）アルファポリス　書籍感想係

メールフォームでのご意見・ご感想は右のＱＲコードから、
あるいは以下のワードで検索をかけてください。

アルファポリス　書籍の感想　検索

ご感想はこちらから

本書は、「アルファポリス」（https://www.alphapolis.co.jp/）に掲載されていたものを、
改題、改稿、加筆のうえ、書籍化したものです。

独占欲強《どくせんよくつよ》めな極上《ごくじょう》エリートに甘《あま》く抱《だ》き尽《つ》くされました

紡木さぼ（つむぎ さぼ）

2025年 1月 31日初版発行

編集－馬場彩加・境田 陽・森 順子
編集長－倉持真理
発行者－梶本雄介
発行所－株式会社アルファポリス
〒150-6019 東京都渋谷区恵比寿4-20-3 恵比寿ガーデンプレイスタワー19F
TEL 03-6277-1601（営業） 03-6277-1602（編集）
URL https://www.alphapolis.co.jp/
発売元－株式会社星雲社（共同出版社・流通責任出版社）
〒112-0005 東京都文京区水道1-3-30
TEL 03-3868-3275
装丁イラスト－浅島ヨシユキ
装丁デザイン－hive&co.,ltd.
印刷－中央精版印刷株式会社

価格はカバーに表示されてあります。

落丁乱丁の場合はアルファポリスまでご連絡ください。

送料は小社負担でお取り替えします。


ISBN978-4-434-35145-7 C0093